웹소설로 대박나고 싶어요

성공적인 출간 데뷔를 위한 웹소설 작법 입문서

웹소설로 대박나고 싶어요

펴 낸 날 | 2024년 8월 23일 초판 1쇄

지 은 이 | 한윤설
펴 낸 이 | 이태권

책임편집 | 정지원
북디자인 | 김혜수

펴 낸 곳 | 소담출판사
서울특별시 성북구 성북로5길 12 소담빌딩 301호 (우)02880
전화 | 02-745-8566 팩스 | 02-747-3238
등록번호 | 1979년 11월 14일 제2-42호
e - mail | sodambooks@naver.com
홈페이지 | www.dreamsodam.co.kr

ISBN 979-11-6027-460-8 (03800)

성공적인 출간 데뷔를 위한 웹소설 작법 입문서

웹소설로

한윤설 지음

대박나고
싶어요

소담출판사

억대 연봉의 웹소설 작가.

이 책을 펼친 당신이라면 반드시 들어 봤을 문장이다. 웹소설 작가를 검색하면 자연스럽게 따라붙는 말이기도 하다. 그렇다 보니 웹소설을 쓴다면 누구든 억대 수익을 창출할 수 있을 것 같지만, 사실 쉬운 이야기는 아니다.

현실부터 말하자면, 독자를 끌어당기지 못할 경우, 수개월에 걸쳐서 쓴 소설의 수익은 단돈 몇만 원으로 끝날 수도 있다. 웹소설 업계에 평균 수익이라는 건 없다. 보장된 최저 수익도 없다.

난 첫 출간 당시 '억대 수익을 찍는 거 아니야?'라며 설렜었다. 작가가 좋은 결과를 기대하고 출간하는 건 당연하지 않나? 하지만 내 첫 출간작은 억대 연봉을 달성하지 못했다.

그만두고 싶은 마음도 있었지만, 포기하지 않고 경험을 발판 삼아 다음 작품을 준비했고 지금은 몇 년째 억대 연봉을 버는 웹소설 전업 작가가 되었다.

나는 현재도 실제로 작품을 쓰고 있으며, 곧 새로운 차기작도 오픈될 예정인 현직 웹소설 작가다.

경험은 중요하다. 성공의 경험도 중요하지만, 실패의 경험은 더더욱 중요하다. 그리고 누군가의 경험을 듣고 이를 자신의 것으로 만들 수 있다면 당신은 실패를 직접 경험하지 않고서도 성공할 수 있다.

내가 처음 글을 썼을 땐 웹소설 작법서도 흔치 않았고 주변에 웹소설을 쓰는 작가도 없었다. 많이 알려지지 않은 일이었기에 더욱 그랬다. 궁금한 게 있으면 혼자 여기저기 물어보며 배워야 했고 홀로 정말 많이 헤맸었다.

그러므로 나는 이 책을 통하여 내가 업계에서 직접 보고 듣고 느낀 실패의 경험담과 성공 비법, 즉 모든 노하우를 적으려 한다.

아무것도 준비되지 않은 채 길잡이 없이 시작한다면 그것은 항로를 정하지 않고 망망대해로 떠나는 배에 올라탄 것과 같다.

상위 1%의 벽은 높다. 누구나 쉽게 도달할 수 있다면 상위 1%라는 말을 쓰지 않을 것이다. 하지만 이 책을 읽는 당신이 그 상위 1%가 되지 말라는 법은 없다. 실제로 첫 작품으로 상위 1%로 성공한 작가도 분명히 있다. 그 꿈을 현실로 만들어 보자.

모든 가능성을 열어 두자.
나는 항상 그런 마음으로 글을 쓴다.

‘노력은 반드시 보상받는다.’

······ 정말로?

노력은 중요하다.

하지만 모든 노력이 보상을 가져오지는 않는다.

잘못된 방향으로 노력한다면 절대 보상이 뒤따를 수 없다.

옳은 방향으로 노력하여 좋은 결과를 쟁취하자.

첫째, 웹소설을 이해해라.

웹소설에 대한 이해도 없이 글을 쓴다는 건

내가 싸울 상대도 모르고 덤비는 것과 마찬가지다.

둘째, 목표를 정하자.

어떤 작가가 되고 싶은지 목표를 정하라.

목표가 있으면 도달할 때까지 힘을 낼 수 있다.

셋째, 쓰자.

글은 머릿속으로 생각할 때와 쓸 때가 다르다.

일단은 쓰자. 완결까지 포기하지 말고 쓰자.

Contents

Contents

Contents

1장

독자를 부르는 웹소설의 시작

part 1

웹소설이란? 웹소설 작가란?

작법서 첫 장에는 꼭! 항상 웹소설의 정의가 나온다. '이걸 꼭 알아야 해?'라고 묻는다면 답하고 싶다. 웹소설이 뭔지도 제대로 이해하지 못하면서 대체 어떻게 억대 연봉의 웹소설 작가가 되겠느냐고 말이다.

자, 어려운 용어를 쓰지 않고 생각해 보자. 웹소설은 말 그대로 WebNovel. 즉, 웹 브라우저로 보는 소설이라는 뜻으로, 스마트폰 및 전자 기기로 읽는 소설이다. 스마트폰만 있으면 출퇴근이나 여가 시간에 어디서든 부담 없이 손쉽게 접할 수 있는 일종의 매체다. 가방에 따로 책을 챙겨 다닐 필요 없이 스마트폰 하나만 있다면 누구나 빠르게 접할 수 있다는 장점이 있다.

사람은 자기계발서나 좋아하는 책을 읽을 계획은 세워도 웹소설을 읽겠다는 계획은 세우지 않는다. '오늘 2시에는 필라테스를 다녀오고, 4시부터 5시까지는 <시월드가 내게~, 밤마다 남편이~~, 죽었는데 왜 집착~~>을 읽겠어'라고 계획하는 사람은 없다는 뜻이다.

독자는 시간을 만들어서 웹소설을 읽는 게 아니라, 시간이 날 때 웹소설을 읽는다. 두 차이는 크다.

독자에게 웹소설은 어떤 의미일까? 사람들은 웹소설로 여가 시간을 보낸다. 웹소설로 거창한 목표를 세우거나 배움을 바라는 게 아니다. 머리를 비우고 싶을 때, 지루한 시간을 보내야 할 때 웹소설을 찾는 것이다.

✹ 독자가 웹소설에서 느끼고 싶은 건 즐거움뿐이다.

웹소설은 누구나 쉽게 접근할 수 있다. 그게 바로 웹소설의 시장이 급격하게 커진 이유 중 하나다.

바로 이 점을 확실하게 알아야 한다. 우리는 책상 앞에 앉아 종이책을 펼쳐 글을 읽는 독자가 아닌, 누구나 평상시에 가지고 다니는 스마트폰으로 글을 읽는 독자를 타깃으로 글을 쓰는 웹소설 작가다.

당신이 스마트폰 사용자라면 지인의 카카오톡 메시지이건 누군가의 흥미진진한 이야기이건, 모바일로 장문의 글을 읽은 적이 있을 것이다.

그때 당신은 무슨 느낌이었나? 혹시 지루하다고 대충 읽고 넘긴 적은 없나?

정리되지 않은 장문의 글은 피로감을 불러일으키는 반면 짤막하지만 분명한 핵심이 있는 글에는 흥미를 갖게 된다.

이것이 웹소설이 일반 문학과는 달라야 하는 이유이며, 당신이 '웹소설'이 무엇인지 반드시 이해해야 하는 이유다.

스마트폰에는 독자를 유혹하는 많은 경쟁 매체가 존재한다. 좋아하는 사람으로부터의 연락과 재밌는 영상, 흥미로운 사진이 있다. 그렇다면 소설을 스마트폰으로 읽게 되면 어떻게 될까? 작은 글씨의 긴 문장은 독자의 눈을 피로하게 만들어 이탈을 부른다. 지루함이 느껴지는 순간, 손목의 뻐근함도 느껴질 것이다. 읽고 싶은 마음이 있다 해도 잠시 뒤로 미루게 된다. 그 순간 경쟁 매체에게도 밀리는 셈이다.

기억하자.
우린 스마트폰 속 자극적인 모든 것과 싸우는 "웹소설" 작가가 목표인 사람들이다.

당신의 목표는 무엇인가? 나는 당신과 함께 웹소설을 쓰고 출간하여, 함께 성공하고 싶다.
웹소설을 쓰겠다고 마음먹었다면 이 업계에서 치열하게 싸워 살아남자.

— 웹소설 작가면 돈 많이 벌죠? —

통상 타인에게 '웹소설 작가'라는 직업을 밝히면 돌아오는 첫 번째 질문은 '돈 많이 벌어?'다. 두 번째 질문도 '그거 돈 많이 번다던데 진짜 억대 연봉 벌어? 나도 해 볼까?'다. 사실 작법서를 읽는 작가 지망생들도 제일 궁금한 게 바로 수익일 것이다.
결론부터 말하자면 어떤 글을 얼마만큼 쓰느냐에 따라 수익은 천차만별이다.

당신이 웹소설 작가로서 이루고 싶은 목표는 무엇인가? 웹소설을 써서 큰돈을 벌고 싶다는 건 즉, 상업 소설을 쓰겠다는 뜻이기도 하다.

상업 소설은 '내' 예술성을 뽐내고 '내가' 쓰고 싶은 소설을 써서는 안 된다. 철저하게 독자 위주다. 독자가 읽고 싶은 글, 독자의 취향에 맞추는 글이다. 시장성과는 상관없이 내가 쓰고 싶은 글, 절대 타협하지 못하는 나만의 예술성을 뽐내다 보면 도태되기 마련이다.

요즘 독자는 주인공이 죽는 '새드 엔딩'을 바라지 않는다. 그런데 작가가 '주인공의 죽음으로 예술이 완성되는 거야!'라며 주인공을 죽이면 어떻게 될까? 독자는 난리가 날 테고 댓글은 엉망진창에, 당연히 매출도 올릴 수 없을 것이다.

돈을 벌 수 있는 방향으로 노력해야만 돈을 번다.

웹소설 작가가 된다고 무조건 돈을 많이 벌지 않는다. 웹소설을 쓴다고 무조건 억대 연봉을 벌 것 같으면 대한민국의 모든 사람이 일을 그만두고 웹소설을 쓰고 있을 것이다.

작가들 사이에는 '이번 작품으로 치킨값 벌었다'라는 말이 있다. 진짜 한 달 수익으로 치킨 한 마리 값만 벌 수도 있다는 뜻이다.

하지만 웹소설이 타 직군보다 기회가 많은 건 사실이다. 이 업계에 정해진 건 없다. 정해져 있지 않다는 건, 누구든 도전할 수 있다는 뜻이다. 어쩌면 이 책을 읽는 당신이 나보다 많은 수익을 벌지도 모른다.

과거 웹소설의 부흥기라 불리던 때와 비교해 보면 지금은 작품 수도 많아지고 작가 수도 많아졌다. 하지만 작품 수와 작가 수가 많다고 해서 높은 매출을 올리는 작가가 사라진 건 아니다.

처음 쓴 작품으로 수천만 원, 더 나아가서는 억대 인세를 버는 작가도 있다. 출간한 작품이 많아질수록 들어오는 인세도 달라지니, 작품을 많이 쓸수록 큰돈을 만질 기회도 많아진다.

좋아하는 글을 쓰면서 돈을 벌 수 있다는 게 얼마나 큰 메리트인가!

— 웹소설 작가의 수입은 안정? 불안정? —

요즘 웹소설 작가를 꿈꾸는 친구들이 많다. 대학교에 웹소설학과도 생겼고, 웹소설 학원도 많이 생겼다고 한다. 하지만 막상 웹소설 작가를 직업으로 삼자니 불안한 요소가 많을 것이다. 매체에선 억대 연봉이라고 하는데 알고 보면 아닌 것 같고, 정말 돈을 벌 수 있는지도 걱정이다.

웹소설 작가는 기본적으로 '프리랜서'다. 기본 월급이 보장되는 직장과는 개념부터 다르다. 이건 웹소설 작가의 직군뿐 아니라 모든 직군의 프리랜서에 해당하는 이야기다.

그래서 웹소설 작가 중에는 겸업 작가가 많다. 본업을 마치고 퇴근 후, 혹은 육아 후 저녁에 부업으로 웹소설을 쓰는 것이다.

웹소설은 작품을 출간해야만 그때부터 수익이 생긴다. 단순히 혼자 글을 쓰기 시작하는 것만으로는 수익이 들어오지 않는다. 누군가는 첫 달에 오십만 원을 벌고, 누군가는 천만 원을 번다. 참고로 내 첫 출간작의 수익은 첫 달 육백만 원이었다. 몇 년이 지났지만 바로 지난달에도 첫 작품으로 십만 원의 인세를 받았다. 첫 달은 육백만 원이었지만 지금은 십만 원인 내 작품 인세. 각자의 해석에 따라 수익이 안정적이라고 느낄 수도 있고, 불안정하다고 느낄 수도 있겠다.

웹소설의 큰 장점은 소설을 기본으로 무궁무진한 IP 사업을 펼쳐 나갈 수 있다는 것이다. 내가 쓴 웹소설 중 〈시월드가 내게 집착한다〉와 〈밤마다 남편이 바뀐다〉, 그리고 〈죽었는데 왜 집착하세요〉는 웹툰으로 제작되어 현재 네이버 웹툰에서 연재 중이다! 원작자인 나도 비율에 따라 웹툰 매출 중 일부 인세를 받는다.

웹소설은 출간했다고 끝이 아니다. 출간한 웹소설을 기준점으로 많은 사업을 확장할 수 있다.

이렇기에 작가마다 수익은 천차만별이다. 당연히 기본 월급이 보장되는 회사와는 달리 웹소설 작가란 수입이 안정적일 수는 없다. 하지만 학력과 경력에 상관없이 도전해 볼 수 있는 직업이기도 하다는 걸 알아두자.

─ 억대 작가가 되려면 어떻게 해야 하죠? ─

그 노하우를 모두 풀어서 써 둔 게 바로 이 책이다. 내가 직접 겪은 경험담과 스스로 개발한 연습법, 그리고 TIP을 적어 뒀으니 꼭 확인하고 실전에 적용하자!

part 2

웹소설의 장르와 세부 키워드

자, 우린 이제 이 업계에서 살아남기로 했다.

웹소설을 쓰기로 했다면 어느 장르를 쓸지 결정해야만 한다.

─ 웹소설의 장르란? ─

> ☑ **여성향** = 현대 로맨스(현로), 로맨스 판타지(로판), BL
> ☑ **남성향** = 판타지, 현대 판타지(현판), 무협

장르는 위와 같이 두 줄기로 나뉜다. 주 독자층을 기준으로 장르가
나뉜 셈이다. 물론 절대적인 건 아니다. 해당 장르를 주로 읽는 독자라
고 생각하면 된다.

웹소설을 처음 쓰는 작가 중 일부는 간혹 "그래서 어떤 장르의 매출
이 좋아요?", "어떤 장르가 돈을 제일 잘 벌죠?"라고 묻는다. 매출이 특
출나게 좋고 돈을 제일 잘 버는 장르란 없다.

소설은 결국 작가의 상상이 만들어 내는 또 다른 하나의 현실이다. 작가가 상상하지 못하는 세계는 소설로도 나타날 수가 없다. 만약 소설로 쓴다고 해도 결국 한계점이 드러나기 마련이다.

당신의 상상이 독자를 끌어들인다. 그리고 매출도 불러들일 것이다. 그렇기에 당신이 상상하고 즐길 수 있는, 좋아하는 취향에 맞춰 장르를 결정하자.

단 한 번 소설을 쓰고 은퇴할 생각이 아니라면 말이다.

하지만 어떤 장르를 선택하든 반드시 유의할 점이 있다.

독자들에게 용인되는 세계관과 설정은 반드시 지켜야 한다.

처음 웹소설을 쓰는 작가가 많이 하는 실수다. '소설이니까, 판타지니까, 현실이 아니니까'라는 말로 받아들이기 어려운 설정을 넘길 수는 없다.

예시를 들어 보자.

✝ 로맨스 판타지 소설 속 악녀한테 빙의한 여자 주인공 (O)
✝ 악녀한테 빙의한 여자 주인공이 삼 개월 동안 아무것도 먹지 않았음에도 운 좋게 죽지 않았다 (X)

두 설정 모두 현실에서 절대 일어날 수 없는 판타지 설정이지만 받아들여지는 느낌은 다르다. 전자의 경우는 이해하는 데 어려움이 없고

이질감을 느끼지 못하지만, 후자의 경우는 말도 안 되는 설정이라며 탈주할 수도 있다는 뜻이다.

이렇듯 독자에게 용인되는 설정과 절대 받아들여지지 않는 설정은 존재한다.

소설이니까, 판타지니까 모든 설정이 가능하다고 생각해서는 절대 안 된다.

♀ 여성향

* **현대 로맨스(현로)** : 현대를 배경으로 일어나는 로맨스가 기반이 되어 진행되는 장르다. 장르명에 '로맨스'가 박힌 만큼 모든 사건과 감정이 로맨스를 중심으로 움직인다.
* **로맨스 판타지(로판)** : 로맨스에 판타지가 포함된 장르다. 남주와 여주의 로맨스를 기반으로 현대 로맨스보다 세계관이 한층 확대되어 드래곤, 마법 등 여러 판타지적 요소가 추가된다. 주로 중세풍의 서양 로판이 유행한다.
* **BL (벨)** : 남남 커플을 기반으로 하는 장르다. 현실/판타지 등 세계관과 배경이 바뀌더라도 카테고리는 BL(벨)로 분류된다.

♂ 남성향

* **판타지** : 작가가 설정한 독창적인 세계관을 기반으로 판타지 요소가 가미된 사건이 벌어지는 장르다. 현판과 비슷하지만, 사건이 일어나는 주 배경과 세계관이 전혀 다르다.
* **현대 판타지(현판)** : 현대, 현실을 기반으로 판타지 설정이 가미되어 사건이 진행되는 장르다. 주인공에게 벌어지는 사건은 판타지지만 배경이 현대(현실)인 경우 현대 판타지로 분류된다.
* **무협** : 무협은 정통무협/퓨전무협으로 나뉜다. 정통무협은 일반적으로 공유되는 세계관을 바탕으로 진행되는 내용이며, 퓨전무협은 판타지와 무협이 합쳐진 내용을 말한다. 장르 전반적으로 공유되는 세계관이 있다.

— 웹소설에서 키워드란? —

자. 우린 이제 웹소설을 쓰기로 했고 장르를 골랐다. 그렇다면 다음으로 중요한 건 무엇일까? 작품을 쓸 장르를 골랐다면 이젠 장르에 맞는 키워드를 골라야만 한다.

키워드 선택은 중요하다. 키워드는 작품을 아우르는 큰 줄기이자 소설 속 주인공의 큰 목표가 된다. 소설의 분위기와 전개를 결정하며 더 나아가서는 독자가 작품을 읽을지 말지 결정하는 중요한 요소가 된다.

"키워드 = 매출"

키워드는 매출에 직접적인 영향을 줄 수 있다.

✳ 키워드의 유행은 독자의 니즈를 따라간다.

키워드에는 유행이 뒤따른다. 이 말을 처음 듣는 사람은 '소설에 유행이 있다고?'라며 이해하기 어렵다는 반응을 보인다. 처음 글을 쓸 때의 나도 그랬다. 나는 '좋은 글을 쓰면 유행과 상관없이 독자는 읽어 줄 거야!'라고 생각했다. 심지어는 '내가 유행의 선두 주자가 되면 되잖아'라며 기세등등했다. 신인의 패기였다. 하지만 그건 나 혼자만 재밌는 소설이라는 것을 독자의 반응으로 깨달았다.

유행이 지난 키워드를 아예 쓰지 말라는 뜻이 아니다. 유행이 지난 키워드를 원하는 독자도 있고, 흥행하기 힘들다고 말하는 키워드로 좋은 매출을 끌어올리는 작가도 분명 있다.

하지만 그게 모두에게 해당하는 이야기는 아니다.

애초에 유행이라는 의미를 생각하면 이해하기 편하다.

유행. 즉, 많은 독자가 찾는다는 뜻이다. 유행 키워드를 파악하는 건 많은 독자의 니즈를 파악한다는 것과 같다. 잊지 말자. 독자의 니즈는 매출로 이어진다. 그러니 좋은 매출을 올리기 위해선 대중적인 키워드로 접근해야 한다.

최근 웹소설의 유행 키워드는 '사이다물'이다. 자극을 찾는 독자가 점점 많아지며 '고구마' 전개가 밀려나고 있다.

> ☑ **사이다란?** 주인공이 어떤 상황에서도 모든 사건을 지혜롭게 해결하여 갈등 구간을 짧게 줄이는 키워드
> ☑ **고구마란?** 주인공이 악역한테 당하거나 나쁜 일을 참으며 숨기는 등 답답한 상황과 전개로 이어지는 키워드

다들 이제 착하고 참기만 하는 주인공에게 질린 것이다. 작가로서는 주인공에게 고난과 역경이 있어야 그 문제를 해결했을 때 비로소 쾌감이 느껴진다고 생각할 것이다. 하지만 독자의 입장은 전혀 다르다. 주인공이 고난과 역경을 해결하고, 쾌감까지 가는 그 길이 너무 고되고 힘든 것이다. 그러니 '고구마' 구간은 짧고 쾌감을 주는 '사이다' 구간이 확실하여 카타르시스를 느낄 수 있는 작품을 선호한다.

유행 키워드는 독자의 니즈에 따라 빠르게 바뀌기에 어떤 키워드가

유행하고 있다고 당장 정의를 내리기는 힘들다. 유행 키워드를 분석하기 위해선 플랫폼을 눈여겨봐야만 한다. 제일 쉽게 알아보는 방법은 런칭되는 작품을 확인하는 것이다. 하지만 하루에 런칭되는 작품의 수만 해도 수없이 많은데, 이렇게 쏟아지는 작품을 모두 읽다간 내 작품을 쓸 시간이 없을 것이다.

작품을 읽을 시간이 도무지 없다면 읽지 않아도 좋다.

✷ 작품 제목과 소개글은 반드시 확인하자!

작품 제목과 소개글만 보더라도 어떤 키워드가 자주 오픈되는지, 어느 키워드가 독자한테 환영받는지 파악할 수 있다. 또 해당 플랫폼이 추구하는 키워드가 무엇인지도 알 수 있다.

이렇듯 키워드는 당신이 앞으로 적어 나갈 소설의 셀링 포인트이자 핵심 목표가 된다. 그러니 키워드를 가볍게 보아선 안 된다. 글을 쓰는 내내 내 소설의 키워드가 무엇인지 잊지 말자.

그렇다면 웹소설의 키워드를 간략하게 확인해 보자.

키워드	전개 내용
육아물	영유아부터 어린이 사이의 나이대인 주인공이 성장하는 내용으로, 보호자나 주변 인물로부터 보살핌을 받으며 사랑받는 전개가 중심이 되는 작품
후회물	작품의 등장인물 중 누군가가 모종의 일을 후회하며, 후회하는 인물의 감정선을 촘촘히 쌓아 올리는 작품

먼치킨물	남들보다 훨씬 강한 주인공 덕분에 막힘없이 시원한 전개가 중심이 되는 작품
전문직물	주인공의 직업이 주가 되어 전반적인 내용을 다루게 되며, 해당 직업에서 충분히 일어날 수 있는 일들을 전개한 작품
헌터물	현대에 출현한 던전 및 몬스터로 인해 이능력자, 즉 헌터가 탄생하며 등장인물의 사건과 성장이 막힘없이 전개되는 작품
역하렘 (하렘)	한 명을 소유하기 위해 다수의 이성이 집착하는 전개로, 주인공의 진짜 상대가 누구인지 끝까지 애태우는 '상대 찾기' 작품
복수물	배신당한 주인공이 복수를 다짐하게 되는 전개. 주인공의 똑똑한 복수를 위해 일반적으로 회귀 혹은 빙의와 함께 사용되는 키워드
힐링물	자극적인 키워드, 전개 없이 잔잔하며 독자가 읽으며 힐링을 느끼는 작품. 전반적으로 평화롭고 악역이 등장하지 않는 경우가 많다
계약결혼물	주인공이 이득을 위해 계약으로 거짓 결혼 생활을 하게 되는 키워드. 거짓 부부인 척 연기하다가 감정이 싹트는 작품
시한부물	시한부가 된 주인공을 향한 주변인의 애틋한 감정이 쌓아 올려짐과 더불어 시한부기에 평소 해 보지 못했던 행동을 시원하게 진행하는 작품
회귀물	주인공이 시간을 거슬러 몇 년 전으로 되돌아가는 전개로, 인생을 살면서 제일 후회하던 때로 돌아가 알고 있는 미래를 비틀고 새로운 인생 목표를 그리는 작품

빙의물	주인공이 책(소설), 게임 등 여러 매체의 인물에 빙의하는 전개로, 앞으로 일어날 일을 모두 알고 있는 미래 예견 주인공으로 인해 답답한 갈등 구간을 시원하게 줄이는 작품
환생물	주인공이 새로운 인물로 환생하여 벌어지는 전개. 이전 주인공의 모습과는 정반대인 인물로 환생하여 사건이 벌어지는 작품

이렇듯 키워드가 말하는 작품의 전개와 의미는 아주 명확하다. 키워드마다 독자가 보고 싶은 전개와 장면도 확실하게 정해져 있다.

내 첫 작이 기대만큼 성공하지 못한 이유가 바로 키워드 때문이었다. 난 첫 작품의 여주를 소설 속 '빙의자'로 선택했다. 그리고 **#사이다여주 #걸크러쉬**라는 키워드를 혼합해 소설을 썼다. 독자는 사이다와 걸크러쉬를 보고 막힘없는 시원시원한 전개를 기대했을 것이다. 하지만 나는 내 첫 작품의 여주를 '인간애가 넘치는 여주'라고 설정했다. 결국, 내 여주는 항상 정에 이끌려 상황을 시원하게 해결하지 못하고 넘어가야만 했고 키워드를 보고 유입된 독자의 탈주를 불렀었다.

키워드를 골랐다면 많고 많은 키워드 중 왜 하필 그 키워드를 골랐는지 기억해야 한다.

그래야만 작품의 정체성을 잃지 않고 끝까지 독자와 함께 걸어갈 수 있다.

— 웹소설에서 '회귀'와 '빙의'가 기본 요소인 이유 —

무슨 장르 어떤 키워드를 고르더라도 요즘 웹소설에서 기본 필수 키워드는 '회귀'와 '빙의'다. #헌터물이나 #육아물 등의 다른 키워드를 가져가더라도 기본적으로 주인공이 **#회귀**했거나 **#빙의**해야 한다는 뜻이다.

처음 웹소설을 쓰는 작가라면 이 내용을 이해하기가 어려울 것이다. 왜 회귀와 빙의가 필수 소재로 들어가면 좋은지 모르니 기존 작가들과는 다른 길을 걷겠다고 생각할지도 모르겠다.

내가 웹소설을 처음 쓸 때 정확히 위와 같은 생각을 했었다. 남들이 이미 구축해 둔 길을 걷기 싫었고 나만의 새로운 글을 쓰겠다고 했다. 오직 신인만 보일 수 있는 패기였다.

회귀와 빙의가 기본 필수 소재가 된 이유는 하나다. 독자가 좋아하기 때문이다. 독자가 좋아하면 당연히 많이 읽게 되고 매출이 오른다. 참 간단한 구조다. 그러니 기성 작가들도 신인 작가들도 회귀와 빙의를 기본 필수 소재로 넣고 시작하는 것이다.

그렇다면 혹시 당신은 독자가 왜 회귀와 빙의 키워드를 좋아하는지 생각해 본 적이 있는가? 회귀와 빙의 키워드를 기본 필수 소재로 사용하기 전, 이를 반드시 명확하게 이해해야만 한다.

회귀란 주인공이 미래에서 과거로 돌아오는 유형의 키워드이며, 빙의는 주인공이 웹소설 및 게임 등 매체에 들어가 특정 인물에 빙의되는 유형의 이야기를 뜻한다. 독자가 회귀와 빙의를 선호하는 이유는 명확하다. 회귀하거나 빙의한 인물은 미래를 알고 있기 때문이다.

두 키워드의 공통점은 주인공이 이미 미래가 어떻게 흘러갈지, 어떤 인물이 위험한지 그래서 주인공이 무엇을 조심하면 될지 정확하게 알고 위험을 사전에 방지할 수 있다는 점이다.

달리 말하자면 독자는 주인공이 미래를 모르고 대비도 못 한 채 위험에 빠지는 구간을 답답해한다.

두 키워드가 인기 있는 이유는 독자가 견디기 힘든 고구마 상황을 조금이라도 줄여 주는 요소가 되기 때문이다. 두 키워드를 기본 필수 요소로 넣고 전개하는 작품들을 보면, 주인공이 미래를 알고 있고, 해당 미래에 똑똑하게 대비하는 점이 보일 것이다.

나도 처음에는 회귀나 빙의 키워드가 인기 키워드라고 하길래 무작정 사용했다. 이 키워드가 왜 인기 키워드로 자리 잡았는지 알려고 하지도 않았다. 그 결과는 처참했다. 왜 그 키워드가 독자에게 인기가 많은지를 알아야만 제대로 활용할 수 있다. 내가 왜 이 키워드로 글을 쓰는지 생각해 보자.

그렇다고 반드시 두 키워드를 사용할 필요는 없다. 만약 당신이 회귀나 빙의 키워드를 사용하지 않은 채 독자의 답답함을 해소할 수 있다면 굳이 사용하지 않아도 좋다.

TiP 클리셰를 잘 비트는 방법의 연습

최근 웹소설의 수위 검수 기준이 무척 강화됐다.

웹소설에서 수위는 중요하다. 독자의 나이를 결정하기 때문이다.

모든 독자가 읽길 바란다면 전체 이용가 수위 기준표를 따르는 게 안전하다. 하지만 이왕 15세 이용가 소설을 쓰기로 결정했다면 수위 기준표를 참고하여 최대한 알뜰살뜰하게 이용하는 게 좋다.

❖ **전체 이용가** : 성행위를 암시하는 맥락은 무조건 금지! 자세한 묘사와 상황을 유추하게 할 야릇한 신음도 금지다.

❖ **15세 이용가** : 성행위의 간접적인 묘사가 가능하다. 직접적인 단어와 묘사 사용은 금지되나 애무와 간접적인 표현까지도 허용된다. 하지만 소설 내에 자주 등장해서는 안 된다.

❖ **19세 이용가** : 성행위 및 애무와 관련된 직접적인 묘사가 가능하다. 남녀 생식기의 직접적인 단어 사용이 가능하며, 강압적인 성행위의 표현 역시 가능하다.

part 3

플랫폼 그리고 프로모션

— 웹소설 플랫폼 —

우린 웹소설을 이해했고, 장르와 키워드를 골랐다. 그렇다면 웹소설은 도대체 어디서 접할 수 있을까?

놀랍게도 웹소설을 접할 수 있는 플랫폼은 무수히 많다.

웹소설의 플랫폼은 ①무료 플랫폼 ②유료 플랫폼으로 나뉜다.

> ☑ **무료 플랫폼** : 출판사와 계약하지 않아도 작가 개인이 작품을 등록하고 연재하여 독자가 무료로 웹소설을 읽을 수 있는 플랫폼이다.
> ☑ **유료 플랫폼** : 출판사와 계약 후 출간된 작품이 등록되며, 독자가 결제하여 웹소설을 읽는 플랫폼이다.

즉, 플랫폼은 작가와 독자를 만나게 해 주는 다리다. 플랫폼에 들어가 보면 알겠지만 정말 많은 웹소설이 있다. 모두 작가가 시간과 애정을 꾹꾹 눌러 담아서 쓴 멋진 소설들이다.

당신의 소설도 이 플랫폼 중 한 곳에서 멋지게 출간될 것이다.

📖 무료 플랫폼

아래는 모두가 쉽게 접할 수 있는 무료 플랫폼이다. 플랫폼마다 강세를 보이는 장르가 있다.

네이버 웹소설
(베스트리그, 챌린지리그)

현로, 로판, 판타지, 현판, 무협 등 모든 장르를 연재할 수 있다. 여성향 작품, 특히 현로가 강하다.

문피아

모든 장르를 연재할 수 있으나, 남성향 작품이 강세를 보인다.

카카오페이지 스테이지

모든 장르를 연재할 수 있으나 여성향 작품이 강세를 보인다.

조아라

로판과 BL, 그리고 19금 소설을 연재하는 플랫폼이다.

북팔

19금 소설을 연재하는 플랫폼이다.

외에도 많은 무료 플랫폼이 있다. 한때는 유료 플랫폼에서 좋은 프로모션을 받고 소설을 출간하려면 이 무료 연재 플랫폼에서 성적을 만들어야 한다는 공식도 있었다. 현재는 그러한 공식이 사라졌지만, 그래도 무료 연재 플랫폼은 아주 중요하다.

당신이 웹소설을 처음 쓰는 작가라면 무료 연재 플랫폼을 자주 이용할 것을 추천한다. 독자의 반응을 실시간으로 확인할 수 있다는 건 굉장히 획기적인 일이다.

무료 연재의 장점은 ①독자의 주목도와 ②조회수 ③연독률을 직접 확인할 수 있다는 점이다.

◆ 독자의 주목도

좋은 매출을 내려면 우선 수많은 웹소설 사이에서 살아남아야 한다. 독자가 플랫폼에 들어가 처음 만나는 건 1화도, 첫 문장도 아닌 작품의 제목이다. 작품의 제목이 독자의 흥미와 클릭을 부르는지의 여부는 조회수와 선작 (관심)수로 확인할 수 있다.

◆ 조회수

작품의 조회수는 독자가 소설을 얼마나 재밌게 읽는지를 나타낸다. 화마다 조회수를 확인하다 보면 독자가 어느 지점에서 흥미를 느끼는지 유추할 수 있다. 반대로 어느 지점에서 독자가 이탈했는지 살피고, 실수한 부분을 수정할 수도 있다.

◆ 연독률

1화부터 최종화까지 독자가 하차하지 않고 읽는 비율을 뜻한다. 1화에서 유입된 독자를 다음 화로, 그리고 최종화까지 총 몇 명을 끌고 왔냐는 뜻이다. 웹소설에서 연독률은 무척 중요하다. 1화를 파격적으로 재밌게 써서 모든 독자가 유입됐다고 가정해 보자. 그 독자를 모두 완결까지 끌고 갈 수 있을까? 중간에 전개가 산으로 가거나 재미가 반감하면 독자는 참아 주지 않는다. 조회수를 통해 연독률을 확인할 수 있다는 건 큰 장점이다.

간혹 '꼭 무료 연재를 해야 하나요?'라는 질문을 듣는다. 왜 무료 연재를 안 하려고 하는지 이유를 물어보면 '무료 연재는 스트레스를 받아요', '무료 연재는 주목도가 낮아서 무서워요'라는 답을 듣는다. 당신이 웹소설의 장르 파악을 끝낸 기성 작가라면 반드시 할 필요는 없지만, 아직 장르의 파악이 필요한 작가라면 무섭다고 피하는 게 옳을까?

유료 연재를 하면 스트레스를 받지 않고, 무작정 주목도가 높을까? 전혀 아니다. 내가 어떻게 글을 쓰는지도 모르는 상태에서 무작정 출간을 하면 독자가 왜 하차했는지, 내 글의 문제점이 무엇인지도 모르게 된다.

무료 연재에서 얻을 수 있는 경험치는 무수히 많다. 캐릭터의 레벨도 올리지 않고 무작정 던전에 입장할 수는 없다. 먼저 레벨을 올리자.

게다가 생각보다 많은 출판사 관계자가 무료 연재 플랫폼을 눈여겨보고 있다. 실제로 연재를 하며 출간 제의를 받은 작가가 다수다. 무료 연재는 작품의 출간을 위한 창구 중 하나이기도 한 셈이다. 그런데도 무섭다는 이유로 피할 것인가?

그러니 맘껏 시도하고 이용하자.

📖 유료 플랫폼

이번엔 유료 플랫폼을 알아보자.

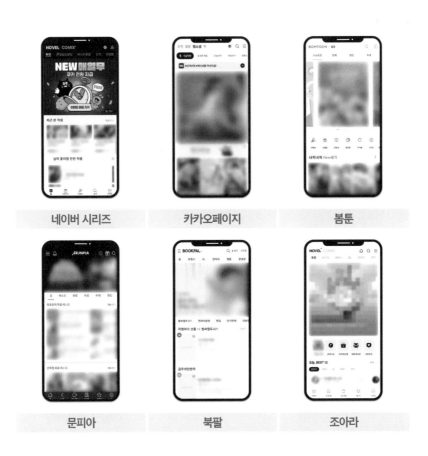

네이버 시리즈	카카오페이지	봄툰
문피아	북팔	조아라

　외에도 교보문고, 알라딘, YES24, 톡소다, 미스터블루, 로망띠끄 등 무수히 많은 유료 플랫폼이 있다. 독자는 이 유료 연재 플랫폼을 통해 출간된 작품을 읽게 된다. 당연히 무료 연재와는 달리 개인이 작품을 등록할 수 없고 출판사와 계약 후 출간이 되거나 플랫폼과 직접 계약하는 방법뿐이다.

웹소설의 출간 형태는 ①유료 연재 ②단행본으로 나뉜다.

출간 형태는 소설의 예상 분량 및 분위기, 글 쓰는 루틴과 장르에 따라 나뉘기에 정답은 없다.

◆ 유료 연재

처음부터 완결까지 1화, 2화, 3화 등 화수로 연재되어 독자가 한 화씩 결제하는 형태다. 한 화당 결제 금액이 적어 독자의 접근 부담은 적지만, 독자가 중도 하차할 수 있다. 한 화당 써야 할 글자 수는 4천 자 내외며 독자가 다음 화로 넘어갈 수 있도록 4천 자 안에 모든 승부를 봐야 한다.

◆ 단행본

연재와는 달리 1권, 2권 등 권수로 처음부터 완결까지 한 번에 모두 출간되는 형태다. 소설의 예상 분량이 짧아 유료 연재가 애매할 경우 단행본, 즉 단권으로 출간이 된다. 완결까지 모두 출간되기에 한 권을 집중해서 읽을 수 있지만, 호흡이 길다 보니 취향에 맞지 않을까 우려하는 독자의 접근 부담이 있다.

유료 연재 플랫폼마다 타깃으로 삼는 독자층은 조금씩 다르다. 19금 소설을 주로 오픈하는 플랫폼과 전연령 소설을 주로 오픈하는 플랫폼의 독자 타깃이 다른 것처럼 말이다.

플랫폼은 내가 앞으로 일하게 될 회사나 마찬가지다. 그러니 출간을 계획하기 전 모든 플랫폼을 한 번씩 살펴보길 추천한다. 회사에 입사하기 위해 면접을 준비하는데 그 회사가 뭘 하는 회사인지도 모르고 면접을 준비하지는 않는다.

웹소설 출간도 마찬가지다. 무료 연재가 사전 준비였다면 유료 연재
는 실전이다. 플랫폼에 접속하여 어떤 식으로 출간이 되는지, 어떤 유
형의 작품들이 출간되는지, 독자의 반응은 어떤지 등등을 꼼꼼하게 살
펴보도록 하자.

플랫폼을 살펴보는 게 돈이 드는 일도 아닌데 이걸 안 하는 작가들
도 꽤 있다.

당신이 준비하고 알아보는 만큼, 모든 게 당신의 경쟁력이 될 것이다.

1. 조회수를 올리는 방법이 있다?

무료 연재나 유료 연재를 할 시 독자의 흥미를 끌어모아 조회수를 올리는 방법이 있다. 바로 **연참**이다. 연참이란 하루에 여러 편의 연재를 계속 이어서 한다는 뜻이다.

예시 :

3월 1일 100화, 101화 연참 ⇒ 3월 1일 100화와 101화 동시 업로드

연참을 적절하게 잘 사용하면 연독률도 방어할 수 있고 조회수도 올릴 수 있다. 본래라면 하루에 한 화의 연재분이 업로드되던 소설이 갑자기 하루에 몇 화분의 연재분을 업로드한다면 어떨까? 독자는 다음 편이 없다는 부담감을 덜어 내고 신이 나서 글을 읽게 될 것이다. 게다가 하루에 몇 화분의 연재분이 업로드되면 쌓이는 회차가 점점 많아지니 독자는 매열무, 기다무 등으로는 글을 읽기 힘들어진다. 뒷 내용이 궁금해지니 결국 유료 결제를 하게 되고 조회수도 방어할 수 있다.

당신이 비축해 둔 원고 편수가 많다면 연참을 적절하게 사용해 보자.

2. 무료 연재 중 출판사 컨택을 많이 받는 방법!

앞서 말했듯이 무료 연재를 하다 보면 출판사에서 '저희와 함께 출간 준비를 해 보시지 않겠어요?'라며 연락이 온다. 이를 컨택이라고 부른다. 출판사에서 컨택을 많이 받으려면 어떻게 해야 할까?

✎ 작품 소개란에 이메일을 적자!

작품 소개란에 연락받을 수 있는 이메일을 적어 두면 확률이 더 높아진다. 간혹 '출판사에서 원한다면 쪽지가 오겠죠?'라는 말을 하는 경우가 있는데, 출판사는 이메일로 연락하는 걸 선호한다. 출판사와 작가의 계약은 결국 비즈니스다. 회사 메일로 연락을 주고받는 게 회사인 출판사 입장에서도 편리하기 때문이다. 같은 작품으로 테스트해 본 결과, 이메일 주소가 적혀 있으면 출판사 연락이 더 많이 온다는 점을 확인했다!

✎ 작품 소개란에 미계약작이라고 적어 두면 좋다!

작품 소개란에 [미계약작]이라는 문구를 넣어 둬도 좋다. 이메일 주소만 넣어 둬도 상관은 없지만, 당신의 작품이 이미 다른 출판사와 계약된 작품인지는 알 수가 없다.

✎ 순위 목록에 보여야만 한다!

출판사의 연락을 받으려면 출판사의 눈에 띄어야 한다! 좋은 작품을 찾아야 하는 출판사는 신규 작품도 확인하지만, 먼저 순위권에 오른 작품들을 본다. 순위권에 작품이 오르면 오를수록 출판사의 눈에 띄고 컨택 수는 많아지게 된다.

— 프로모션 —

플랫폼을 살펴봤다면 알겠지만, 접속했을 때 제일 먼저 눈에 띄는 소설이 있을 것이다. 배너가 크게 걸린다거나 아니면 플랫폼에 접속했을 때 팝업 배너가 뜨는 소설들. 바로 플랫폼에서 광고해 주는 소설들이다. 물론 수많은 웹소설이 모두 플랫폼에 노출될 수는 없다. 수요는 정해져 있으나 공급의 수는 셀 수 없을 만큼 많기 때문이다.

플랫폼은 독자를 모으기 위해 출간하는 웹소설을 기반으로 여러 이벤트 및 광고를 진행하는데, 바로 이걸 프로모션이라고 부른다.

모든 작가가 같은 프로모션을 받지는 않는다. 또한 출간 형태에 따라 프로모션도 달라진다. 유료 연재냐 단행본이냐에 따라 광고와 이벤트의 내용이 달라질 수밖에 없기 때문이다.

프로모션에는 정말 무수히도 많은 종류가 있다. 갑자기 사라지는 프로모션도 있고 심지어는 이 책을 읽는 지금도 새로 프로모션이 생겨나고 있을지 모른다.

하지만 플랫폼의 프로모션이 계속 달라진다고 하더라도 바뀌지 않는 건 있다.

바로 출간 당시 진행되는 프로모션에 따라 작품의 주목도가 달라진다는 것이다. 즉, 프로모션에 따라 매출의 파이가 달라지는 셈이다.

플랫폼마다 매출이 제일 높게 나오는 프로모션이 있다. 작가들이 출간할 때면 모두 바라는 프로모션이다.

∗ 네이버 시리즈의 **매일 10시 무료 (매열무)**

매일 10시 무료란, 매일 밤 열 시마다 독자에게 소설 대여권 1장을 지급하는 이벤트다. 독자는 매일 밤 열 시가 되면 대여권으로 해당 소설을 볼 수 있다.

∗ 카카오페이지의 **세 시간마다 기다리면 무료 (삼다무)**

기다리면 무료란, 독자가 처음 지급되는 무료 이용권을 사용 후 일정 시간이 지나면 이용권 1장을 지급받는 이벤트다. 독자는 이 이용권으로 소설을 볼 수 있다. 하루 혹은 세 시간 단위로 이용권을 지급하는데 하루 단위로 지급하는 경우에는 똑같이 '기다리면 무료', 세 시간 단위로 지급하는 경우에는 '세 시간마다 기다리면 무료'라 해서 삼다무라 부른다.
마찬가지로 작품 개별적으로 대배너를 받고, 일정 편수를 보면 독자에게 캐시 뽑기권을 지급하는 이벤트를 더 받게 된다.

∗ 리디북스의 **리디 기다리면 무료 (리다무)**

리디 기다리면 무료란, 하루에 한 편씩 해당 소설을 무료로 볼 수 있는 이벤트다.

보다시피 이러한 이벤트는 장편 유료 연재의 프로모션이다. 플랫폼은 매출을 위해 수많은 독자를 불러 모아야 한다. 그렇다면 독자가 부담을 느끼지 않고 쉽게 접근하는 방법은 무엇일까?

일정 시간이 지난 후 이용권을 받는 프로모션은 독자의 접근 부담을 줄인다. '일단 이리 와서 이거 받아 봐'라며 독자를 유혹한다. 독자는 무료로 이용권을 준다고 하니 부담 없이 플랫폼에 접속하여 해당 작품을 읽는다. 그리고 만약 읽은 작품이 재밌다면 자연스럽게 다음 화를 궁금해하게 된다. 장편 소설은 최소 100화가 넘어가니 무료로 보려면 100일간 매일 이용권을 기다려야만 한다.

100일간 이용권을 기다려야 한다고? 말이 되나? 나는 이 소설이 너무 재밌어서 당장 보고 싶은데! 다음 화가 없는 것도 아니고!

그렇게 독자는 원하는 내용을 읽을 때까지 결제하게 된다.

하지만 만약 총 연재 편수가 30화라면 어떨까?

웹소설은 독자들이 초반부를 미리 볼 수 있도록 일부를 무료로 오픈한다. 그렇다면 무료 편수가 5화라고 가정했을 때 독자가 결제할 유료 편수는 25화가 되는 셈이다. 25화. 한 달이 30일이니 하루에 하나씩 나오는 이용권을 기다려 써도, 한 달이 채 안 돼서 소설 한 편을 무료로 전부 볼 수 있다. 독자의 결제율이 떨어질 수밖에 없다.

그러니 플랫폼의 대표적인 프로모션은 장편 유료 연재의 프로모션을 기반으로 움직인다. 그래야 독자를 많이 부를 수 있기 때문이다.

물론 예외는 항상 존재한다.

앞에서 소개했던 프로모션이 웹소설의 메인 프로모션이기는 하나 작품의 런칭 시기에 따라 독자의 유입이 달라질 수 있다. 게다가 앞에서 소개했던 프로모션이 아닌 다른 프로모션으로도 높은 매출을 내는 작품은 당연히 존재한다.

그렇기에 앞에서 소개한 프로모션만이 좋은 프로모션이라는 뜻은 절대 아니지만, 다른 프로모션에 비해 노출도가 많아지는 건 사실이다.

"어? 그럼 단행본 출간이 아니라 유료 연재가 좋은 거 아니야?"

여기까지 읽었다면 분명 이 생각을 한 사람이 있을 것이다.

유료 연재의 매출 파이가 더 클 수는 있지만, 두 방식에는 글을 쓰는 기간 차이가 있다는 것을 반드시 알아야만 한다.

유료 연재는 최소 100화 이상, 로맨스 판타지 기준으로 플랫폼에서 반기는 최소 회차 기준은 150화다. 최소 회차가 150화기에 로맨스 판타지나 BL 장르 기준으로 170화, 200화까지 연재하는 작가가 많다. 편수가 훨씬 길어지는 판타지, 현판, 무협은 더 길다. 현대 로맨스를 제외하고는 모든 장르가 150화를 거뜬히 넘는다는 뜻이다.

유료 연재 한 편당 글자 수는 약 4천 자. 4천 자 ✕ 최소 회차인 150화로 계산하더라도 약 60만 자의 글자 수다. 170회차로 계산하면 68만 자다.

단행본은 한 권당 글자 수 약 11만 자를 기준으로 잡고 있다. 총 2권 혹은 3권으로 출간하는 작가가 많다.

단행본은 권당 약 11만 자로, 총 3권으로 출간하더라도 약 33만 자다.

> ☑ **유료 연재** : 4천 자 x 최소 회차 150화 = 약 60만 자
> ☑ **단행본** : 11만 자 x 약 3권 = 약 33만 자

글자 수가 두 배 이상 차이 나는 만큼, 작품을 쓸 때 들어가는 시간도 그 이상 차이 난다. 장편 연재로 한 작품을 출간할 때 단행본으로는 두 작품을 출간할 수 있다는 뜻이다.

유료 연재의 매출 파이가 더 클 수는 있지만, 단행본으로 유료 연재보다 더 높은 매출을 버는 작가도 많다.

그뿐만 아니라 글 쓰는 방식에서도 차이가 난다.

장편인 유료 연재는 작품을 출간할 때도 완결 난 상태로 출간하지 않는다. 작가들은 주로 런칭할 때 필요한 편수(약 100화)+비축분(약 10~20화) 정도만 쓴 상태로 작품을 출간한다. ……사실 방금 문장은 내 바람을 담아 쓴 문장이다. 출간할 때 약 20화가량의 비축분이 있는 작가면 진짜 많이 준비해 둔 거다. 아마 웹소설 작가가 조금 전 문장을 읽었다면 '나는 이제부터 비축분을 만들어야 하는데? 무슨 소리지?'라고 생각했을지도 모르겠다. 일반적으로 10화 내외의 비축분을 가진 상태로 출간하게 된다. 만일 출간할 때는 20화의 비축분이 있었다고 해도 정말 신기하게도 며칠만 지나면 비축분이 모두 사라진다. 그럼 이제 연재속도가 빠른지 아니면 내가 울면서 마감하는 게 빠른지 매일 창작의 고통 속에서 몸부림친다. 그때가 되면 마치 기차와 경주 시합을 하는 것 같은 기분도 든다.

이렇듯 완결이 나지 않은 상태로 출간하다 보니 독자의 날카로운 반응을 마주하게 되면 글이 타격을 입는다. 내가 원래 쓰려고 했던 전개가 있음에도 독자가 전개나 캐릭터를 지적하면 '내용을 바꿔야 하나?'라는 생각이 든다. 좋은 방향으로 전개가 흘러가면 다행이지만, 내용이 바뀌면서 캐릭터가 이상해지거나 오히려 전개가 틀어질 수도 있다.

하지만 단행본은 다르다.

단행본은 완결된 상태에서 출간이 된다. 출간한 이후 비축분을 만들어야 한다는 압박감이 없고, 무엇보다 독자가 어떤 반응을 보이더라도 이미 완결한 상태기에 전개에 타격을 입지 않는다. 물론 독자의 반응을 보고 '이렇게 쓸 걸 그랬나'라는 후회를 할 수도 있지만, 적어도 작가가 처음에 쓰려고 했던 소설을 끝까지 쓸 수 있다는 것이다.

그러니 어떤 출간 방식이 더 좋다고 단언할 수는 없다.

― 프로모션 심사 합격률을 높여 보자 ―

작품의 주목도가 달라지는 프로모션. 사실 프로모션의 합격률은 극
악하다. 다들 플랫폼의 메인 프로모션만 합격률이 낮고, 다른 프로모션
은 쉽게 합격할 수 있다고 생각하는데 전혀 아니다! 웹소설 작가가 무
수히 많아진 만큼 메인 프로모션이 아닌 다른 프로모션 역시 경쟁률이
무척 높다. 기성 작가들도 원하는 프로모션을 한 번에 딱 합격하기가
힘든 요즘이다.

그렇다고 내가 수개월에 걸쳐서 열심히 쓴 소설을 아무런 광고도 없
이 출간할 수는 없다.

그렇다면 단매, 삼다무, 리다무 등 프로모션의 심사 합격률을 높이
는 방법은 무엇일까? 제일 중요한 건 결국 독자가 돈을 주고 이 작품을
볼 것인가에 대한 부분이다.

위에서 말했듯 제일 좋은 매출을 내는 단매, 삼다무, 리다무는 처음
독자를 유혹해서 모은 뒤, 그 독자가 플랫폼에 자리 잡고 앉아 소설을
읽게 만드는 프로모션이다. 그러니 플랫폼은 당신의 작품이 세일즈할
여력이 있는가를 먼저 보게 된다.

◆ 도입부에서 독자의 흥미와 기대 심리를 자극해라

도입부는 재밌어야 한다. 뒤의 내용이 아무리 재미있어도 도입부가 엉망이면 독자는 그 재미있는 부분까지 읽지도 않는다. 프로모션을 심사할 시 필요한 원고가 5화~10화인 이유도 여기에 있다. 도입부에 작품의 주요 목표, 자극적인 전개를 전부 담아야 한다. 도입부에 힘을 싣자.

◆ 도입부는 글자 수에 연연하지 말고 전개에 맞춰서 쓰자

웹소설의 한 화 글자 수는 4천 자 내외다. 하지만 도입부까지 4천 자에 칼같이 맞출 필요는 없다. 도입부에서 필요한 건 4천 자가 아니라 재밌는 사건 전개와 배치다. 글자 수가 넘어가도 신경 쓰지 말자.

◆ 명확한 키워드를 보여 주자

#육아물인데 주인공인 아기가 도입부에 나오지 않는다. **#복수물**인데 도입부에 복수할 만한 내용이 나오지 않는다. 당연히 기대심리가 떨어지고 만다. 키워드를 골랐으면 도입부에 반드시 그 키워드에 부합하는 내용을 보여 주자.

◆ 유행 키워드에 나만의 특별한 요소를 추가하자

메이저 키워드란, 웹소설의 각 장르에서 유행하는 키워드다. 많은 작가가 유행하는 키워드로 소설을 쓴다. 플랫폼은 같은 키워드로 심사가 들어온 수많은 작품 중 소수만 합격을 시킨다. 당신이 유행 키워드의 작품을 써서 심사를 넣었다면, 같은 키워드를 쓰는 수많은 작가와 경쟁을 해야 한다. 경쟁률이 굉장하다는 뜻이다. 만일 유행 키워드를 쓰겠다고 마음먹었다면 나만의 특별한 경쟁력이 있는 소재를 반드시 추가하자. 차별화를 주어야만

당신의 작품이 돋보일 수 있다.

◆ 플랫폼의 그해 공모전, 공개 심사의 당선작을 눈여겨보자
그 플랫폼이 추구하는 작품 성향을 확인할 수 있다. 공모전 및 공개 심사의 당선작은 작품을 읽지는 못해도 작품 소개글과 키워드는 꼭 확인하자! 당선된 작품의 키워드를 보면 플랫폼이 어떤 분위기의 작품 위주로 공격적인 세일즈를 할 생각인지 조금은 이해할 수가 있다. 공모전 당선작만큼이나 플랫폼이 추구하는 작품 성향을 대놓고 알려 주는 기회도 없다.

내 경험담이지만 프로모션도 계획을 세워 접근하면 합격률이 훨씬 높아진다. 플랫폼도 결국 이익을 생각할 수밖에 없는 회사다. 회사에서 그 프로모션을 계획한 이유, 프로모션으로 얻고자 하는 목표 등을 생각하자.

─원하는 프로모션이 아니라 다른 프로모션에 합격하면요?─

작가들은 모두 플랫폼에서 기대 매출이 큰 단매나 기다무에 심사를 넣는다. 하지만 모든 심사 결과가 합격으로만 나오는 건 아니다. 결과가 불합격일 때도 있고 아울러 원하는 프로모션이 아닌 다른 프로모션으로 제안이 올 수도 있다.

'~작품은 원하는 A 프로모션으로 출간은 어렵겠지만,

대신 B 프로모션으로 출간하는 건 어떠세요?'

이를 웹소설 업계에서는 **역제안**이라고 부른다. 내가 원하는 프로모션이 아니기에 많은 작가가 플랫폼에서 온 역제안을 거절한다. 그리고 심사에 불합격한 원고는 폐기한 후, 다시 새로운 원고로 플랫폼 심사를 진행한다.

이는 기성 작가들이 실제로 많이 사용하는 방법이다. 이 방법이 틀리다는 게 아니다. 기성 작가라면 당연히 역제안을 거절하겠지만 만일 당신이 웹소설을 처음 쓴 작가라면 이 방법을 사용하지 않기를 추천한다.

나는 이게 많은 신인 작가가 하는 실수 중 하나라고 생각한다.

처음 웹소설을 쓴 작가들이 '기성 작가들은 역제안 온 프로모션은 매출도 안 나오고 노출도도 적으니까 거부하고 새로운 원고로 재도전한다던데요? 그러니까 나도 그렇게 해야죠'라고 말하는 모습을 많이 봤다. 실제로 내게도 똑같이 물어본 작가들이 있었다. 그리고 내가 '역제안 온 프로모션이라고 해도 출간해 보는 건 어때요?'라고 답했을 때 떨떠름한 반응을 보이며 '신인 작가한테는 왜 그 방법을 추천하지 않아요? 신인 작가도 매출 좋은 프로모션이 좋아요'라는 답을 들은 적이 있다.

실제로 그렇게 역제안을 거절한 작가님은 무료 연재도 하지 않은 미공개 작품으로 몇 번이나 원하는 프로모션을 받기 위해 시도하다가 결국 자신감을 잃어 계약 파기를 하고 더는 소설을 쓰지 않겠다고 했다.

처음 웹소설을 쓴 작가도, 몇 년이나 웹소설을 쓴 작가도 본인이 쓴 소설은 다 재밌고 예쁘다.

하지만 잘 생각하자. 그 방법을 쓰는 기성 작가는 이미 출간 이력이 있는 작가다. 즉 경력이 있다는 뜻이다. 이미 웹소설 업계의 전반적인 분위기를 읽었고 웹소설 전개와 키워드에 능숙하여 새로운 원고로 재도전했을 때 합격률이 높다는 뜻이다.

하지만 웹소설을 처음 쓴 작가라면 어떨까? 제대로 완결까지 써 본 경험도, 출간 경험도 없다면 새로운 원고로 재도전했을 때도 합격률이 높다고 말할 수 없다.

물론 몇 번이고 계속 재도전하다 보면 원하는 프로모션에 합격할 수도 있을 것이다. 하지만 그렇게 되는 데까지 과연 기간이 얼마나 소요될까? 프로모션 심사 기간은 플랫폼마다 차이는 있겠지만 최소 한 달에서 최대 삼 개월이다. 한 작품을 버릴 때마다 두 달이 지난다고 가정하면 이 방법을 세 번만 사용해도 이미 반년이 사라진다.

당신이 아직 출간도 하지 않은 반년간, 웹소설 업계의 트렌드는 또다시 많이 바뀌어 있을 것이다.

단호하게 말하자면, 계속 빠르게 흐르는 웹소설 업계만 뒤쫓아 다니는 셈이다.

그러니 나는 당신이 웹소설을 처음 쓰는 작가라면 섣불리 기성 작가의 방법을 따라 하지 않기를 바란다. 물론 당신이 열심히 쓴 글이 원하는 프로모션에 합격하면 당연히 더 좋겠지만, 만일 그렇지 않아도 너무 실망하지 말자.

당신의 첫 작품이 프로모션 역제안을 받았다고 해서 두 번째 작품도 그러라는 법은 없다.

우선 경험을 쌓자. 그러니 출간하자. 출간해야만 얻게 되는 경험이라는 것도 있다.

─ 프로모션 심사를 넣어 둔 후에는 뭘 하죠? ─

위에도 잠시 말했지만, 프로모션 심사 기간은 플랫폼마다 차이가 있겠으나 최소 한 달에서 최대는 삼 개월까지 소요된다. 즉, 작품 심사를 넣어 두고 나면 최대 삼 개월까지는 그 작품의 프로모션 심사 합격 여부를 기다리고 있어야 한다는 뜻이다. 물론 삼 개월 뒤에 받을 연락은 합격일 수도 있고, 불합격 및 역제안일 수도 있다. 만일 합격 및 역제안의 결과를 받았다면 작품 런칭 날짜가 나오고, 불합격이면 다른 플랫폼에 다시 프로모션 심사를 진행하고 결과를 기다리게 될 것이다.

프로모션 결과에 따라 작품의 분량과 연재 수위 및 연재 방식 등이 변할 수도 있기에 런칭 원고는 심사 결과가 나온 후에 쓰는 경우가 많다. 물론 작품 심사 결과와는 상관없이 런칭고를 준비하는 작가도 있다.

그렇다면 다른 작가들은 무엇을 할까?

심사 결과가 나오는 데까지는 한 달에서 삼 개월. 작가들은 보통 이 시간에 신작을 구상한다. 작품이 끝남과 동시에 쉬는 기간 없이 신작을 쓰러 가기 위해서다.

예를 들자면 이렇다. 먼저 심사를 넣어 두었던 A 작품의 결과가 나오면 그간 구성했던 신작 B 작품의 심사를 또 넣는다. A 작품의 결과가 합격이라면 B 작품이 심사받는 동안 런칭고를 쓰게 되고, 만일 A 작품이 불합격이라면 B 작품이 심사받는 동안 A 작품은 다른 플랫폼에 심사를 넣는 것이다.

물론 이 방법은 위험하다. 두 작품 모두 합격하게 되어 출간 날짜가 비슷할 경우, 런칭 원고를 동시에 준비해야 하기 때문이다. 하루에 몇 시간도 채 제대로 자지 못하고 런칭 원고를 쓰느라 시달리게 될 수도 있다.

쉬지 않고 출간하며 계속 글을 쓰고, 동시에 여러 작품을 소화해 내는 걸 우린 '다작'이라고 부른다.

하지만 만일 당신이 다작을 하게 됨으로써 런칭 원고를 제대로 준비하지 못하거나 휴재, 혹은 일정을 펑크낼 위험이 있다면 절대! 이 방법을 권하지 않는다. 이건 다작을 해도 감당할 수 있는 사람만 가능한 방법이다. 만일 손이 느리거나 한 작품을 쓸 때 시간이 오래 소요되면 차라리 심사 기간에는 쉬면서 런칭 원고를 쓰도록 하자.

휴재나 펑크, 미비한 런칭고는 당신의 이력에 절대 도움이 되지 않는다. 플랫폼과 출판사는 제대로 약속을 이행하지 못한 당신에게 다음 기회를 주지 않을지도 모른다!

다작은 수개월의 심사 결과를 기다리는 데 지친 작가들이 다음 작품의 심사 결과를 아무것도 하지 않은 상태로 기다리고 싶지 않아서 주로 사용하는 방법이다.

글을 쓰는 방식은 각기 다르다. 정해진 답은 없다. 그러니 당신이 시간을 효율적으로 사용할 수 있는 방식으로 글을 쓰도록 하자.

2장

성공을 부르는 웹소설을 쓰자

part 1

웹소설의 문체

우린 이제 웹소설을 충분히 이해했고, 장르와 키워드를 골랐으며 그에 따른 플랫폼과 프로모션을 파악했다. 그렇다면 이젠 손을 움직여서 쓰는 일만 남았다.

제일 중요한 건 결국 직접 써 보는 일이다.

머리로는 '이 키워드와 전개면 성공하겠는데?'라고 생각해도 막상 직접 써 보면 생각만큼 안 써진다. 특히 상상으로는 너무 재밌을 것 같던 전개도 글로 쓰니 생각했던 것만큼 제대로 표현이 안 돼서 재미없을 수도 있다.

그러니 우선은 써 봐야만 한다.

웹소설의 문체는 비교적 간결하고 짧은 편이다. 왜일까? 이유가 바로 생각나지 않는다면 다시 기억하자.

✳ 독자는 웹소설을 모바일로 읽는다.
✳ 웹소설 한 화의 글자 수는 약 4천 자다.

작가는 독자가 글을 편히 읽을 수 있게끔 해야 한다. 이를 가독성이라 한다. 가독성이 좋아야 독자가 완결까지 함께 따라온다.

개인적으로 웹소설에서 제일 좋은 문체란 독자가 한 번에 읽고 이해할 수 있는 문체라고 생각한다. 웹소설은 모바일로 글을 읽기 때문에 간결한 문장, 이해하기 쉬운 문장이 더더욱 중요하다.

웹소설을 쓸 땐 빠르게 전개해야 하는 구간과 독자가 느긋하게 감상하고 감정에 젖을 수 있도록 충분히 시간 줄 구간을 명확하게 파악해야 한다.

독자는 한 화씩 결제해서 글을 읽는다. 그런데 만일 결제한 화의 전개가 달라진 게 없다고 생각해 보자.

아래를 예시로 들어 보자.

여주가 탈의실에서 옷을 갈아입던 도중, 누군가한테 쫓기던 남주가 탈의실로 들어서며 두 사람이 처음 만난다. 여주는 모종의 이유로 남주를 숨겨 준다. 뒤쫓던 무리가 떠나자 남주는 홀연히 모습을 감추고, 여주는 남주가 자꾸만 생각나서 찾아보려 하지만 찾지 못한다. 며칠 뒤, 남주가 자신을 숨겨 준 여주를 찾아온다. 남주는 고마움의 표시라며 선물만 주고 또 사라진다. 남주가 준 선물은 바로 여주가 내내 찾아다니던……!!

까지의 내용을 한 화에 담는다고 정리해 보자.

① 먼저 여주의 상황을 설명해야 하고,

② 여주가 왜 탈의실에서 옷을 갈아입고 있었는지를 얘기해야 한다.

③ 남주와 여주의 첫 만남은 강렬하기에 당연히 몇 문장으로 끝낼 수 없다.

④ 당황한 여주의 심리 묘사가 나와야 하고

⑤ 독자가 남주의 상황을 유추할 수 있는 표현들과 대사가 나와야 한다.

⑥ 남주를 생각하며 혼란스러워하지만

⑦ 동시에 설레는 여주의 감정과 남주를 찾아다니는 장면이 연출된다.

⑧ 찾아온 남주와 다시 만난 여주의 상황과 감정을 독자에게 전달해야 하며,

⑨ 남주가 고마움의 표시로 건넨 선물이 사실은……!!

①~⑨번까지의 모든 상황을 4천 자 안에, 그것도 독자에게 주인공들의 감정과 상황을 이해시키며 끝내야 한다는 뜻이다.

만일 상황과 심리 묘사로 인해 문장이 길어지고, 글자 수의 압박으로 인해 한 화에 ①~③번까지의 상황만이 담겼다고 가정해 보자. 그것도 매화마다. 이런 식의 전개 속도로 진행된다면 어떻게 될까?

대개의 독자는 전개가 느리다고 생각하는 동시에 지루하다고 느낄 것이다.

독자는 스토리 진행에 필요 없는 장면을 결제하지 않기 위해 몇 화를 건너뛰고 읽거나 하차하게 된다.

물론 여러 방면으로 묘사하여 독자의 몰입을 극대화하는 건 좋은 일

이다. 하지만 이 방법은 모든 장면에 적용되어서는 안 된다. 전개를 빨리 진행할 장면과 독자의 몰입을 극대화할 장면을 구분하는 게 좋다.

이렇듯 웹소설의 문체에도 연습이 필요하다. 웹소설은 한 화 안에서 많은 상황을 전달하며 착실히 전개를 나아가야 한다.

내가 처음 웹소설을 썼을 때 많은 지적을 받은 부분이 바로 문장이었다. 문장이 너무 길고 산만했다. 이런 글은 대부분 독자한테 환영받지 못한다. 짧게 쓰자. 간결하게 쓰자.

하지만 막상 짧고 간결하게 쓰려고 해도 어떻게 해야 하는지 감이 잡히지 않을 것이다. 나 또한 그랬다. 여러 방법을 고민해 보자.

아래 방법은 내가 웹소설 문체를 처음 고민할 때 실제로 적용했던 연습법이다. 스스로 여러 방법을 시도해 본 끝에 만든 방법이다. 당시 이 연습법으로 문체를 바꿔 무료 연재를 하고, 이전엔 없었던 출판사 컨택을 받았다. 그것도 대형이라 불리는 출판사를 포함하여 총 열 군데였다.

부디 당신에게도 이 연습법이 도움이 되길 바란다.

─ 웹소설 문체 연습법 ─

◆ 우선 문장을 쓰자

아무리 설명해도 직접 쓰는 건 차이가 있다. 우선 지금 생각나는 문장을 써 보도록 하자. 의식하지 말고 쓰자. 그래야 평상시 소설을 쓸 때도 해당 방법을 적용할 수 있다.

◆ 눈으로 읽자

문장을 모두 썼다면 눈으로 천천히 읽어 보자. 생각나는 대로 쓴 글을 다시 눈으로 읽으면 지저분함에 놀랄 때가 많다.

◆ 눈으로 읽을 때 걸리거나 멈칫하는 곳이 있다면 그곳을 기점으로 문장을 끊어라

분명히 내가 쓴 글인데도 불구하고 눈으로 읽다 보면 걸리는 문장이 나오기 마련이다. 혹은 이해하기 어려운 문장도 있다. 그런 문장은 반드시 두 문장으로 나누어 보자.

◆ 입으로 소리 내서 직접 읽자

눈으로 볼 때와 입으로 소리 내서 읽을 때 느껴지는 어감은 무척 다르다. 분명 눈으로 읽을 땐 어색하지 않았는데 입으로 소리 내어 읽어 보니 어색한 문장이 있다. 그 부분 역시 문장을 나누거나 수정하자.

◆ 필요 없이 나열된 단어와 문장을 정리하자

문장을 쓰다 보면 필요 없이 나열된 단어와 문장이 생긴다. 그뿐만 아니라 중복되는 문장들도 보일 것이다. 아쉽겠지만 이런 경우 과감하게 삭제하자. 독자는 반복된 문장을 지겨워한다.

◆ 앞에서 제외한 단어와 문장 중에 하나로 합칠 수 있는 문장이 있는지 확인하자

거슬리는 문장들을 모두 나눴다. 그리고 거슬리는 문장과 단어를 모두 지웠다. 그러고 나면 짧은 문장들이 남는다. 짧은 문장 중에 하나로 합칠 수 있는

문장이 있는지 확인하자. 눈에 보이지 않는다면 억지로 합칠 필요는 없다.

◆ 묘사를 넣자

문장을 쓰다 보면 묘사를 잊는 경우가 많다. 묘사는 독자의 상상력을 자극한다. 모든 문장을 멋지게 꾸미라는 뜻이 아니다. 묘사를 사용해 효과를 극대화할 수 있는 문장이 보인다면 묘사를 짧게 넣어 주자.

◆ 대사로 활용할 수 있는 지문이 있다면 대사로 활용하자

읽다 보면 대사로 활용할 수 있는 지문들이 있기 마련이다. 생각보다 지문을 자세히 읽지 않는 독자도 있다. 대사로 활용할 수 있는 지문이 있다면 대사로 활용하는 게 좋다.

◆ 지문을 제외한 대사만 읽어 보자

독자 중에는 지문을 제외한 대사만 읽는 독자들이 많다. 지문을 제외하고 대사만 읽어 보자. 대사만 읽고도 어떤 상황인지 충분히 설명되도록 대사를 활용해야 한다.

문체 연습에서 중요한 건 문장을 나눌 구간과 합칠 구간을 찾는 것이다.

처음 웹소설을 쓰는 작가가 어려워하는 게 바로 문장의 짧은 속도다. 하지만 다시금 상기하자. 문장이 매끄럽지 않다면 독자는 집중력을 잃게 된다. 가끔 의견을 나누다 보면, 짧고 간결한 문장을 무시하는 경향의 반응이 있다.

간결하고 짧은 문장으로 독자를 단번에 이해시키고 완결까지 끌고 가는 일이 얼마나 대단한지 생각해야 한다. 남이 볼 땐 다소 쉬워 보이는 그 문장으로 독자의 흥미와 작품의 재미, 완성도를 모두 갖춘다는 게 얼마나 중요한지 확실하게 알아야만 한다!

TIP 좋은 필력이란?

좋은 필력이란 결국 독자의 이입을 최대로 끌어내고 제대로 이해시키는 것이다. 당신의 문장은 상황을 설명할 수도, 인물의 감정 및 심리 상태나 주변 배경을 보여 줄 수도 있다.

문장에 시각, 청각, 후각, 미각, 촉각을 다방면으로 활용하여 담는 게 좋다. 오감이 충족되면 독자는 생동감을 느낀다.

part 2

첫 문장+첫 만남+첫 화 = 1화

모든 매체가 그렇듯 제일 중요한 건 첫 화다. 첫 화는 독자가 제일 처음 이 작품을 만나게 되는 첫 만남이나 마찬가지다.

첫 화에는 작품의 키워드와 분위기가 압축되어 담겨 있기에, 독자는 첫 화를 읽고 이 작품을 조금 더 살펴볼지 아니면 하차할지를 결정한다. 그리고 첫 화의 분위기는 첫 문장이 결정하게 된다.

소설의 시작점인 첫 문장은 주인공이 있는 장소 및 처한 상황으로 이어진다. 첫 문장이 우스꽝스러운 문장이라면 분위기는 유쾌하게 풀어질 테고, 비장하고 원통한 내용의 문장이라면 독자는 저도 모르게 긴장하게 될 것이다.

첫 문장의 예시를 살펴보자.

▶ 여주는 그를 죽이기로 했다.

▶ "우리 헤어지자."

▶ 사람들의 축복이 가득한 결혼식 당일, 한 여자가 남편을 찾아왔다.

- ▶ "우리 서른 될 때까지 결혼 못 하면 서로 책임지기로 했었잖아. 우리 올해 서른이다?"
- ▶ 남편이 바람날 줄 알았다면 차라리 고양이랑 결혼할 걸 그랬다.

첫 문장은 독자의 호기심과 흥미를 끌어야 한다.

첫 문장은 대사가 될 수도 있고, 현재 상황을 설명할 수도 있으며 앞으로 일어날 일을 예견할 수도 있다. 이렇듯 첫 문장에서 느껴지는 분위기는 앞으로 일어날 전개에 대한 예고편과도 같다.

앞 장에서 예시로 써 둔 첫 문장을 읽고 상황이 어떻게 이어질지 상상해 보도록 하자.

기억하자. 첫 화는 반드시 작품을 향한 독자의 기대감을 충족시켜야 하는 화이다.

그렇다면 독자한테 내보이는 처음 4천 자에는 무엇을 적어야 할까.

─ 웹소설 1화 필승법 ─

먼저, 작품을 쓰기 전 당부하고 싶은 게 있다. 소설은 등장인물의 일기가 아님을 기억하자. 인물의 일과를 나열하는 것이 아니라 인물의 목표에 따라 사건을 전개하고 감정을 보여야 함을 잊지 말고 첫 화에 돌입하자.

◆ 주인공이 누구인지 알려 주자

독자는 주인공과 처음 만났다. 즉, 아직 독자와 주인공은 낯을 가리는 사이란 뜻이다. 간혹 첫 화에 주인공이 누구인지 헷갈리게 하고자 많은 인물을 배치하는 경우가 있는데, 이는 불필요한 요소다. 주인공은 명확해야만 한다. 첫 화에서 알려 줄 주인공의 정보는 이름과 나이, 직업과 현재 상황, 필요하다면 가벼운 서사까지가 적당하다. 알게 되는 정보가 많을수록 독자는 친밀감을 느끼며 쉽게 감정이입을 하게 된다. 다만 주의해야 할 점은, 1화에서 주인공 얘기만 하다 보면 상황 전개가 되질 않으니 적당한 지점에서 끊어야 한다.

◆ 충격적인 사건으로 전개하자

첫 화는 무조건 흥미로워야만 한다. '뒤에 정말 재밌는 일이 나오는데!'라고 해도 첫 화가 재밌지 않으면 기대 심리가 떨어진다. 주인공이 처한 상황과 밀접한 연관이 있는 사건을 만들어 전개하되 자극적인 사건 혹은 유쾌하고 즐거운 사건을 배치하여 독자들의 기대 심리를 끌어와야만 한다. 첫 화이기에 첫 사건은 주인공과 밀접한 사건이어야만 한다. 그래야 독자가 주인공의 이야기에 더 깊게 빠져들 수 있다.

◆ 주인공의 메인 목표를 보여 주자

주인공의 목표는 곧 소설이 나아갈 길이다. 첫 화에 주인공이 추구하는 메인 목표를 가볍게라도 반드시 던져 줘야만 한다. 소설이 앞으로 이 목표를 위해 나아갈 것이라고 소개하는 것과 마찬가지다.

◆ **로맨스라면 남자 주인공을 배치하자**

남자 주인공은 작품을 함께 끌고 갈 중요 인물이다. 로맨스 장르에는 '남자 주인공 캐릭터를 기가 막히게 잘 만들면 반은 성공한 셈이다'라는 말이 있을 만큼 남자 주인공이 중요하다. 로맨스는 두 사람의 사랑을 보기 위한 소설이다. 남자 주인공과 여자 주인공의 만남은 필수적인 요소임을 기억하자.

◆ **세계관을 훑자**

작가가 설정한 세계관을 아주 가볍게 보여 주자. 현대물이라고 하더라도 작가가 설정한 작품만의 세계관은 반드시 있다. **#오피스물**이라면 작가는 주인공이 다니는 회사를 설정했을 것이다. 판타지나 로맨스 판타지 장르는 더 광대하다. 세계관은 앞으로 소설 속 모든 일이 일어나는 순간들이다. 단, 아주 얕게 그리고 단 몇 문장으로 끝내야만 한다.

◆ **절단신공을 사용하자**

웹소설 업계에서 사용되는 '절단신공'은 마지막 끝부분을 독자가 궁금해할 내용으로 끝내서 다음 화로 넘어가게 만든다는 의미다. 1화 필승법은 결국 2화를 위함이다. 독자의 궁금증을 유발하도록 전개하다가 적절한 지점에서 끊어 주자. 절단신공은 1화뿐 아니라 웹소설의 모든 화에 반드시 적용되어야 한다.

이렇듯 1화 필승법이 있듯이 반대로 1화에서 절대 하지 말아야 할 치명적인 실수도 있다. 독자의 하차를 부를 수 있는 중대한 실수기에 반드시 기억해 두자.

─ 1화에서 절대 하지 말아야 할 치명적 실수 ─

◆ 세계관을 너무 많이 보여 주지 말자

간혹 작품의 시작점과 작가의 머릿속에서의 시작점이 다를 때가 있다. 작가는 작품을 쓰기 전부터 세계관을 설정했고, 수도 없이 생각했기에 작품이 익숙하다. 그래서 간혹 첫 화에 많은 설정과 세계관의 내용을 말하게 된다. 하지만 아직 주인공과 친밀해지기도 바쁜 독자에게 지나치게 세세한 세계관까지 보여 주려 하는 순간, 독자는 복잡함을 느끼며 하차하기도 한다. 세계관은 아주아주 얇고 투명하게 보여 주고 차근차근 풀어 나가야만 한다. 주인공과 가까운 내용부터 차근차근 시작하자.

◆ 전개 시점을 많이 바꾸지 말자

웹소설에서는 빠른 전개를 위해 한 화 안에서도 많은 시점 변화나 장소 변화가 이뤄진다. 하지만 첫 화부터 시점이나 장소 변화가 자주 일어나게 되면 독자는 정신없다고 느낄 수 있다. 되도록 첫 화에서는 변화를 줄이고 피치 못할 상황에서 한 번 내외로 사용하자.

◆ 모든 걸 설명하려고 하지 말자

작가는 작품을 사랑한다. 특히 첫 화라면 더더욱 그렇다. 애정이 있고 아끼는 만큼 말은 많아진다. 하지만 설명이 길면 글의 재미가 사라진다. 설명은 잠시 뒤로 미루고 필요한 설명만 아주 간략하게 해 주자.

◆ 꼭꼭 숨기지 말자

모든 작가는 독자를 배신하기를 좋아한다. 독자의 예상을 뒤엎어 뒤통수를 치고 즐거워한다. 독자가 모든 걸 알고 있으면 전개를 급하게 바꿔서라도 독자를 배신해야 한다고 생각하는 잔인한 사람들이다. 그래서 되레 첫 화에 모든 걸 숨기려 하는 작가가 있다. 하지만 너무 꼭꼭 숨겨 버리면 독자는 알 수 있는 정보가 없으니 감정이입을 할 수 없고, 감정이입이 되지 않으니 궁금증도 사라진다. 너무 많은 걸 숨겨서는 안 된다. 숨길 건 숨기되 독자한테 보여 줘야 할 내용은 반드시 제대로 보여 주자.

✦ 첫 화에서 필요한 건 오직 "흥미" 뿐이다.

part 3

독자의 흥미를 불러 모으자

웹소설은 자기계발서나 교육용 책이 아니다. 독자가 웹소설을 읽으며 바라는 건 즐거움과 대리 만족이다. 그렇다면 구체적으로 어떻게 독자의 흥미를 불러 모을 수 있을까?

― 웹소설의 클리셰 ―

익숙한 전개와 흔한 우연, 그리고 알면서도 흥미진진한 전개들. 흔히 진부하다고 생각하는 뻔한 사건의 범위를 우리는 클리셰라고 부른다. 흔히 말하자면 '큰일에 처한 여주를 남주가 구해 주며 감정을 깨닫는 상황' 같은 공식이다. 클리셰는 아주 오래전부터 유구하게 자리 잡아 왔다.

웹소설을 쓰기 위해 인터넷이나 여러 정보 매체를 찾아본 경험이 있다면 아마 '클리셰를 비틀어야 한다' 등의 말을 자주 접했을 것이다. 혹시 업계에서 왜 그런 말이 자주 나오는지 생각해 본 적이 있나? 클리셰를 비틀려면 왜 비틀어야 하는지부터 이해하고 넘어가야만 한다. 이유는 간단하다. 이미 익숙하게 자리 잡은 클리셰는 독자의 상상력을 자극하지 않기 때문이다. 사건 이후 남주와 여주가 어떤 상황에 놓일지, 두 사람의 관계에 어떤 변화가 생기고 무슨 대화를 나눌지, 상상하며 즐거워야 하는데 이미 모든 내용을 알고 있다면 흥미가 반감될 것이다.

그렇기에 우린 클리셰를 비틀어서 독자의 상상력을 자극해야만 한다.

여기까지 읽었다면 분명 '그럼 아예 독자가 알지 못하게 새로운 내용을 써서 상상력을 자극하면 되겠네!'라고 생각한 사람이 있을 것이다. 절대 안 된다고 말하고 싶다. 반드시 기억하자. 독자는 자신이 아예 모르는 분야에는 흥미를 보이지 않는다. 독자가 적당히 추리하며 맞출 수 있지만, 또 적당히 신선함을 느낄 수 있는 구간을 써야 한다. '그런 게 어디 있어!'라고 말하고 싶나? 하지만 우린 그렇게 써야만 한다.

그러니 우리는 클리셰를 완전히 없애는 게 아니라 아주 조금, 독자가 미묘하게 달라짐을 느낄 정도로만 '비틀어야'하는 것이다.

그럼 클리셰는 어떻게 비틀어야 하는 걸까?

아주 흔한 로맨스 클리셰의 상황으로 살펴보자.

급하게 계단을 내려가는 여주, 갑자기 발목을 삐끗하여 넘어진다.
마침 반대편에서 올라오던 남주와 뒤엉켜 떨어지며 키스한다.
⇒ 서로에게 피어나는 감정, 로맨스로 풀어 나갈 앞으로의 상황을 기대

위는 아주 흔한 로맨스식 클리셰의 예시다. 그럼 이번엔 이 클리셰를 비틀어 보자.

급하게 계단을 내려가는 여주, 갑자기 발목을 삐끗하여 넘어진다. 마침 반대편에서 올라오던 남주와 뒤엉켜 떨어진다. 서로 손바닥으로 본인 입술을 사수하며 키스를 피한다. 상대가 자신과 키스할까 봐 가렸다는 사실에 불쾌해하면서도 본인도 같은 행동을 했기에 감정을 드러내지는 못한다.

⇒ 키스할 뻔한 상황에 놓였으나 피한 상대를 자꾸 생각함, 로맨스로 풀어나가기를 기대

내용은 공통적으로 계단에서 함께 떨어진 남녀의 입술이 서로 부딪치는 장면이다. 여기서 살짝 바뀐 건 '두 주인공의 키스 ⇒ 두 주인공이 상대와의 키스를 피하고자 손바닥으로 입술을 가렸다'라는 상황뿐이다.

독자가 예상하던 '키스'라는 클리셰에서는 벗어났지만, 독자가 기대하던 서로에게 피어나는 감정과 로맨스적인 상황에서는 벗어나지 않은 셈이다.

이렇듯 익숙한 장면을 아주 살짝, 다른 방향으로 비틀어 주는 전개를 우리는 '클리셰를 비튼다'라고 말한다. 여주가 급히 계단을 내려가던 도중 넘어져 남주와 얽히는 건 익숙하고 뻔하지만 독자가 예상했던 두 사람의 키스와는 다른 방향이 나오니 궁금증을 유발할 수 있는 셈이다.

누구나 당연히 생각했을 법한 상황이지만, 익숙하고 뻔하지는 않은

전개. 그게 바로 클리셰를 비트는 것이다.

물론 클리셰를 비튼다는 건 답이 정해져 있지 않기에 같은 상황을 또 다른 장면으로도 바꿀 수 있다.

그렇기에 클리셰를 비틀기 위해선 클리셰를 정확하게 파악해야만 한다. 클리셰는 달리 말하자면 일종의 흥행 보증 수표'였던 것'이다. 클리셰를 절대 무시해서는 안 된다. 독자들한테 인기가 많았기에 클리셰로 자리잡은 것이다. 다만 너무 인기가 많다 보니 이제 익숙해진 것뿐이다.

처음 글을 쓰는 작가가 제일 많이 하는 실수 중 하나가 바로 이 클리셰를 아예 없애 버리는 것이다. 너무 흔하고 뻔하기에 다른 길을 걷겠다며 반대 길을 걸어간다. 정말 비장하게 '나만의 길을 찾겠어!'라면서 뒤도 돌아보지 않고 새로운 전개를 쓴다. 흥행 보증 수표와는 정반대로 말이다.

물론 좋은 반응이 나오는 작품도 있지만, 대부분은 좋은 반응을 얻기가 힘들다. 나는 작품에 클리셰를 아예 없애는 건 무모하다고 생각하는 주의다.

클리셰는 필요하다. 작품이 흥행하려면 독자에게 친근함을 주는 것 또한 필요하다. 그러니 클리셰를 없애거나 전혀 다른 길을 걷겠다는 목표를 세워서는 안 된다.

만일 그런데도 당신이 정말 나만의 길을 구축하고 싶다면 우선 웹소설 업계의 장르부터 제대로 파악한 뒤에, 즉 클리셰를 자유자재로 다룰 수 있을 때 이 목표를 세우도록 하자.

TiP 클리셰를 잘 비트는 방법의 연습

갑자기 무턱대고 클리셰를 비틀어야 한다고 말하면 당연히 작품에 바로 적응하기가 힘들다. 게다가 클리셰는 잘 비틀지 않으면 도리어 역효과가 난다. 그러니 클리셰 비틀기도 평상시 연습해 보면 도움이 된다.

✓ 장르의 대표적인 클리셰 장면을 뽑자
✓ 뽑아 둔 클리셰 장면을 다른 전개로 적어도 세 장면 이상 써 보자
✓ 달라진 전개로 인해 앞으로 각각의 주인공이 어떻게 변할지 써 보자
✓ 세 장면 중 독자가 제일 재밌게 읽을 장면이 무엇일지, 달라지는 주인공 중 제일 마음에 드는 주인공이 누구인지 골라 보자

이를 반복하다 보면 전개 방식을 풀어 나가는 폭이 넓어지고 바뀐 전개로 인해 앞으로 어떤 일이 벌어질지 예측할 수 있다.

─ 웹소설 한 화당 필요한 요소 ─

웹소설은 모든 화가 중요하다. 1화를 완벽하게 썼다고 안심해서는 안 된다. 곧바로 2화가 당신을 기다린다. 2화를 다 쓰고 나면 또 3화가 기다린다. 이런 방식으로 차근차근 최소 150화까지 써야 한다.

앞 장에서 우린 웹소설의 1화, 즉 도입부 쓰는 방법을 알아봤다. 그렇다면 웹소설은 한 화마다 뭘 써야 할까? 어떻게 써야 할까?

웹소설의 한 화에 필수로 담아야 할 건 ①기승전ㄱ 그리고 ②절단신공이다.

✦ 기승전결?
기는 사건의 시작, 승은 사건의 전개, 전은 사건의 전환, 결은 사건의 끝

웹소설은 한 화마다 '기승전결'이 아닌, 바로 이 **기승전ㄱ**을 담아야만 한다. 오타가 아니고 기승전ㄱ이다. 처음 들으면 도무지 이해가 안 갈 것이다. 나 또한 그랬었다. 소설의 모든 내용을 4천 자에 담으라는 뜻이 아니다. 당신이 구상한 한 화, 즉 4천 자를 '기승전ㄱ'에 맞춰 쓰라는 뜻이다. 정확히는 사건의 끝이 나오기 바로 직전까지 말이다.

한 화당 '기승전ㄱ'이 나오려면 전개가 무척 빨라야 한다. 그렇지 않으면 기승에서 멈출 테니까 말이다.

여기서 말하는 사건이란 소설을 전반적으로 아우르는 에피소드가 절대 아니다.

한 화에 담아야 하는 사건은 주인공의 감정 변화일 수도 있고, 주인 공이 처한 상황의 변화일 수도 있다. 혹은 새로운 인물의 등장일 수도 있으며 주인공이 조력자를 만나는 상황이 될 수도 있다.

상황이 급변해야 할 필요는 없지만, 포인트는 주인공이 계속 무언가 를 반드시 해야만 한다는 것이다.

웹소설 한 화에 담아야 하는 '기승전ㄱ'의 예시를 보자.

고등학교 동창회에서 첫사랑을 만난 여주. 야근에 찌든 현대사회 의 직장인으로 살아가는 여주는 모처럼 떠오른 풋풋한 감정이 반갑 다. 성인이 된 첫사랑은 여전히 잘생겼고 매력적이다. 여주는 첫사랑 에게 호감을 표시하고, 첫사랑도 여주의 호감 표시를 기쁘게 받아 준 다. 어쩌다 보니 첫사랑의 자취방까지 따라오게 된 여주. 밥 먹고 가 라는 첫사랑의 제안에 밥 대신 함께 술잔을 기울인다. 술이 오른 첫 사랑이 여주에게 키스한다. 분위기가 뜨거워지던 그때, 누군가 자취 방 현관문을 두드린다. "첫사랑 오빠, 나야." 애정이 담긴 여자의 목 소리다. 새벽 한 시. 타인이 찾아오긴 애매한 시간이다.

이렇듯 사건은 에피소드가 아니라 주인공이 처한 상황을 뜻한다. 한 화의 구성을 '기승전ㄱ'에 맞춰 4천 자에 담는 것이다.

이 예시에서 기승전ㄱ은 어떻게 나눌 수 있을까.

✓ **기** : 여주가 고등학교 동창회에서 첫사랑을 만난 구간

✓ **승** : 여주와 첫사랑이 서로한테 호감을 표시하는 구간

✓ **전** : 여주가 첫사랑의 자취방에서 함께 술잔을 기울이고 키스하는 구간

✓ **ㄱ** : 첫사랑의 자취방에 다른 여자가 등장한 구간

우린 찾아온 여자가 누구인지, 첫사랑과 여주는 어떤 관계가 될지 보여 주지 않는다. 우리가 쓰려는 건 '결'이 아니라 'ㄱ'이다. 찾아온 여자가 누구인지, 앞으로 어떻게 되는지 궁금하면 독자는 다음 화로 넘어가 읽으면 된다.

이것이 **절단신공**이다.

만일 한 화 안에서 첫사랑을 찾아온 여자가 누구인지, 그래서 첫사랑이 여주한테 무슨 말을 할지를 모두 보여 준다면 독자는 굳이 다음 화로 넘어갈 이유가 없다. 의문이 이미 해결됐기 때문이다.

이렇듯 한 화 안에서는 필요한 내용만 빠르게 진행되어야 한다.

✷ 독자가 지루해 할 틈을 줘서는 안 된다.

주인공의 모든 대사와 행동은 반드시 어떠한 결과로 이어져야만 한다. 감정이 쌓이거나 사건으로 연결되는 결과로 말이다. 소설에 쓸모없는 대사, 쓸모없는 상황은 절대 없다. 독자가 보기엔 그저 주인공들이 모여 식사하는 것처럼 보이는 장면에도 수많은 감정이 오가거나 떡밥을 뿌리는 대사 등이 등장해야만 한다.

아래 남주와 여주의 대화 예시를 보자.

"뭐 좀 더 먹고 갈래?" 첫사랑의 질문에 여주가 챙기던 가방을 슬며시 내려놓고 앉았다. 여기서 더 먹으면 배가 나오겠지. 여주가 침대를 힐끗 바라보다가 이내 고개를 저었다. "아까 많이 먹어서 배불러." 거부하는 내색에 첫사랑이 머쓱하게 냉장고를 닫으려고 했다. 그 순간, 다가온 여주가 냉장고 문을 잡았다. "그래도 오랜만에 만났는데 이렇게 헤어지긴 아쉬우니까 가볍게 술 한잔만 더 할까?" 첫사랑이 시계를 돌아보았다. 막차가 끊길 시간이었다.

실제로 소설에 대입한다면 더 많은 감정과 상황이 덧붙여질 것이다. 보다시피 별것 아닌 일상 대화 같지만 사실 이 안에는 두 사람의 관계와 감정을 유추할 수 있는 모든 게 들어 있다.

재차 말하지만, 필요 없는 대사와 쓸모없는 행동은 없어야 한다.

소설은 주인공의 일기가 아니다. 문장과 대사가 쓸모없어지는 순간, 독자는 지루함을 느낀다. 반드시 전개에 필요한 내용으로 구성해야만 한다.

─ 3화 안에 반드시 넣어야 할 전개 요소 ─

웹소설의 무료 회차는 기본적으로 3화 혹은 5화이다. 독자들은 무료 회차를 읽으며 작품을 하차할지, 더 읽어 볼지 결정한다. 바로 이 무료 회차에서 작품의 미래가 바뀌는 셈이다. 이 무료 회차에서 사로잡지 못하면 유료 회차로 넘어가는 독자가 줄어든다.

그렇다면 무료 회차에는 어떤 요소를 반드시 넣어야만 할까?

◆ 1화와는 전혀 다른 주인공

웹소설의 주인공은 1화와 3화의 모습이 다르다. 1화에서 배신당하는 모습이 나왔다면 3화에선 복수하기 위해 칼을 가는 주인공이 나온다. 1화에서 누군가에게 죽임 당했다면 3화에선 죽인 사람을 찾아 씹어 먹겠다는 주인공이 나온다. 1화에서 최약체였다면 3화에선 최강자가 된, 혹은 최강자가 될 주인공이 나온다. 1화에서 사랑받지 못한 주인공이었다면 3화에선 사랑받을 장소로 향한 주인공이 나온다. 1화의 주인공이 3화에도 같은 모습이라면 독자는 흥미를 잃게 된다. 게다가 3화 안에 주인공이 달라지려면 전개가 빨라질 수밖에 없다. 달라진 주인공을 보고 독자는 카타르시스를 느끼며 기대감을 키워 나갈 것이다. 단! **#후회남**의 키워드는 감정을 차근차근 쌓아야 하므로 예외다.

◆ 주인공의 목표

주인공의 목표는 곧 독자의 기대 심리가 된다. 초반에 주인공의 목표를 보여 주지 않는다면 독자는 이 소설이 말하는 바가 무엇인지 갈피를 잡지 못한다. 독자는 중심 없이 흔들리는 주인공에게 많은 시간을 할애하지 않는다. 목표는 거창한 게 아니어도 좋다. 취업난에 시달리던 주인공이라면 취업을 목표로, 통장 잔고가 부족했던 주인공이라면 로또 당첨을 목표로 설정해도 좋다.

◆ 똑똑한 주인공의 면모

독자는 똑똑한 주인공을 좋아한다. 똑똑한 주인공이란 학력이 좋고 계산을 잘하며 기억력이 좋은 천재를 말하는 게 아니다. 악역의 계략을 단숨에 간파하고 소설 내 답답한 상황을 곧바로 해치우며 중심을 잡는 주인공을 똑똑하다고 부른다. 주인공의 이런 똑똑한 면모가 3화 안에 드러나야만, 독자는 '고구마가 심하지 않겠구나'라며 안심하고 소설을 읽는다.

◆ 남주

여성향 소설이라면 남주가 필수적으로 나와야 한다. 남주가 나오지 않으면 어떻게든 등장시켜야 한다. 그런데도 도무지 남주가 나올 일이 없다 싶으면, 프롤로그를 따로 써서라도 등장시켜야만 한다. 남자 주인공은 정말 중요하다. 1화의 필승법에도 썼지만, 여성향 소설의 독자는 로맨스를 기대한다. 불가피한 사건 전개로 인해 1화에 남주가 나오지 못했다면 이해한다. 하지만 3화 안에는 반드시, 무조건 남주가 등장해야만 한다. 만일 3화 안에 남주가 등장하지 않는다면 전개를 뒤바꿔서라도 남주를 데려오자.

우린 3화 안에 독자의 관심을 끌어야 한다. 독자가 원하는 내용이 나와야 한다는 뜻이다. 이를 **후킹**이라고 부른다. 도입부에 후킹은 반드시 필수다.

기억하자. 초반부의 독자는 주인공에게 너그럽지 않다. 초반부에는 주인공이 조금만 실수하거나, 취향에서 조금만 어긋나더라도 더는 보지 않는다. 사람의 본성이란 게 원래 그렇다. 친한 친구가 저지른 작은 실수 한 번은 너그럽게 용서해도, 타인의 작은 실수는 절대 용납하지 못한다.

독자와 주인공은 이제 처음 만난 사이다. 작가한텐 익숙한 주인공이 독자한텐 살면서 처음 만난 타인이란 사실을 절대 잊지 말자.

— 독자의 메이저? 작가의 마이너? —

웹소설에서 메이저와 마이너는 정말 많이 사용되는 단어다. 웹소설에는 흔히 메이저와 마이너라 불리는 소재와 전개들이 있다.

> ☑ **메이저란?** 다수의 사람이 자주 접하고 흥미를 갖는 대중적인 취향
> ☑ **마이너란?** 소수의 사람만이 접하며 대중적이지 않고 비주류적인 취향

메이저가 얼마나 중요하냐하면, 오죽하면 작가들 사이에선 '제일 부러운 건 마감을 끝낸 작가가 아니라 메이저 취향을 가진 작가다'라는 말이 있을 정도다. 안타깝게도 작가 중에는 마이너적인 취향을 가진 사람들이 많다. 작가들끼리 모여 얘기하다 보면 세상에 이렇게나 마이너 취향을 가진 사람이 많은데 어째서 이 취향이 메이저가 아니라 마이너야? 라는 대화가 주를 이룬다. 참 기묘하고 슬픈 일이다. '어? 내가 읽은 소설의 작가님은 마이너 취향이 아니던데?'라고 생각한다면, 그건 글을 쓴 작가님이 마이너 취향을 숨기고 필사적으로 메이저식의 전개를 썼을 확률이 높다.

변명해 보자면, 작가들의 마이너 취향에는 나름의 이유가 있다. 처

음 글을 쓰는 작가의 경우에는 독자가 여태 보지 못한 새로운 소재와 전개를 보여 주길 원하기 때문이며, 일부 기성 작가의 경우엔 전작에서 이미 메이저 소재로 작품을 썼기 때문이다. 이전 작품과 다른 방향을 모색하다 보니 마이너만이 남기도 한다.

하지만 그 마이너의 취향을 꾹꾹 숨겨야 하는 이유 또한 간단하다. 독자는 여태 보지 않은 새로운 것이 아니라 재밌는 걸 보고 싶어 하기 때문이다.

새로운 것과 재밌는 것은 엄연히 다르다.

이번에도 이해하기 쉽도록 예시를 들어 보자.

메이저

† 재벌 2세임을 숨기고 팀장으로 근무 중인 남주와 팀원 여주

아주아주 흔한 소재다. 소재만 들어도 드라마, 영화, 소설 등 따지지 않고 바로 머릿속에 많은 작품이 떠오른다. 심지어는 소재만 들었을 뿐인데 앞으로 전개가 어떻게 되고, 남주와 여주가 대략 어떤 갈등을 겪어서 어떻게 해피엔딩을 맞이할지도 떠오르는 것 같다.

이게 바로 메이저 소재다.

그럼 이 소재를 마이너 소재로 바꾸면 어떻게 될까.

마이너

† 재벌 2세임을 숨기고 팀장으로 근무 중인 여주와 팀원 남주

주인공의 위치를 아주 살짝 바꿨을 뿐인데도 분위기가 확 바뀐다. 심지어 전개도 생각나지 않는다. 남주와 여주가 어떤 갈등을 겪어서 해피 엔딩으로 향할지 떠오르지 않는다. 물론 영화와 드라마 중에는 위 소재로 좋은 성적을 거둔 작품이 있을 수 있다. 하지만 우리가 쓰려는 건 영화나 드라마를 만들 시나리오가 아니라 오직 독자가 상상력을 발휘해 읽는 소설이다. 배우들의 예쁘고 잘생긴 얼굴과 뛰어난 연기력을 함께 보는 영상 매체가 아니란 뜻이다.

이게 바로 마이너다.

그렇다면 혹시 위 소재가 왜 마이너인지 생각해 본 적 있나? 만일 로맨스 장르가 아니라면 위 소재로 얼마든지 메이저 전개식으로 글을 쓸 수 있다. 하지만 로맨스라면 얘기는 다르다.

위 소재의 경우엔 팀장으로 근무 중인 재벌 2세 여주보다 팀원 남주가 더 멋있게 그려질 수 없기에 마이너 소재가 된 것이다.

물론 마이너 소재로도 뛰어난 성적을 거둔 작가와 작품이 무수히 많다. 단호하게 말하자면 그분들은 신이 내린 작가다.

하지만 그렇다고 해서 무조건 메이저로만 작품을 쓰라는 뜻은 절대 아니다. 예전엔 무조건 메이저식 소재, 메이저식 전개만이 답이었다. 그래서 메이저 소재, 메이저 전개의 작품이 수도 없이 쏟아졌다. 작품이 너무 많이 쏟아지다 보니 처음엔 괜찮았지만, 지금은 메이저 작품이 너무 많아져 독자들이 헤매기 시작했다. 그 결과 요즘은 메이저 요소만 잔뜩 넣어 쓴 작품보다 특별한 요소를 한 스푼 넣은 작품에 독자의 눈길이 더 머물고 있다.

메이저를 기본으로 깔되, 다른 작품과는 차별화된 내용을 한 스푼 추가하는 것이다.

앞에서 말했던 메이저 소재에 특별한 요소를 하나 더 추가한다고 생각해 보자.

메이저 + 마이너 조미료만 살짝
† 재벌 2세임을 숨기고 팀장으로 근무 중인 남주와 재벌 2세임을 숨기고 근무 중인 인턴 여주

메이저인 '재벌 남주'는 그대로 두되, '인턴 재벌 여주'로 변주를 줬다. 기존 메이저와는 조금 다른 점이 독자의 흥미를 불러들일 수 있다.

하지만 이 방식을 사용할 때 주의할 점이 있다. 소재에 특별한 요소가 한 스푼 들어갔을 뿐, 작품의 전개는 무조건 메이저식으로 전개되어야만 한다.

즉 '재벌 남주와 팀원 여주'가 보여 주는, 익숙하고 굳이 애쓰지 않아도 상상이 가능한 전개를 따라가야 한다는 뜻이다. 소재에 특별한 요소 한 스푼을 추가했다고 '재벌 여주와 팀원 남주'가 보여 줄 법한 익숙하지 않고 전혀 예상이 안 되는 전개로 바뀌는 순간 마이너 전개가 되고 작품도 마이너 작품으로 남게 된다.

✹ 메이저와 마이너는 한 끗 차이다.

― 독자한테 숨길 비밀은 딱 하나면 충분하다 ―

작가가 하는 실수 중 하나가 바로 독자에게 작품을 숨기는 것이다. 작가들은 작품의 비밀과 설정 그리고 최종 악역을 숨기길 정말 원한다. 왜 그렇게 숨기고 싶은지 작가인 나도 잘 모르겠는데 정말 잘 숨겨 뒀다가 독자가 예상 못 했을 때 꺼내서 놀라는 모습을 보고 싶어 한다. 힘들게 쓴 설정을 독자가 한 번에 간파하는 걸 좋아하는 작가는 없다.

작가가 원래 그렇다. 독자가 제발 맘껏 추리해 줬으면 좋겠지만 또 모두 완전히 맞추지 않았으면 하는 이중적인 성향을 지녔다.

하지만 웹소설은 그래서는 안 된다. 웹소설은 독자를 철저하게 속이면 안 된다. 웹소설은 독자가 상상할 수 있도록, 그리고 쉽게 추리하고 유추할 수 있도록 끊임없이 무언가를 설명하고 던져 주어야만 한다.

작가 혼자만 아는 세계관과 설정에 독자는 흥미를 보이지 않는다. 설정을 꼭꼭 숨기면 이해하기도 어려워서 결국 하차하게 된다.

처음부터 모든 걸 설명할 필요는 없지만, 굳이 일부러 숨길 필요도 없다는 뜻이다. 위에서도 설명했듯이 웹소설의 경우 대사만 읽고 지나가는 독자가 꽤 많기 때문에, 독자는 작가의 생각만큼 모든 걸 알지 못한다. 그래서 오히려 '이렇게 썼으면 독자가 알겠지?'라고 작가가 생각하더라도 여전히 독자는 잘 모를 때가 많다.

내가 처음 작품을 쓸 때 범했던 오류 중 하나다. 나는 정말 많은 걸 숨겼다. 주인공의 비밀스러운 과거, 주인공 옆에 함께 있는 조력자의 진짜 정체, 세계관의 설정 등등. 그리고 회차를 거듭할수록 하나씩 비밀을 풀었다. 하지만 독자는 이해하기 어렵다는 반응을 보였다. 처음에는 나오지 않던 비밀들이 갑자기 튀어나오니 독자의 입장에서는 낯설게 느껴지는 게 당연했다. 독자한테는 모든 걸 친절하게 설명하고 알려 주어야만 한다.

단! 그렇다고 당신이 가진 모든 패를 내보이라는 게 아니다!

그럴 필요는 절대 없다. 딱 하나. 작품 내에서 숨길 수 있는 수많은 비밀 중 정확히 클라이맥스에 오르게 할 딱 하나만 독자한테 숨긴다고 생각하자.

나는 이 부분이 정말 어려웠다. 독자한테 숨겨서도 안 되고, 그렇다고 모든 걸 알리자니 흥미가 떨어진다니. 그럼 대체 작가는 뭘 어떻게 해야 하는 걸까 고민이 많았다.

직접 부딪쳐 경험하고 나니 무엇을 말하는지 감이 잡혔다. 작가는 독자한테 모든 걸 오픈하고 탈탈 털어서 보여 줘야만 한다. 클라이맥스 딱 하나만 빼고 말이다.

클라이맥스는 소설마다 그리고 작가의 설정마다 전부 다르니 설명하기가 어렵지만 간략하게 웹소설에서 흔히 사용되는 **#빙의물**로 설명하자면, '주인공이 소설의 전개를 바꾸다가 결국 벌어지는 최종 사건' 정도가 될 것이다.

이런 식으로 하나의 비밀을 만들어 두면 독자의 이해와 흥미도 붙잡고, 호기심도 자극할 수 있다.

─ 주인공의 시점은 1인칭? 3인칭? ─

소설에는 여러 시점이 있다. 시점은 서술자가 소설에 등장하며 직접 이야기를 전달한다면 1인칭, 서술자가 소설 속이 아닌 작품 바깥에 존재한다면 3인칭으로 나눌 수 있다.

웹소설에서는 주로 1인칭 주인공 시점과 3인칭 전지적 작가 시점이 사용된다. 물론 제한적 전지적 작가 시점을 사용하는 작가도 있다.

이해하기 쉽게 설명해 보자면 1인칭 주인공 시점은 등장인물인 '나'의 눈으로 소설을 보는 것이고, 3인칭 전지적 작가 시점은 서술자가 특정 인물이 아닌 상태에서 소설 상황을 살피게 된다. 또한 제한적 전지적 작가 시점은 특정 인물에 초점을 맞춰 소설을 보게 된다.

가끔은 두 시점을 혼합해서 사용하는 작가도 있다.

시점의 적용은 작가마다 다르기에 정해진 답이라는 건 없다. 가끔 '1인칭이 더 인기 많아요? 3인칭이 더 인기 많아요?'라고 물어볼 때도 있는데 정말 정해진 게 없다.

다만 당신이 쓰려고 하는 소설에 맞게 시점을 정할 수는 있다. 주인공의 감정 위주로 전개되는 소설이라면 1인칭 시점이 독자의 감정이입을 극대화할 수 있을 테고, 주변 설정과 여러 인물의 상황을 동시에 풀어내야 한다면 3인칭 전지적 작가 시점이 독자로 하여금 빠르게 감정이입을 할 수 있도록 도울 것이다.

다음 상황을 예시로 보자.

F급인 줄 알았던 주인공이 사실은 엄청난 힘을 숨기고 있는 S급 헌터이며, 마침 근무 중이던 회사에 C급 게이트가 터진 상황이다.

1인칭 주인공 시점

"주인공 씨, 여기 곧 게이트가 열린다고 공지 못 봤어? F급인 주제에 여기서 뭘 하는 거야? 게이트에 휘말려도 안 구해줄 테니까 그런 줄 알아."

B급 헌터가 침을 찍 뱉으며 말했다. 날 방해물처럼 대하는 태도에 웃음이 터질 뻔했다. 그러니까 나 지금 B급 헌터한테 보호받는 중인 거지? 힘을 숨긴 S급의 삶은 고단하구나.

"안 그래도 퇴근하려고 했습니다, 헌터님."

나는 가방을 챙기는 척 슬그머니 고개를 숙여 터지려는 웃음을 꾹 참았다.

공지에는 생성될 게이트 등급이 C급 게이트로 측정된다고 쓰여 있었다. 그 정도면 B급 헌터도 처리가 가능하니 굳이 내가 나설 필요도 없어 보였다.

그런데 얘는 왜 굳이 2층에 있는 날 찾아와서까지 시비를 거는 거지? 안 그래도 퇴근하려고 했다고!

"그럼 먼저 퇴근하겠습니다."

나는 갈 테니 너는 남아서 잔업해라! 야근해라! 퇴근 없는 노동의 삶을 살아라! 너희가 안전하게 게이트를 닫는 동안 나는 집에 가서 치킨이나 뜯을 테니까!

나는 가방을 메고 미련 없이 퇴근했다.

3인칭 전지적 작가 시점

"주인공 씨, 여기 곧 게이트가 열린다고 공지 못 봤어? F급인 주제에 여기서 뭘 하는 거야? 게이트에 휘말려도 안 구해줄 테니까 그런 줄 알아."

B급 헌터가 침을 찍 뱉으며 말했다. F급 헌터는 사실 S급이었기에 게이트쯤은 두렵지 않았다.

'하지만 숨긴 힘을 드러낼 수는 없지.'

F급 헌터는 오늘도 평범한 시민인 척 B급 헌터의 말에 수긍했다.

"안 그래도 퇴근하려고 했습니다, 헌터님."

F급 헌터가 가방을 챙기기 위해 고개를 숙였다. 생성될 게이트가 C급 게이트로 측정된다는 공지를 읽어서 그런지 행동이 여유로웠다.

F급 헌터의 느긋한 태도를 지켜보던 B급 헌터는 절로 눈살이 찌푸려졌다. 그 순간 B급 헌터는 '얘 안전불감증이구나'라고 확신했다.

"그럼 먼저 퇴근하겠습니다."

F급 헌터가 뒤 한번 돌아보지 않고 가방을 멘 채 미련 없이 퇴근했다. 멀어지는 F급 헌터의 뒷모습을 오랫동안 살펴보던 B급 헌터가 그제야 안도의 한숨을 내쉬었다.

같은 상황을 1인칭과 3인칭으로 나누어 대략 서술해 보았다. 같은 대사와 같은 상황이지만 작품의 분위기가 조금은 다른 게 느껴질 것이다.

1인칭으로 서술했을 땐 등장인물인 '나'로서 상황을 살피게 된다. 그렇기에 주인공인 '나'의 생각과 감정을 표현하기가 쉬워지며, '나'가 볼 수 없는 상황은 독자도 알 수가 없다. 모든 사건이 '나'로부터 일어나며, '나'가 보고 듣고 겪어야만 소설에 등장할 수 있다. 모든 상황이 주인공의 시야로 서술되기 때문이다. 퇴근하기 위해 가방을 챙기는 주인공은 B급 헌터가 눈살을 찌푸리는 모습을 볼 수 없고, 퇴근하겠다며 가방을 메고 등을 돌린 주인공은 뒤에서 B급 헌터가 무엇을 하는지 알 수가 없다.

주인공이 알 수가 없으니 보다시피 독자한테도 정보가 전달되지 않는다. 작가가 독자에게 숨기고 싶은 정보가 있을 때 사용하기 좋은 시점이다. 자연스럽게 함정을 팔 수 있는 셈이다.

3인칭 전지적 작가 시점에서 상황을 살피는 서술자는 등장인물이 아닌, 작품 바깥에서 등장인물의 행위와 생각을 묘사하는 관찰자이다. 시점이 주인공으로 진행되지 않으니 본래라면 주인공이 보지 못했던 B급 헌터가 눈살을 찌푸리는 장면이나, B급 헌터의 생각, 주인공이 퇴근하겠다며 나선 후 B급 헌터가 안도의 한숨을 내쉰 장면들이 담긴다. 반면 주인공의 '왜 굳이 날 찾아왔지? 넌 일이나 해라, 난 치킨 뜯으러 간다!' 같은 자잘한 감정들까지 담기진 않는다.

등장인물의 상황과 감정을 동시에 살필 수 있기에 숨겨진 설정이나 개개인의 풀어야 할 비하인드가 많을 때 사용하기 좋은 시점이다.

사실 어느 시점이든 재밌으면 정답이기에 반드시 어떤 시점을 사용해야 한다는 법은 없다. 내가 쓰려는 소설이 주변 인물을 많이 활용하고 독자한테 끊임없이 주변 인물의 정보와 상황을 던져 줘야 한다면 전지적 작가 시점이 편할 것이고, 내가 쓰려는 소설이 주변 인물의 정보

보다 주인공의 시점에서 보이는 심리 변화 등을 자세히 보여 줘야 한다면 1인칭 주인공 시점이 편할 것이다.

키워드에 따라 어떤 시점으로 글을 쓰는 게 더 독자의 이입을 극대화할 수 있을지 미리 생각해 보고 글을 쓰면 좋다.

part 4

등장인물은 살아 있다

웹소설 작품이 성공하기 위해 제일 중요한 건 소재도, 전개도, 필력
도 아니다. 성공하고 오랫동안 기억에 남기 위해서 제일 중요한 건 **"독
자가 않는 등장인물"**이다. 소설을 모두 읽고 덮었을 때 결국 기억에
남는 건 독자가 좋아하고 감정을 많이 줬던 등장인물이 된다.

그럼 독자가 좋아하는 등장인물은 어떻게 만들어야 할까?

― 캐릭터 설정법 ―

등장인물은 어떻게 설정하면 좋을까?

등장인물은 주연과 조연으로 나뉜다. 주연은 당연히 주인공이고 조
연은 소설 전개에 필요한 인물들이다. 처음부터 등장인물을 모두 세세
하게 설정할 필요는 없다. 주인공과 주인공을 돕는 조력자, 주인공의
목표에 반대되는 악역을 작품의 처음 등장인물로 정하자.

◆ 외형

우선 이름과 성별, 나이, 머리 스타일, 그리고 체형과 직업을 정하게 될 것이다. 눈에 보이는 것들부터 차근차근 정리하면 된다. 로맨스 판타지/판타지라면 머리 색과 눈동자 색이 추가로 결정된다.

간혹 '나이와 체형까지 세세하게 설정할 필요가 있나요?'라는 질문을 듣는다. 사람은 나이에 따라 경험할 수 있는 사건이 다르다. 학생이 숙취로 고생하는 직장인을 이해할 수 없고, 갓 스무 살이 된 대학생이 은퇴 후 유유자적한 삶을 사는 노인을 이해할 수 없듯이 말이다. 체형 또한 마찬가지다. 체형은 캐릭터의 행동 묘사를 위해서 필요하다. 키가 작은 인물이라면 키가 큰 인물을 '올려다본다'로 묘사될 것이고, 키가 큰 인물은 키가 작은 인물을 '내려다본다'로 묘사되기 때문이다. 나이와 체형이 정확할 필요는 없지만, 캐릭터의 행동 통일성을 위해서는 설정해 두는 게 안전하다.

캐릭터 디자인은 아래와 같이 표로 정리해 두면 찾아보기 편하다.

캐릭터 디자인	
이름	여주
나이	20살
성별	여자
머리	어깨까지 오는 단발
키 / 체형	153cm, 아담한 키 / 운동해서 코어가 좋고 다부지다
머리 색 / 눈동자 색	금발 / 검은 눈
직업	무직
특징	눈 밑에 점이 있다

◆ 성격

외형을 설정했다면 그다음은 성격이다.

성격은 캐릭터가 앞으로 어떤 대사와 행동을 취할지 보여 주는 답안지다. 캐릭터 설정에서 제일 중요한 건 성격 설정이다. 주요 캐릭터의 성격에 따라 소설의 모든 분위기가 좌지우지되기 때문이다. 만약 주인공의 성격이 담담하고 현실적이며 감정 동요가 크게 일어나지 않는 성격이라면 소설 내의 분위기도 항상 담담하고 차분한 느낌으로 흘러가게 될 것이다.

반면 주인공의 성격이 비현실적이며 활달하고 감정 동요가 크다면 소설의 분위기도 활달하게 흘러갈 것이다.

이렇게 주요 인물의 성격에 따라 같은 키워드의 작품이라고 하더라도 진행되는 분위기가 천차만별이 된다.

만일 여자 주인공이 3개월 뒤 죽을 시한부인 소설이라고 가정해 보자.

주인공이 차분한 성격일 때 진행될 전개

현실적인 주인공은 어차피 할 수 있는 건 없다고 판단, 3개월 뒤 죽을 운명을 받아들이기로 한다. 담담한 성격의 주인공은 죽음에 크게 의미를 두지 않고 평범한 하루를 산다.

주인공이 활달한 성격일 때 진행될 전개

비현실적인 주인공은 3개월 뒤 죽을 운명을 받아들이지 않는다. 아직 자신은 살아있으니 어떻게든 시한부 인생을 벗어나기 위해 움직인다. 죽음이 무서워서 크게 울기도 하고 죽기 싫다고 떼를 쓰거나 죽기 직전에 버킷리스트를 적어 본다.

이렇게 같은 키워드를 사용했지만, 주인공의 성격이 달라지는 것만으로 작품의 분위기, 그리고 앞으로 펼쳐질 전개가 완전히 달라진다. 성격에 따라 캐릭터의 행동에 개연성이 생긴다. 그렇기에 캐릭터의 성격 설정은 무척 중요하다.

캐릭터의 성격을 잘 설정하기 위해서 제일 필요한 건 **캐릭터의 서사다.** 캐릭터가 왜 그런 행동을 했는지 보려면 캐릭터가 어떤 인물인지, 어떤 성격을 지녔는지 보게 되고 그걸 이해시키려면 서사, 즉 캐릭터가 살아온 삶이 필요하다. 캐릭터의 서사와 함께 성격을 설정해 보도록 하자.

캐릭터의 서사는 구체적일 필요는 없지만 어떤 삶을 살았고, 어떤 사건을 겪었는지에 따라 현재의 성격이 나타나게 되니, 한 문장으로라도 정리해 두는 편이 좋다.

불의의 사고로 가족을 전부 잃고 홀로 힘겹게 생계를 걱정하며 살아온 주인공

만일 주인공의 서사가 위와 같다면 성격은 어떤 식으로 설정할 수 있을까? 캐릭터의 서사와 성격은 어색하게 매치되어서는 안 된다. 물론 쓰는 소설에 따라 성격은 모두 제각기로 달라질 수 있겠지만, 위와 같은 서

사를 가진 인물은 보통 낭비벽이 심하거나 매사 긍정적인 인물로 표현되지는 않는다. 대개 말수가 적고 감정 표현이 서툰 인물로 표현될 것이다.

그렇기에 만일 캐릭터마다 성격을 설정하는 게 너무 어렵다면 차라리 캐릭터가 살아온 서사를 설정해 보자. 캐릭터의 서사는 모두 같을 수 없다. 왜냐면 캐릭터가 가진 성별과 직업, 과거가 모두 동일할 수 없기 때문이다. 그렇기에 캐릭터의 성격도 똑같을 수가 없다. 서사를 잘 살펴보면 그 안에 캐릭터의 성격이 반드시 들어 있다.

작가는 이걸 반드시 읽을 줄 알아야 한다.

또한, 사람마다 성격이 전부 다르듯 소설에 등장하는 캐릭터의 성격도 전부 달라야만 한다.

모두가 같은 일을 겪을 수는 없다. 똑같은 일을 겪는다 하더라도 사람의 관점에 따라 해석이 갈리고 느끼는 바가 달라진다. 모든 캐릭터의 성격이 '착하다'로 통일될 수는 없다는 뜻이다.

게다가 서로 호흡이 잘 맞는 캐릭터들은 티키타카가 좋다. 웹소설에서 캐릭터끼리 티키타카가 잘 되는 건 무척 좋은 일이다. 왜냐면 글이 전혀 지루해 보이지 않기 때문이다!

그럼 캐릭터끼리 티키타카가 잘 되려면 어떻게 설정해야 할까?

성격 분배를 잘해야만 한다. 사람도 유난히 잘 맞는 친구가 있는 것처럼 캐릭터도 마찬가지다. 게다가 같은 성격의 캐릭터끼리 대화하면 시너지 효과를 발휘할 수가 없다.

예시를 보자.

"나 오늘 시험 망할 것 같아……."

"하아아, 나도 그래. 왜냐면 나 오늘 아침에 계단에서 발목을 삐끗했거든……."

"우리 오늘 시험 볼 때 핸드폰 제출해야 하지? 누가 내 핸드폰을 훔쳐 가면 어떻게 해?"

"핸드폰 제출한 사이에 중요한 연락이 오면 어떻게 하지?"

위는 걱정이 많고 매사 불안을 안고 있는 두 캐릭터의 대화다. 두 캐릭터 모두 걱정이 많고 불안하다 보니 서로가 불안을 해결하지 못하고 이야기가 진전되지 않는다. 소설 내내 이런 상황이 이어지는데 어떤 독자가 티키타카가 된다고 느끼겠는가?

그렇다면 이번엔 한 캐릭터를 완전히 반대의 성격으로 설정하면 어떤 대화가 이어질까?

"나 오늘 시험 망할 것 같아……."

"괜찮아. 너보다 내가 더 망할걸. 난 백지 낼 거거든."

"우리 오늘 시험 볼 때 핸드폰 제출해야 하지? 누가 내 핸드폰을 훔쳐 가면 어떻게 해?"

"응, 네 핸드폰 훔치는 사람 사실 나."

한 캐릭터를 낙천적이고 즉흥적이며 불안이 없는 성격으로 바꿨다. 그저 성격을 바꿨을 뿐인데 서로 주고받는 대사의 느낌이 달라진다. 심지어는 불안이 많은 캐릭터도 앞에서 들었던 예시보다 답답하지 않게 느껴질 것이다.

이유는 간단하다. 성격이 바뀐 캐릭터가 단점을 보완하며 해결책을 제시해 상황을 넘기기 때문이다. 당연하겠지만 성격에 따라 대사의 톤이 달라지며 캐릭터끼리의 시너지 효과도 나타난다.

이렇게 티키타카가 잘 어우러지면 작품 내 분위기 전환에도 효과가 좋다.

그렇기에 캐릭터 성격 설정은 중요하다. 실제 내가 작품을 쓸 때 제일 중요하게 생각하는 항목 중 하나다.

캐릭터가 재미없으면 그 캐릭터가 이끄는 소설도 재미없다. 캐릭터 설정이 잘 되어 있으면 글을 쓸 때도 해당 캐릭터의 행동반경을 예상할 수 있기에 글이 막히지 않고 잘 써진다. 이런 상황을 우리는 흔히 "캐릭터가 제멋대로 날뛴다"라고 말한다.

― 인물은 입체적이어야 한다 ―

인물은 입체적이어야 한다는 말이 있다. 평면적인 인물은 독자의 이입을 극대화하기 힘들며 "독자가 앓는 등장인물"로 거듭날 수가 없다.

즉, 인물이 어딘가에 살아있는 실존 인물이라고 느껴지도록 설정해야 한다는 뜻이다.

글자 위 인물을 입체적으로 설정하기 위해선 인물의 여러 모습을 보여 줘야만 한다. 내내 똑같이 행동하고 똑같은 감정만 표출하는 캐릭터는 평면적으로 느껴질 수 있다. 사실 강한 줄 알았던 인물이 약한 모습을 보이거나, 소설 전개상 내내 분노하던 인물이 사실은 겁먹고 두려워하는 모습을 보이는 등 여러 상황에서 가끔은 '인간미'를 보이는 캐릭터여야만 한다.

아무리 착하고 화내지 못하는 사람이라고 하더라도 아킬레스건을 건드리면 사람인 이상 누구든 화가 나게 되어 있다.

만일 캐릭터가 '화를 내지 못하는 착한 성격'이라고 설정되어 있어서 누군가 아킬레스건을 건드리더라도 설정된 성격 값 때문에 화를 내지 않는다면 독자는 캐릭터를 평면적으로 볼 수밖에 없다는 뜻이다.

캐릭터가 입체적으로 보이려면 서사와 감정을 덧대어 여러 방향에서 보여 줘야만 한다. 이런 모습들이 몇 번이고 합쳐져 인물을 입체적으로 만든다.

입체적인 인물은 독자의 상상을 키우고 감정을 불러일으킨다.

— 주인공은 굶주려야 한다 —

주인공은 항상 무언가가 하나씩 결핍되어 있어야만 한다. 가진 게 모자라야 한다는 뜻이 아니다. 모든 면에서 완벽한 주인공은 인기가 없다는 뜻이다. 이유는 간단하다. 이미 완성된 주인공에게 독자가 더 바랄 게 없기 때문이다. 완벽한 주인공으로는 카타르시스를 채울 수 없다.

독자는 주인공과 함께 성장하길 바란다. 독자는 소설을 읽는 동안 주인공이 성장하고, 그 성장의 끝을 지켜보길 바란다.

결핍에는 여러 종류가 있다. 돈이 될 수도 있고 감정이 될 수도 있으며, 명예나 가족이 될 수도 있다.

주인공의 목표는 바로 이 결핍을 채우는 것에서 시작한다. 가족을 원한다면 **#육아물**로, 세상 최강의 강함을 원한다면 **#헌터물** 등으로 전개될 수 있다. 결핍은 독자의 감정이입을 제일 빨리 끌어올 수 있는 수단 중 하나다.

그리고 완벽한 것처럼 보였던 주인공에게 사실 결핍이 있다는 점은 앞 장에서 말했던 입체적인 캐릭터로 보이도록 설정하기에 효과적이다.

하지만 그렇다고 주인공에게 많은 결핍을 줄 필요는 없다. 지나치게 많이 결핍된 주인공은 자칫하면 고구마 상황을 불러올 수 있기에 주의해야만 한다.

— 주인공과의 관계성은 맞물려야 한다 —

인물을 설정할 때 깊게 생각해야 할 것 중 하나가 바로 주인공과 인물 간의 관계성이다. 소설 속 모든 인물은 주인공으로부터 시작한다.

주인공이 소설의 시작점이고 중심점이다. 주인공 외의 인물이 소설에서 필요한 이유는 바로 주인공을 돕기 위해서다. 조력자는 주인공이 힘겨워할 때 실질적인 도움을 주는 인물로 나오며, 악역은 주인공의 목표 의지를 불타게 하는 엔진이다. 특히 로맨스라면 결핍이 있는 주인공을 보완할 인물로 남자 주인공이 등장하게 된다.

이렇듯 모든 인물은 주인공으로부터 시작한다. 주인공과 엮이지 않은 채 일직선의 길을 걷던 인물도 결국은 곡선으로 휘어져 주인공의 서사에 엮이게 되는 셈이다.

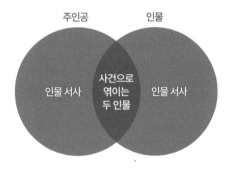

모든 인물의 서사는 결국 주인공과 연관이 되어야만 한다. 인물이 주인공과 엮이지 않고 혼자 제 갈 길을 가다 보면, 독자는 주인공에게도 집중해야 하고 다른 인물에게도 집중해야 하니 바빠진다. 독자의 집중도가 분산되는 것이다.

게다가 인물과 주인공과의 접점이 없으면 독자가 집중하기가 어렵다. 주인공과 많은 감정을 교류한 독자는 주인공과 맞물린 인물을 주인공의 시점에서 같은 감정으로 바라본다. 하지만 주인공과 접점이 없으면 독자의 시점에서 해당 인물이 전혀 궁금하지 않게 되는 것이다.

게다가 인물간의 서사가 서로 맞물려 있으면 소설을 풀어 나가기 편하다. 소설에 등장하는 모든 인물의 관계성을 주인공과 연관 짓자. 독자는 더욱 몰입하여 흥미진진하게 소설을 즐길 수 있을 것이다.

― 모든 대사는 입으로 말하면서 쓰자 ―

주인공의 행동과 성격은 "대사"에 가장 많이 나타난다. 잘 적은 대사 한 문장으로 그 인물의 호감도가 빠르게 높아질 수 있고, 말 한마디로 인물의 호감도가 급속도로 낮아질 수도 있다. 우리가 드라마나 영화의 캐릭터를 기억할 때 항상 그 캐릭터의 주요 대사들을 함께 기억하는 것도 그런 이유 중 하나다. 대사는 결국 사람의 목소리다. 자연스러운 대사를 위해서 글을 쓸 때 입으로 함께 말해 보자. 눈으로 읽을 땐 자연스럽다고 생각했던 대사도 실제로 말하면 어색해지는 경우가 많다.

캐릭터의 말투가 어색해지면 대사를 눈으로 읽는 독자들도 소설에 몰입하기가 힘들다. 모든 대사를 쓸 땐 입으로 직접 중얼거리면서 쓰도록 하자.

처음에는 어색하겠지만 정말 도움이 많이 된다. 게다가 캐릭터의 말투를 따라 중얼거리다 보면, 그 캐릭터의 말투가 갑자기 바뀐다거나 하는 일이 없다.

― 서브 남주의 서사는 남주보다 좋아서는 안 된다 ―

여성향 장르의 경우, 작품에 남주 외에 서브 남주가 등장하기도 한다. 이 서브 남주가 어떤 사람이고, 어떤 역할을 가지고 있든 결국 서브 남주의 일은 여자 주인공을 사랑하는 것이다. 그리고 당연하게도 남주가 따로 있기에 여자 주인공과는 절대 이어지지 않는다. 그렇기 때문인지 간혹 서브 남주에게 남주보다 많은 서사를 부여하는 작가들이 있다.

아무래도 서브 남주란 결국 자기가 원하는 궁극적인 목표인 여자 주인공을 갖지 못하게 되는 캐릭터니 작가들도 자꾸만 마음이 쓰이는 것이다. 뭔가 하나라도 더 주게 된다.

하지만 그렇게 되면 독자들은 여자 주인공이나 남자 주인공보다 서브 남주를 좋아하게 된다. 더 많은 서사를 알게 됐고, 이해도가 상승했으니 몰입이 쉬워지는 것이다. 어떤 독자는 여주의 선택이 이해되지 않는다고 생각할 것이고, 또 어떤 독자는 서브 남주가 남자 주인공이었어야 한다고 할 것이다.

작품에서 남는 건 서브 남주뿐이다. 서브 남주에게 서사를 부여하는 건 좋다. 하지만 남주보다 좋아서도 안 되며, 빛나서도 안 된다. 서브 남주가 남주보다 빛나게 되면 남주의 자리가 위협당할 수 있다는 걸 명심하자.

작품의 주인공은 어디까지나 남주와 여주임을 잊어서는 안 된다.

— 악역은 악역이어야 한다 —

가끔 '굳이 악역이 필요한가요?'라는 질문을 받는다. 악역이 무조건 필요한 건 아니다. 악역이 없는 소설도 많다. 악역이 등장할 필요가 없는 키워드를 설정했다면 그냥 재밌게 쓰면 된다고 말하고 싶다.

하지만 키워드 중에는 반드시 악역이 있어야만 하는 키워드도 존재한다. 예를 들면 **#복수물 #가족후회물 #헌터물 #힘숨찐** 등의 키워드들이다.

당신이 악역이 있는 키워드를 골랐다면, 그래서 악역을 등장시키겠다고 마음먹었다면! 악역은 반드시 악역다워야 한다고 말하고 싶다.

우리가 캐릭터를 악역이라 부르는 이유는 소설이 전개되는 내내 주인공을 방해하는 역할을 가졌기 때문이다. 악역은 주인공이 목표를 세우게끔 유도하고, 주인공의 목표 달성을 방해하며 소설을 극으로 치닫게 한다. 주인공은 악역을 물리치거나 없애기 위해 온갖 고난과 역경을 딛고 일어서는 셈이다. 주인공한테 악역은 발전하는 데 필요한 캐릭터다.

독자는 매사 주인공을 방해하는 악역을 욕하고 비난하며 악역의 끝을 보기 위해 기대하며 소설을 즐겁게 읽는다.

작가에게 악역이 얼마나 고마운 인물인지 깨닫자.

악역은 소설의 분위기를 자극적으로 반전시키고, 독자를 완결까지 끌고 오며, 주인공을 돋보이게 해 준다.

그렇기에 악역을 설정할 땐 제대로 악역답게 설정하는 게 좋다. 그래야 소설을 읽는 독자가 조금의 찜찜함도 없이 마음껏 욕할 수 있기 때문이다. 밑도 끝도 없이 나쁜 악역이 권선징악의 엔딩을 맞이했을 때, 독자는 카타르시스를 느낄 것이다.

내가 처음 작품을 쓸 때 했던 실수 중 하나가 바로 악역에게 너무 많은 서사를 부여한 일이었다. 악역이라고 해도 결국 내가 만든 인물이니 애정이 담길 수밖에!

당시 독자의 반응은 두 부류였다. 악역을 욕하는 독자와 악역도 불쌍하다는 독자.

이렇게 되면 서로 의견 싸움이 일어나며 댓글 창이 엉망이 된다. 그뿐만이 아니다. 악역이 불쌍하게 느껴지면, 독자는 그 반대편에 선 주인공에게 반감을 느낀다. 순식간에 악역과 주인공의 자리가 바뀌는 셈이다. 악역과 주인공은 서로 적대하는 인물이니 당연한 일이었다. 도입부부터 쌓아 온 주인공과 독자의 깊은 친밀감을 내가 직접 깨뜨린 순간이기도 했다.

물론 악역에 서사를 부여하면서도 독자의 이입을 방해하지 않은 소설도 있겠지만, 나는 그러지 못했다.

우선은 쉬운 방법부터 차근차근 시도해 보자. 악역을 악역답게 활용하는 방법을 알게 된다면, 악역에게 서사를 부여하면서도 독자의 몰입을 깨뜨리지 않을 수 있게 될 것이다.

그럼 악역은 어떻게 설정하는가? 악역은 다른 곳에서 살다가 갑자기 뿅 튀어나오는 게 아니다. 악역은 주인공과 아주 긴밀하게 엮여 있다.

주인공이 가진 목표와 반대되는 목표가 바로 악역의 목표여야만 한다.

주인공의 목표가 '살아남겠다'라면 악역의 목표는 '반드시 죽이겠다'

가 되고, 주인공의 목표가 '강해지겠어'라면 악역의 목표는 '강해지지 못하게 만들겠어'가 된다.

두 캐릭터는 항상 대립하고 정반대의 길에 서 있지만 결국은 그로 인해 엮이게 되는 캐릭터들이다.

주인공과 반대의 목표를 부여하고 대립할 이유를 만들어 준다면 악역을 설정하기가 편하다.

악역은 악역으로서 존재해야 한다. 그래야 독자가 마음껏 미워하며 악역을 처단한 주인공을 사랑할 수 있다. 독자가 악역을 미워하고 주인공을 사랑하게 해 주자!

악역이 어째서 등장했는지 절대 잊지 말자! 악역은 작품 속 주인공을 괴롭혀야만 하는 인물이다.

─ 악역은 똑똑해야 한다! ─

사실 등장인물 중 제일 입체적이어야 하는 인물이 바로 악역이다. 앞에서 말했듯이 악역은 주인공을 괴롭히는 고난과 역경 그 자체다. 그런데 만일 악역의 캐릭터가 평면적이고 멍청하다면 어떨까? 주인공이 뛰어넘어야 할 커다란 산인 고난과 역경이 평면적이고 멍청하다면 악역을 처치했을 때 독자가 느끼는 카타르시스는 그리 크지 않을 것이다. 더불어 평면적인 악역을 힘겹게 처치하는 주인공도 자칫하면 똑같이 답답하게 느껴질 수가 있다.

겨우 저런 악역을 상대하는 데 이렇게 오래 걸릴 일이야? 악역이 너무 멍청해서 재미가 없네 등등. 댓글 반응이 벌써 눈에 보이는 것 같다. 그뿐만 아니라 간혹 '주인공을 위해 주변 인물을 전부 멍청하게 만들었네'라는 댓글이 달리기도 한다. 나도 받아 본 댓글이었다. 독자에게 끝없는 사이다를 주려고 하다 보니 악역의 목표와 동기, 그리고 주인공을 방해하는 행동들이 납작해진 것이다.

악역이 절대적이고 완벽한 악역이어야 재밌는 이유는 간단하다. 악역이 완벽하면 완벽할수록 주인공이 저렇게 절대적인 악역을 얼마나 멋있게 쓰러뜨릴까! 하는 기대가 자연스럽게 생기기 때문이다.

악역에게는 주인공을 괴롭히는 동기와 목표가 필요하다. 그리고 주인공을 괴롭히기 위한 계획과 수단도 필요하다! 마땅한 동기도 없이 움직이는 악역이 아닌, 철저하게 준비한 악역을 주인공이 깨부수는 것만큼 재밌는 건 없다.

악역은 똑똑해야 한다. 그리고 그 똑똑한 악역을 깨부술 주인공은 더 똑똑해야만 한다.

─ 주인공이 똑똑하다고 느껴지게 하는 방법 ─

주인공이 똑똑해야 하는 이유는 간단하다. 독자는 멍청한 주인공을 보며 답답함을 느끼기 때문이다. 최근 웹소설의 트렌드는 사이다다. 주인공은 어떤 상황에도 대비가 되어 있어야 하며, 설령 대비되어 있지 않더라도 이 주인공은 그냥 당하진 않으니까 걱정이 안 되네, 라고 여겨지도록 해야 한다.

그럼 독자는 언제 주인공을 똑똑하다고 느낄까? 앞 장에서도 간단하게 언급했지만, 공부를 잘하거나 천재이기 때문에, 혹은 어려운 문제를 풀거나 열 개 이상의 언어를 구사할 줄 안다고 독자가 주인공을 똑똑하다고 느끼지는 않는다.

똑똑한 주인공을 만드는 방법은 간단하다. 정확히는 독자의 눈으로 볼 때 주인공이 똑똑하다고 느끼게 만드는 네 가지의 마법 같은 법칙이 존재한다.

우린 지금부터 소설에 마법을 걸어 주는 것이다.

◆ 해결 불가능한 일을 해결하자

주변에서 오랫동안 해결 불가능했던 일을 개연성 있게 해결하는 주인공은 똑똑해 보일 수밖에 없다. 소설 속 등장인물들이 난항을 겪던 일을 생각하지도 못한 방향으로 뚝딱 해결하는 주인공을 보며 독자들은 이 소설의 주인공은 멍청하게 손 놓고 있는 캐릭터는 아니구나, 안심한다.

◆ 지난 떡밥을 사용하는 주인공

누군가는 기억하기도 어려운 사소한 떡밥을 사용하여 위기를 타파하는 주인공은 당연하게도 똑똑하게 보일 수밖에 없다. 떡밥은 이렇게 사용하고자 뿌리는 것이다. 작가는 곳곳에 떡밥을 숨겨 둔다. 그리고 이 떡밥을 주인공이 적재적소에 사용한다면 독자들은 환호한다. 심지어 이런 전개가 몇 번 반복되면 독자는 소설을 읽을 때마다 '이거 떡밥인가?' 하며 자연스럽게 떡밥을 찾게 된다. 소설에 그만큼 더 몰입하게 된다는 뜻이다. 지난날 잊고 있었던 떡밥을 사용하는 주인공을 보며 멍청하다고 욕할 독자는 없다.

◆ 주변 인물을 이용하는 주인공

주인공은 계획에 맞게 주변 인물을 잘 이용하고 배치해야만 한다. 작품에는 엑스트라까지 포함하여 정말 많은 인물이 등장한다. 이 많은 인물을 두고 주인공이 고군분투하는 건 똑똑하게 보이는 것과는 거리가 멀다. 독자의 눈에 그건 그냥 주인공이 노력하는 것으로만 보인다. 똑똑한 주인공으로 보이기 위해선, 주인공이 모든 인물의 머리 위에 있어야만 한다는 뜻이다. 주인공은 모든 등장인물을 지배하고 있어야만 한다. 주변 인물뿐 아니라 주변 상황도 마찬가지다. 수많은 인물을 사건의 해결 방법으로 배치하는 주인공이야말로 똑똑해 보인다.

◆ 늘 타인의 계획을 간파하고 먼저 움직이는 주인공

인물들은 모두 계획이 있다. 하물며 소설 속에 한 번 등장하는 엑스트라 하녀마저도 '오늘 열심히 청소해야지'라는 계획이 있고, 그 계획을 실천하고자 소설 내내 청소를 하고 다닌다. 그리고 주인공은 그 모든 계획을 간파해야만 한다. 내가 글을 처음 쓸 때 했던 실수가 '주인공도 사람인데 모를 수 있지!'라고 생각한 것이었다. 주인공은 사람이지만 이건 소설이다. 그렇기에 주인공은 반드시 모든 걸 알아야만 한다. 처음엔 왜 그래야 하는지 몰랐으나 소설을 몇 번 출간하며 이유를 알게 되었다. 이유는 간단하다. 독자는 소설을 읽기에 악당의 계획을 알고 있는 사람이다. 독자도 알고 있는 계획을 만일 주인공이 모르고 있다면 어떻게 느껴질까? 악당의 계획도 모르면서 해맑은 주인공의 행보가 답답하게 보일 것이고 고구마의 상황을 유발하게 된다. 그리고 계획을 간파하지 못하는 주인공을 이해하지 못하다가 끝내 멍청하다고 결론 내리게 된다. 주인공은 반드시 계획의 정점에 있어야만 한다. 잊지 말자.

이렇듯 살아 있는 등장인물을 만들기 위해서는 여러 요소가 필요하다. 캐릭터와 그 캐릭터의 서사, 그리고 서사를 쌓은 캐릭터들 간의 관계가 독자의 몰입도를 불러온다.

소설의 모든 이야기는 결국 캐릭터가 만들어 간다. 에피소드에서 중요한 것 역시 캐릭터의 행보. 등장인물의 개연성도 결국 그들이 쌓아 간 서사와 관계로부터 시작되는 셈이다.

등장인물의 서사를 꼭 중요하게 만들자.

인기 있는 주인공의 공식이 있다!

🐾 처연한 주인공은 X! 당당한 주인공!

예전에는 처연한 주인공이 인기가 많았지만 근래는 처연한 주인공보다는 당찬 주인공이 인기가 많다. 당차고 보는 것만으로도 시원해서 가슴이 뻥 뚫리는 그런 주인공 말이다!

🐾 똑똑한 주인공!

주인공은 똑똑해야만 한다! 주인공이 똑똑할수록 독자의 만족도는 상승한다!

🐾 내 일을 사랑하고 나를 사랑하는 주인공!

#직업물이라는 작품 키워드가 생길 정도로 전문 직업을 다루는 주인공들이 늘어나고 있다! 내 일을 사랑하고 스스로를 사랑하는 주인공은 매력이 넘친다!

2. 인물을 설정할 때 이것만은 "무조건" 피하자!

웹소설 트렌드 중 하나가 바로 악역에 빙의하는 주인공이다. **하지만 '악역'이라고 해서 정말 악하면 안 된다.** 이건 주인공이 진짜로 죽는 새드 엔딩 만큼이나 써서는 안 될 설정이다!

독자는 주인공을 기점으로 소설을 읽는다. 주인공의 눈으로 소설 속 세상을 바라보고, 소설 인물들이 주인공을 보고 느끼는 감정과 주인공이 소설 속 세상을 보는 감정에 제일 크게 이입한다. 그런데 만일 주인공이 정말 '악역'이라서 소설 속 세상을 악하게 바라보고, 등장인물들은 주인공을 재활용도 안 되는 쓰레기라고만 생각하면 어떻게 될까?

독자는 이유 모를 불쾌감을 느끼며 하차하게 된다. 등장인물이 주인공을 보며 느끼는 감정은, 주인공의 눈으로 세상을 감상하는 독자를 향한 감정이 된다.

그러니 주인공이 악하다고 하여 정말 악역만큼이나 악해서는 안 된다.

part 5

작품 제목과 소개글은 미쳐야 한다

여기까지 읽었다면 당신은 웹소설을 어떻게 쓰면 좋을지 이해했을 것이다. 그렇다면 다음으로 알아야 할 건 하나다. 바로 작품의 얼굴이라 불릴 수 있는 제목과 소개글이다.

웹소설의 제목을 본 적 있는가? 현대 로맨스와 무협 장르를 제외하면 웹소설의 제목은 정말 화려하기 그지없다. 물론 최근에는 현대 로맨스와 무협 장르의 제목도 직설적으로 바뀌고 있는 추세다. 특히 로맨스 판타지 장르는 '~니다'로 끝나는 문장형 제목이 주를 이룬다. 그렇다면 웹소설 제목이 이토록 화려해진 이유는 무엇일까?

작품의 제목이 화려하지 않으면 독자의 주목도가 떨어지기 때문이다. 웹소설은 서점에서 눈으로 보고 고르는 일반 서적과는 다르다. 사람들은 손가락으로 스마트폰을 터치하고 스크롤을 내리며 수많은 작품 중 눈에 띄는 작품을 고른다.

자, 하루에도 수십 개의 작품이 여러 플랫폼에서 런칭된다. 당신이 독자라면 런칭한 수십 개의 작품 중 어떤 작품을 제일 먼저 고르겠는가?

① 흩날리는 불티
② 악녀로 빙의했는데 악녀가 아니다
③ 역린

독자는 제목으로 내용을 판단하고 싶어 한다. 당신이 읽고 싶은 키워드가 **#악녀빙의**라고 가정해 보자. ①번과 ③번의 제목은 실제 **#악녀빙의**라고 해도 제목만 보고서는 이게 악녀에 빙의하겠다는 작품인지 아니면 현대 판타지인지, 복수물인지 전혀 내용을 예상할 수가 없다.

하지만 ②번은 다르다. 직설적인 ②번은 제목을 읽자마자 '아, 어떤 내용이겠구나'라고 예상이 가능하다. 만일 **#악녀빙의** 키워드를 찾던 독자라면 ①번과 ③번을 제외하고 바로 ②번을 누르게 된다.

이게 바로 웹소설의 작품 제목이 점점 자극적이고 화려하게 변해 간 이유다. 당신이 아무리 1화를 자극적으로 써도 작품 제목이 독자의 눈을 사로잡지 못하면 1화를 읽어 줄 독자도 없다.

작품의 제목에는 앞으로 내용이 어떻게 전개될지를 적는 게 좋다. 당신이 쓰고자 하는 소설의 핵심 포인트를 직관적으로 뚫는 셈이다. 제목을 짓기가 어렵다면 작품의 키워드를 전부 적어 둔 후, 조합하는 것부터 시작해 보자. 여러 제목을 만든 후 비교하면 좋은 제목이 탄생할 것이다. 나는 작품에 맞는 제목을 고르기 위해 최장 일주일까지 고민한 적도, 한 작품에 약 50개 넘는 제목 후보가 생긴 적도 있었다.

단, 현대 로맨스는 예외다. 현대 로맨스는 문장형 제목 대신 단어형 제목이 많다. 함축적인 의미가 담긴 단어를 사용하거나 의미가 반대되는 두 단어를 강렬하게 조합하는 경우가 많다. 오히려 현대 로맨스에서 문장형 제목을 사용하게 되면 독자가 이질감을 느껴 거부하게 될 수 있으니 주의하자.

독자는 제목을 바탕으로 읽고 싶은 키워드와 유사한 작품을 고른 후 작품의 소개글을 읽는다. 같은 **#악녀빙의** 키워드라고 해도 작품에 따라 전개 방식이 천차만별이기 때문이다. 이게 바로 제목뿐만 아니라 작품 소개글도 중요한 이유다.

작품 소개글은 정확히 독자가 이 소설에서 보길 바라는 내용과 독자가 이 소설에서 궁금하게 생각할 것 같은 내용을 적용하여 적어 주면 좋겠다.

먼저, 작품 소개글의 첫 문장에는 주인공이 처한 상황을 적어 두는 게 좋다. 그래야 앞으로 변할 주인공의 미래를 기대할 수 있기 때문이다. 주인공의 현 상황과 목표를 간략하게 적은 후 앞으로 변하게 될 기대 상황을 적당한 길이로 적어 주면 독자가 작품 소개글만 읽고도 작품의 전반적인 분위기 및 킬링 포인트를 유추할 수 있다.

작품 소개글은 짧은 예고편이나 마찬가지다. 독자한테 10초짜리 예고편을 던진다고 생각하자.

part 6

소설을 쓰는 게 너무 어렵다면?

효과가 좋은 방법을 단계별로 들어도 막상 소설을 쓰는 건 쉽지 않다. 머릿속에 뒤죽박죽 섞인 나만의 상상을 글로 꺼내서 보여 준다는 게 쉬울 수 없다. 어쩌겠는가. 그래도 우리는 글을 써야 한다.

― 소재 찾는 방법 ―

키워드를 열심히 공부했지만, 막상 소설을 쓸 소재에까지 도달하는 건 어려울 수 있다. 어떤 소설을 써야 할지 모르겠다는 말을 정말 많이 듣는다. 소재를 찾는 방법은 작가마다 각기 다르며 정말 많다.

◆ 내가 보고 싶은 캐릭터, 읽고 싶은 이야기가 무엇인지 생각하자

사람마다 추구하는 성향이라는 게 있다. 내가 추구하는 성향을 주인공으로 설정하여 이야기를 구축해 보자. 가령 차분해지고 싶은 사람이라면 주인공을 차분한 성격으로, 외향적으로 변하고 싶다면 주인공을 외향적으로 설정하는 것이다. 만일 없다면 내가 평소 보고 싶은 성격의 캐릭터를 떠올려 보자. 선한 캐릭터를 싫어하는 사람이라면 악한 캐릭터를, 악하고 이기적인 캐릭터를 싫어하는 사람이라면 햇살 주인공 캐릭터를 선호한다. 내가 보고 싶은 캐릭터가 무엇인지 적어 보고 거기서부터 시작해 나가는 것도 좋다.

◆ 내가 살아온 인생을 이야기로 나열해 보자

생각보다 단조로운 것 같은 내 삶도 이야기로 나열해 보면 그 속에서 재미있는 소재를 발견할 수 있다. 실제로 나도 내 인생에서 소재를 찾아 쓴 작품이 있다. 그러니 정말 뭘 써야 할지 모르겠다면 내 인생을 소설처럼 나열해 보자.

◆ 모든 일상 및 꿈, 대화를 메모하여 그 안에서 찾아보자

하루 동안 있었던 일이나 내가 오늘 꾼 꿈, 지인과의 대화 중 감명 깊은 게 있다면 잊지 말고 항상 메모해 두자. 의외로 메모는 정말 많은 도움이 된다. 당장은 쓰이지 않더라도 여러 소재와 합쳐져서 쓰이는 경우가 많으니 꼭 메모하는 습관을 들이도록 하자.

◆ 캐릭터를 먼저 만들어 보자

캐릭터를 먼저 만들고 나면 캐릭터에 맞춰 소재가 떠오를 때가 있다. 어차피 소재란 결국 소설의 전반적인 이야기고, 그 소설을 끌고 나가는 건 결국

캐릭터다. 날을 하루 잡고 천천히 캐릭터의 서사를 짜고 만들다 보면 소재가 떠오르기도 한다.

나는 위 방법 중 메모를 활용하는 편이다. 나는 꿈을 정말 많이 꾸는 편이라 메모장에 꿈 폴더가 따로 있을 정도다. 지인과 대화를 나누다가도 '이거 메모했다가 나 쓸게'라고 얘기하고 곧바로 알뜰살뜰 전부 메모한다. 서로 뭔가 이야기하다가도 소재나 상황이 떠오를 땐 즉시 대화를 멈추고 메모부터 한다.

처음엔 이렇게까지 메모하는 습관이 없었다. 그런데 메모를 해 두지 않으니 막상 나중에 쓰려고 하면 기억나는 내용이 없어서 적용할 수가 없었다. 이런 일이 몇 번 반복되고 나니 샤워하는 도중에도 갑자기 떠오르는 소재나 대사, 상황이 있다면 곧바로 멈추고 핸드폰에라도 무조건 메모하게 됐다.

메모하지 않으면 나중에 떠올리려고 해도 생각나지 않는다. 메모하는 습관을 들여 두면 좋다.

게다가 적어 둔 메모들이 서로 한데 합쳐져 시너지 효과를 발휘, 하나의 소설로 완성될 때도 있다.

악녀 빙의 소재 메모 + 육아물 소재 메모
= 육아물에 빙의한 악녀라는 소재

그러니 메모를 반드시 잘 활용하자.

작가들이 자주 하는 말이 있다. '이 장면을 쓰기 위해 소설을 썼다' 혹은 '이 대사를 쓰고 싶어서 이 소설을 기획했다'라고 말이다. 놀랍게도 전부 사실이다. 대사나 쓰고 싶은 상황에서부터 시작하는 소설들이 있다.

가령 남자 주인공이 여자 주인공에게 처절하게 버려지고, 그 과정에서 오만했던 남자 주인공이 무릎 꿇고 울며 매달리는 장면이 보고 싶었다고 가정해 보자.

그렇다면 이 소설의 시작점은 위의 보고 싶은 상황이다. 저 시작점을 기준으로 앞뒤 상황이 기획되어 퍼져 나가게 된다. 물론 저 상황을 발단 및 전개 순서로 사용할지 혹은 위기 및 절정 순서로 사용할지는 작가마다 다르다.

나는 위기 및 절정쯤 해당 장면이 나온다는 가정하에 기획해 보겠다. 남자 주인공의 성격은 오만함이 기본 베이스가 될 것이다. 게다가 처절하게 버려져야 하는 게 포인트기에 발단부터 여자 주인공과 연인 사이로 시작할 것이다. 왜냐하면 위기 및 절정 순서에서 처절하게 버려져야 하는데 발단 및 전개 순서에서 로맨스를 쌓고 있을 수는 없기 때문이다. 그럼 두 사람의 관계도 기획했다.

위기 및 절정 순서에서 처절하게 버려져야 하니 발단 및 전개 순서에서 남자 주인공은 버려질 만한 일들을 착실히 해야만 한다. 여자 주인공은 나쁜 남자 주인공을 받아 주고 버티며 속앓이하는 구간이 될 것이다. 그리고 결말은 주인공들이 결국 서로의 응어리를 풀고 사랑하는 해피 엔딩으로 마무리가 된다.

이렇게 하면 기본적인 틀이 완성된다. 이제 여기서 살을 덧붙이는 과정을 몇 번 거듭하고 나면 소설 구상이 완성되는 것이다.

떠오른 대사, 장면, 모든 걸 무시하지 말자. 소재는 사소한 것에서부터 퍼져 나간다.

─ 전개가 막혔다면? ─

잘 쓰다가도 도대체 이다음에는 뭘 써야 할지 떠오르지 않는 경우가 많다. 소설을 쓰다 보면 정말 많이 겪는 일이다. 보통 전개가 막히는 구간은 작가가 정해 둔 큰 에피소드 사이사이를 메꿀 때다.

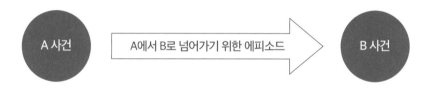

소설은 크게 보자면, 메인 사건과 그 사건을 이어 주는 작은 에피소드들로 구성되어 있다. 큰 단락이 끝나면 다음 사건으로 가기 위한 에피소드들, 즉 떡밥들이 뿌려진다. 독자는 작가가 뿌려 둔 떡밥을 주우며 다음 사건으로 따라가게 된다.

전개가 제일 많이 막힐 때가 바로 이때다. 큰 사건들은 구상해 뒀는데 그 사이를 도대체 어떤 내용으로 이어갈지 모를 때. 즉, 스토리의 구상이 빈약한 때다.

막힌 전개를 뚫는 방법은 작가마다 다르다. 쓰던 소설을 덮고 샤워하며 머리를 정리하거나 산책을 가는 작가도 있다. 정답은 없다. 나는 내가 했던 방법 중 제일 효과가 좋은 방법을 공유할 뿐이다.

우선, 전개가 막혔을 때 제일 좋은 방법은 새로운 인물을 등장시키는 것이다. 일단 새로운 인물이 나오면 당연히 그 새로운 인물에 따른 에피소드가 생기기 때문이다. 하지만 이렇게 되면 소설의 등장인물이 너무 많아져 기억하기도 힘들고, 독자도 애정을 주기 힘들다. 소설이 너무 산만해지는 느낌이 들게 된다.

그래서 나는 새 인물을 등장시키는 대신, 전개가 막혔을 땐 기존 인물을 이용하는 편이다.

나는 전개가 막혔을 땐 우선 소설 쓰기를 멈추고 노트를 편다. 그리고 소설의 등장인물을 전부 수기로 적는다. 이름과 성격, 직업과 내가 이 인물에게 부여했던 존재 의미까지 함께 적는다. 앞에서도 한번 말했지만, 소설에서 쓸모없는 인물은 없다. 지나가는 개미라 해도 소설에 등장했다면 반드시 그 이유가 있어야만 한다. 청소하는 하녀까지도 말이다.

모든 등장인물을 정리한 후, 막힌 시점에서 놀고 있는 캐릭터가 누구인지 파악한다. 그리고 그 캐릭터한테 일을 시켜 다음 사건으로 갈 전개를 계획한다.

소설을 쓰다 보면 작가가 잊거나 놓치는 인물이 생기기 마련이다. 주인공의 조력자로 투입했는데, 나중에 보니 어느새 주인공의 곁에서 사라져 등장조차 하지 않는 인물이 있는가 하면 나중에 등장시켜야지, 해 놓고 잊는 인물도 있다.

전개가 막혔을 땐 이런 캐릭터들을 재등장시켜 알뜰하게 사용하면 좋다.

독자는 오랫동안 등장하지 않았던 인물이 재차 나오니 반가운 마음도 들고, 마치 '이 인물이 여기 등장하려고 앞에 나왔었던 거구나!'라며 떡밥이 풀리는 것 같은 느낌도 받는다. 그뿐만 아니라 모든 인물을 버리지 않고 이용하다 보면 각 인물의 목표도 완벽하게 달성되어 소설의 완성도도 높아지게 된다.

소설이란 캐릭터가 끌고 나가는 것이므로 결국 캐릭터의 목표를 달성하는 것이 소설의 완결이라고 볼 수 있기 때문이다.

전개가 막혔다면 노는 인물을 찾아 일을 시켜 보자!

― 어떻게 완결까지 써요? ―

웹소설을 처음 쓰는 작가들이 제일 많이 하는 말이다. 도입부는 썼는데 그 뒤 도대체 소설을 어떻게 끌고 나갈지 모르겠다고 한다.

그래서 그런지 요새는 출판사나 플랫폼들도 완결을 내 본 경험이 있는 작가를 많이 찾는다. 쉽게 생각해서 도전했다가 어떻게 완결을 내야 할지 몰라 포기하거나 급하게 마무리 짓고 끝내는 경우가 많아졌기 때문이다.

독자들은 이를 보고 '용두사미'라고 부른다. 시작은 좋았으나 끝이 좋지 않다는 가슴 아픈 뜻이다.

완결은 습관과도 같다. 한 번도 완결을 내지 못한 작가는 그다음 작품도 완결을 내지 못한다. 작품을 쓰다가 '이후는 어떻게 쓸지 모르겠네!'라며 완결 짓지 못한 채 계속해서 새로운 소설로 넘어가 이전 작품을 버리는 작가들도 많다고 들었다. 새로운 소설로 도피하는 게 즐겁긴 하지만 한번 시작한 소설은 완결을 내 보는 게 좋다.

반면, 한 번이라도 완결을 내 본 작가는 그다음 작품도, 그리고 세 번째 작품도 완결을 낼 수 있다. 이미 한번 끝까지 완주했기에 다음에는 이보다 더 좋게 마무리 지어야지, 라고 생각하기 때문이다. 한번 완결을 내고 나면 '어떻게 완결까지 써야 하지?'보다 '다음 작품은 더 완벽하게 완결 내야지'라고 다짐하게 된다. 경험의 차이는 여기에서부터 시작된다.

그렇다면 정말 완결은 어떻게 내야 할까?

우선 처음 글을 쓸 땐 너무 길게, 또 설정을 너무 많이 잡지 않는 게 좋다. 첫술에 배부를 수는 없다. 욕심이 과하면 이도 저도 안 되는 셈이다. 처음부터 너무 과하게 생각하지 말도록 하자.

우선 장르별로 최소 회차를 완결 횟수로 잡아 둔 후, 적어 둔 시놉시스와 플롯, 트리트먼트를 알뜰하게 활용해야만 한다. 회차를 '1~20화/21~40화/41~60화/……' 이런 식으로 나눠 각 회차에서 진행될 에피소드, 필요한 변화, 이후 전개되어야 할 부분 등을 적어 보자. 회차별로 나누어 에피소드를 적게 되면 전체적인 소설의 속도를 조절할 수가 있다.

처음 소설을 쓸 때 완결까지 쓰기 어려운 이유 중 하나가 바로 내가 쓰려는 사건을 초반부부터 빠르게 소진하기 때문이다. 머릿속에는 이미 쓰고 싶은 장면, 기대하는 장면이 들어 있다. 그 장면을 쓰기 위해 소설이 달리다 보면 예상보다 더 빨리 해당 상황을 쓸 순간이 도래한다. 오직 장면 하나만을 보고 달려왔으니, 해당 장면이 끝난 이후는 생각을 해 놓지 않았기 때문에 쓸 수가 없다.

전체적인 속도를 조절해야만 한다. 우린 단거리 달리기를 하는 게 아니라 장거리 달리기를 해야 함을 잊지 말자.

나는 첫 작품을 쓸 때 회차별로 나누어 에피소드를 완결부터 거꾸로 적어 나갔다.

가령 120화가 완결이라고 가정했을 때.

> 101~120화 : 완결/ 완결에서 나올 내용
> 81~100화 : 완결 전 해결해야 할 사건 / 사건이 터지기 위한 시작점

이런 식으로 회차를 거꾸로 거슬렀다. 소설의 엔딩은 이미 정해졌고, 그 엔딩에 도달하기 위한 등장인물의 배치, 사건 해결, 사건 해결을 위한 실마리 등을 생각했다. 그렇게 사건을 거꾸로 거슬러 올라가다 보니 도입부까지 도착할 수 있었다. 완결까지 쓰는 게 어렵다면 완결부터 기획해 보는 건 어떨까?

도입부를 비교적 쉽게 생각하는 이유가 바로 정해진 게 아무것도 없기 때문이다. 이제 막 캐릭터가 등장했고, 성격이나 서사도 구축해야 할 때이다. 도입부는 부담이 없으니 완결부터 시작해서 도입부까지 오는 길이 험난하게 느껴지지 않을 것이다.

어렵다고 생각한 완결이 의외로 쉽게 느껴질 수도 있다.

또 너무 많은 설정은 제외하는 게 좋다. 설정이 많아야 세계관이 확

장되고 더 많은 이야기를 할 수 있는 건 분명하다. 설정이 빈약한 소설은 결국 세계관의 한계에 부딪히기 때문이다. 하지만 당신이 정말 처음 글을 써 보고 완결을 내 본 경험도 없다면 설정은 가볍게 잡도록 하자.

왜냐하면 설정이 너무 광범위해질 경우, 풀어야 할 이야기가 너무 많아지기 때문이다. 설정이라는 건 결국 작가가 독자를 이해시키고 설명해야 하는 구간이다. 설정이 많아진다는 건 작가가 그만큼 독자를 이해시켜야 할 구간이 많아진다는 뜻이다. 달리 말하자면 완결까지 가는 길이 수 갈래로 나뉘기도 한다는 거다. 완벽하게 닫힌 해피 엔딩을 맞이하기 위해서는 이 설정들을 개연성에 맞춰 차근차근 풀어 나가야 한다.

어떤 설정을 완결까지 끌고 갈지, 어떤 설정을 완결에 맞출지는 각양각색이다. 그렇다 보니 설정이 많아질수록 완결까지 가는 길도 무수한 갈래로 쪼개져 늘어난다.

아직 완결 내는 법도 잘 몰라서 어려운데! 설정만 이렇게 많이 던져두면 어떻게 되겠는가? 완결까지 가는 길이 헷갈려 결국 앞 장에서 말한 용두사미 소설이 될지도 모른다.

사실 나도 겪어 본 일이다. 재미있다는 설정을 모두 모아서 소설에 집어넣고 써 본 적이 있었다. 작가인 내가 감당하기가 너무 어려웠다. 이 설정도 풀어야 하고, 저 설정도 얘기해야 하니 소설이 너무 정신없어졌다는 걸 스스로 느꼈다.

그러니 설정은 어느 정도 덜어 내고 세계관을 구축하여 완결까지 가 보도록 하자. 누차 말하지만, 완결은 당신의 습관이 되어야 한다.

─ 내 소설이 너무 재미없어요 ─

작가라면 모두가 앓는 전형적인 내글구려병이다. 분명 재밌게 구상했던 작품도 어느 시점이 되면 재미없게 느껴지는 경우가 있다. 그건 당신의 작품이 재미없는 게 아니라 지극히 정상적인 반응이니 걱정하지 말자! 장편 유료 연재를 할 경우, 작가는 몇 개월간 한 작품에만 매진한다. 온전히 그 작품만 생각하며 몇 개월을 보내는 것이다. 그러다 보면 내 작품이 지루해지는 게 당연하다. 그 감정이 변질되어 재미없다고 느껴지는 것 또한 충분히 있을 수 있는 일이다. 사실 소설을 쓰는 것뿐만 아니라 게임이든 취미든 몇 개월간 같은 일만 계속 반복하다 보면 재미없다고 느껴질 것이다.

이 시점에서 소설을 그만 쓰고 포기하는 작가가 많다. 혹은 재미없다는 이유로 쓰던 소설을 그만 쓰고 새로운 소설을 쓰는 작가도 있다. 하지만 다음 작품이라고 안 그럴 것 같은가? 다음 작품을 써도 마찬가지다. 어느 시점이 되면 다음 작품에서도 내글구려병이 반드시 찾아오기 마련이다.

하지만 안타깝게도 내글구려병에는 치료 방법이 없다. 잠시 쉬더라도 똑같고, 머리를 환기하더라도 똑같기 때문이다. 이럴 땐 그냥 깊이 생각하지 않고 버티는 방법밖에는 없다.

나는 내글구려병이 오면 업무에 들어가기에 앞서 '내 소설 재밌다!'를 세 번 외치고 작업을 시작한다. 그 뒤로는 그냥 쓰는 방법밖에 없다. 회피해서는 안 되고 그냥 써야만 한다. 그러다 보면 어느새 내글구려병이 사라질 것이다.

내 작품을 제일 먼저 보는 건 결국 작가다. 작가는 적는 이인 동시에 독자다. 당신의 작품을 사랑하고 아껴 주자.

하지만 내글구려병이 너무 극심하여 그냥 소설을 쓰는 것 자체가 너무 어려울 정도라면, 작품을 한 번쯤 다시 확인해 봐도 좋다.

계약작의 경우에는 출판사 담당자를 통해 전개가 올바른지, 원하는 속도로 목표를 향하고 있으며 재미는 있는지 확인해 달라고 요청하자. 출판사 담당자들과 함께 작품 얘기를 나누다 보면 이런 상황이 조금은 나아질 수도 있다.

작품이 계약된 상황이 아니라면 대신 무료 연재를 통해 독자의 반응으로 확인해 보는 방법도 있다. 앞 장에서 말했듯이 무료 연재는 독자의 반응을 즉각 확인할 수 있으니 내 작품이 잘못된 방향으로 가고 있다면 그게 어느 구간인지 직접 확인할 수 있다. 게다가 독자의 반응을 가까이한다면 그토록 재미없게 느껴지던 내 소설도 재밌게 느껴질 것이다!

독자의 반응만큼이나 작가를 행복하게 하는 건 없으니 말이다.

― 손이 너무 느린 것 같아요 ―

손이 너무 느리다고 생각하는 건 하루 작업량이 남들에 비해 적게 느껴지는 탓이다. 내 작업량이 남들에 비해 많다고 느끼는 작가는 손이 느리다고 생각하지 않는다.

거기에는 여러 이유가 있다. 집중하기까지 시간이 오래 걸리는 사람일 수도 있고, 작품을 쓸 때 생각이 너무 많은 탓일 수도 있다.

먼저, 집중하기까지 시간이 오래 걸린다면 한 편을 쓸 때 시간을 정해 두고 써 보도록 하자. 가령 오전 9시에 시작해서 오후 2시 전까지 한 편을 쓰겠다고 계획해 보는 것이다. 그 시간 안에 어떻게든 끝내야 한다고 생각하면 집중도가 높아질 수밖에 없다.

프로그램의 도움을 받는 것도 좋다. 요즘에는 작업에 도움을 주는 좋은 프로그램이 많이 생겼다. 내가 노트북 앞에 앉아만 있는 시간을 제외하고 글 쓰는 시간만 딱 확인해 주는 타이머 프로그램도 있고, 손이 몇 분 이상 멈추면 지금까지 썼던 글이 다 지워지는 프로그램도 있다. ……참고로 나는 후자는 너무 잔혹해서 사용해 보지는 못했다.

타이머 프로그램은 사용해 본 적이 있는데 나는 글을 쓸 때만 노트북 앞에 앉고, 그 외의 시간에는 노트북을 사용하지 않기 때문에 평소 내 생활 패턴과 별반 다를 게 없어 큰 효과를 보지 못했다. 하지만 집중하기가 어려운 작가라면 사용하기 좋을 것 같다는 생각을 했다.

생각이 너무 많을 땐 방법이 없다. 이건 글에 집중하지 못하는 게 아니라 반대로 너무 집중해서 글을 쓰지 못하는 것이다.

이럴 땐 그냥 생각하지 말고 손을 움직이라고 말하고 싶다. 생각이 많은 사람은 한 편을 쓸 때마다 지금 이 부분에서 이 캐릭터가 이렇게 움직이는 게 맞나? 이거 진짜 재밌나? 이것보다 더 좋은 전개는 없을까? 등등 매 순간 생각하고 고민하기 때문에 손이 멈추고 시간이 오래 걸리는 것이다.

고민하지 말고 우선은 쓰자. 설령 생각을 비움으로 인해 캐릭터의 행동이 예측되지 않아 글을 쓸 수 없게 된다면 그 부분은 우선 비워 두고 넘어가서 다른 내용을 쓰자. 그리고 다시 돌아와서 비워 둔 내용을 채우자. 이건 글을 쓰는 습관이라 평소 글 쓰는 방법을 바꾸는 것 외에는 대책이 없다.

이건 내가 사용하는 방법인데 나는 일할 때 외에는 노트북 앞에 일절 앉지 않는다. 노트북 앞에 앉을 땐 무조건 일을 하고, 그 외의 취미활동은 다른 곳으로 장소를 옮겨서 작업한다.

왜냐하면 일하는 자리에서 몇 번 다른 것을 하며 놀다 보면 정작 일하기 위해 자리에 앉아도 집중이 안 되기 때문이다. 사람은 적응의 동물이라고 했다. 공부하러 독서실에 가거나 작가들이 작업실을 얻는 것도 그런 이유다.

노는 자리와 일하는 자리를 구분하라고 말하고 싶다.

집중하기 어려워서 일이 안 되거나 반대로 집중은 되는데 문장이나 전개와 같은, 소설에 대한 고민이 많아 글을 쓰기 어렵다면, 일단 장소를 옮겨라.

일하는 자리에는 무조건 당신이 일할 때만 앉아 있는 게 좋다. 노트북 앞에 오래 앉아 있는다고 해서 글이 나오는 것도 아니다.

냉정하게 말해서 그건 그냥 노트북 앞에서 생각한 거지, 노트북 앞에서 일한 게 아니다. 내가 오늘 노트북 앞에 앉아서 열 시간 동안 검색도 하고 이것저것 영상도 보다가 한 시간 일했다면 그냥 한 시간 일한 거다.

물론 인풋까지는 일로 포함해도 좋다.

그 자리에 앉으면 일만 할 수 있게 습관을 잡아 두는 것도 좋다.

― 인풋은 필수다 ―

웹소설 업계에서 돈을 벌고 싶다면 인풋은 선택이 아닌 필수다. 내가 출간하길 바라는 플랫폼에서 적어도 대박 작품 5작 이상은 꼭 읽자. 웹소설을 읽기가 어렵다면 노블 코믹스라도 꼭 봐야 한다. 그래야 그 플랫폼에서 원하는, 그 플랫폼의 독자가 좋아하는 전개 방식을 알 수가 있다. 높은 매출을 달성한 작품을 읽어 보지도 않고 어떻게 높은 매출을 내는 작품을 쓸 수 있겠는가?

처음 웹소설을 쓰는 작가들은 간혹 인풋이 필요 없다고 말한다. 인풋을 하느니 한 자라도 더 쓰는 게 낫다며 시간 낭비라고 하는 작가도 봤다. 혹은 인풋하다가 표절할까 두렵다며 아예 읽는 걸 거부하기도 한다. 당연한 반응이다. 왜냐하면 나도 처음 웹소설을 쓸 때 같은 생각을 했기 때문이다. 나는 혹시나 내가 작품을 읽고 그 작품에서 영향을 받으면 어쩌나 걱정하면서 일부러 더 피했다.

지금 와서 돌이켜 보면 굉장히 바보 같은 짓이었다. 만일 내가 나도 모르는 새에 표절하게 될까 봐 겁내는 작가가 있다면 말해 주고 싶다. 당신이 표절하겠다고 나쁘게 마음먹지 않은 이상, 절대로 같은 전개가 나올 수 없다고 말이다.

소재와 설정이 겹친다고 하더라도 사람마다 전개를 풀어 가는 방식은 절대 같을 수가 없다. 하물며 주인공의 대사, 상황, 성격도 똑같을 수가 없다. 작가마다 경험의 깊이가 다르기 때문이다.

작품 속 주인공이 사업을 한다고 가정해 보자. 설정은 같지만, 사업을 실제로 해 본 작가, 사업을 해 보지 않은 작가, 사업을 해 봤다가 망한 작가 등 경험에 따라 전개가 무수하게 달라질 것이다.

그러니 읽기도 전에 표절하게 될까 봐 겁부터 내지 말자. 제대로 알지도 못한 채 도전하는 건 무모하다.

만일 정말 완결까지 읽기가 너무 힘들다면 초반 30화라도 반드시 읽자.

자, 그렇다면 인풋은 무엇을 하는 걸까? 그냥 읽기만 하면 되는 걸까? 작품을 그저 재밌게 읽는 건 인풋이 아니라 독자가 할 일이다.

우린 작품을 재밌게 읽으며 분석을 해야만 한다. 그게 바로 인풋이다. 작품을 분석하는 방법은 작가마다 전부 다르다. 캐릭터와 캐릭터 간의 관계성, 소재의 사용법 등을 모두 메모해서 읽는 작가가 있고, 회차마다 세세하게 분석하는 작가도 있다. 분석은 본인이 편하고 또 이해하기 쉬운 방법으로 진행하면 된다.

나는 인풋을 위해 작품을 읽을 땐 세 가지 분류로 분석하는 편이다. 도입부와 캐릭터 그리고 셀링 포인트다.

◆ 도입부

작품의 도입부가 어떤 식으로 쓰였는지를 중점적으로 본다. 도입부에 어떤 인물이 등장하는지, 그래서 도입부에서 작가가 보여 주려는 것이 무엇인지 파악하려고 한다. 만일 도입부에 주인공의 목표가 명확하게 드러난다면, 주인공이 목표를 이루기 위해 어떤 수단과 방법을 사용하는지도 살펴본다. 도입부의 속도가 전체 전개에 비해 빠른지 느린지도 함께 확인한다. 예시로 빙의물 작품이라면 도입부 언제쯤 빙의를 하는지, 빙의하자마자 처리하는 사건은 사이다를 위한 사건인지 같은 전반적인 내용을 살핀다.

◆ 캐릭터

캐릭터의 필요성을 확인하고 그 캐릭터를 어떻게, 어떤 방식으로 활용했는지를 분석한다. 특히 캐릭터를 등장시키거나 적절할 때 캐릭터를 에피소드에서 빠지게 하는 방식을 많이 살핀다. 캐릭터가 갑자기 소설에 등장하지 않으면, 해당 캐릭터를 찾는 독자가 있기 마련이다. 자연스럽게 캐릭터를 빠지게 하는 방법을 살펴본다. 그리고 캐릭터끼리의 관계성이 어떻게 짜여 있는지 파악한다. 나는 캐릭터끼리 거미줄처럼 촘촘하게 짜여 있는 관계성을 좋아하기 때문에 관계성을 유난히 많이 따지는 편이다.

◆ 셀링 포인트

특히 중요하다. 이건 작품에 나와 있는 내용은 아니지만, 독자가 어째서 이 작품을 좋아하게 된 걸까를 생각한다. 가끔 보면 잘된 작품은 단순히 운이 좋아서 잘됐다고 생각하는 작가들이 많다. 하지만 내 생각은 다르다. 작품이 잘되는 이유에는 운도 있겠지만, 단순히 운만으로는 잘될 수 없다. 그냥 그 작품이 정말 잘 쓴 작품이기 때문이다.

독자가 좋아하는 이유를 파악하는 건 굉장히 중요하다. 작품의 재미는 기본이다. 하지만 대박 작품은 재미를 넘어 독자가 좋아하는 요소를 분명히 갖고 있다. 무엇이 독자를 안달 나게 했는지, 그래서 무엇이 독자를 끝까지 끌고 왔는지를 생각한다.

도입부와 캐릭터는 작품을 읽을 때 분석하지만, 셀링 포인트의 경우는 작품을 모두 읽고 난 후 혼자 생각해 본다. 작품을 모두 읽었을 때 내가 재밌다고 생각한 부분이 어디인지, 작품을 전부 읽고 닫았는데도 생각나는 장면이 어떤 건지 혼자 작품을 곱씹는다. 인풋을 위함이었다고는 해도 나 역시 그 작품의 독자다. 내가 다음 화를 읽게 된 이유는 무엇이었는지 생각한다. 그러면 그 작품이 정말 재밌고 잘 쓴 글이었다는 걸 알게 될 것이다.

물론 인풋을 하려고 해도 마음처럼 쉽지 않을 것이다. 걱정하지 말자. 그건 당신뿐 아니라 나를 포함한 모든 작가가 겪는 일이니까. 분석하려고 했는데 읽다 보니까 재밌어서 전부 읽을 때도 있다. 그럴 땐 작품을 읽고 남은 여운과 어떤 점이 재밌어서 홀린 듯 읽었는지 메모해 두자. 그것도 충분한 분석이다.

분석을 너무 어렵게 생각하지 말자. 어떨 땐 그냥 재밌게 읽는 것만으로도 분석이 될 수 있다. 나는 경험 또한 분석이라고 생각한다.

― 필사는 어떻게 하죠? ―

문장 연습을 위해 필사를 하는 경우도 많다. 실제로 필사 연습은 문장력 향상에 많은 도움이 된다. 필사에도 여러 방법이 있다. 그냥 책에서 감명 깊었던 문장을 메모하듯이 적는 작가가 있고, 몇 페이지를 정해서 쓰는 작가도 있다. 필사를 하다 보면 작가가 전달하고자 하는 문장의 느낌이 무엇인지 느껴질 때가 있어서 좋다. 그뿐만 아니라 문장의 구성 방식을 자연스럽게 배우게 된다.

필사 방법은 전부 다르겠지만, 나는 문장의 구조 필사와 묘사 필사를 다르게 둔다. 이게 무슨 말이냐면 내가 쓰는 문장의 구조가 유난히 어색하다고 느껴질 땐 문학을 필사하고, 묘사가 부족하다고 느껴질 땐 시집을 필사한다는 뜻이다.

내 경우엔 책을 읽어도 묘사가 풍부해진다거나 도움이 된다는 느낌을 받지 못했다. 하지만 시집은 달랐다. 시집을 읽고 나면 감성적으로 변해서 그런지 묘사나 문장을 보는 눈이 달라지는 게 느껴졌다.

그래서 실제로 나는 작품 작업에 들어가기에 앞서, 시집을 몇 권 읽는 편이다. 주인공이 감정을 터뜨려야 할 구간에 들어갈 때도 시집을 자주 읽는다. 시집엔 정말 다양한 표현과 묘사가 존재하기 때문이다. 혹시 시집을 읽어 보지 않았다면 꼭 몇 권 읽어 보기를 추천한다.

대신 사건물에서 주인공이 두뇌를 써야 할 땐 추리 소설을 주로 읽고 필사한다. 나는 특히 추리 소설을 좋아하는 편이라 평상시에도 자주 읽는다. 주기적으로 방탈출도 하는데 이것도 추리하는 자체를 너무 좋아해서 그렇다. 주인공이 두뇌를 사용해야 할 땐 추리 소설의 방식이 많은 도움이 되기 때문에 사건에 들어가기에 앞서 필사할 때도 있다.

하지만! 절대로 시놉시스를 적을 땐 추리 소설을 읽거나 필사하지 않고 멀리한다. 왜냐하면 웹소설과 추리 소설은 상극이기 때문이다. 추리 소설은 결국 마지막에 가서야 범인이 밝혀지는 소설이기에 전개를 빨리빨리 해야 할 웹소설과는 맞지 않는다.

하지만 개인적으로 웹소설 자체를 필사하는 것은 추천하지 않는다.

웹소설 문체의 감을 익히기엔 좋지만, 문장이 짧고 간결한 편이라 그런지 필사한 작품의 작가와 문장 구조가 너무 비슷해지는 걸 느꼈다. 깜짝 놀라서 바로 때려치우고 웹소설 자체를 읽지 않은 적이 있다.

생각해 보라. 웹소설 업계에는 메이저라 불리는 소재가 있고, 하루에도 수십 개의 웹소설이 여기저기서 쏟아진다. 내가 생각한 소재가 다른 작가와 겹칠 수도 있는데 만약 문장까지 비슷한 상황이 된다면?

그래서 나는 웹소설의 필사는 추천하지 않는다. 웹소설의 문체는 스스로 직접 쓰면서 공부하도록 하자.

우선 나는 필사를 할 때, 손으로 하는 편이다. 키보드로 작업하는 작가도 많이 있는데 나 같은 경우에는 키보드 필사가 손에 익지 않는 편이었다. 키보드로 쓰는 건 감이 잡히지 않았었다. 그래서 손으로 필사한 후 정말 마음에 드는 문장은 키보드로 한 번 더 필사한다. 이건 작가 개인의 성향이기에 손에 익는 방법을 이용하면 좋다.

필사는 결국 문장력 공부다. 문장력을 공부하는 것이지, 그 작가의 문장을 그대로 베껴서 따라 쓰거나 인용하라는 말이 절대 아니다. 그러니 문장이 작가의 손에 익고 뇌에 박혀 자연스럽게 사용되는 방법을 선택하자.

조금 힘들더라도 펜과 노트를 준비하여 직접 손으로도 써 보고, 이 방법이 와닿지 않는다면 키보드로도 도전해 보자.

― 퇴고는 적당히 하자 ―

퇴고는 초고를 다듬는 작업이다. 우리는 초고를 쓸 때 한 문장 쓰고 다듬고 또 한 문장 쓰고 다듬는 작업을 반복하지 않는다. 몇천 자 혹은 몇 편을 모두 쓴 후에 한꺼번에 퇴고한다. 퇴고는 무조건 필요한 작업이다. 내 눈에는 그 어느 때보다 잘 써진 것처럼 느껴지는 글도 퇴고하다 보면 반드시 수정할 부분이 보인다. 퇴고는 중요하다. 사실 내가 이렇게 중요하다고 굳이 말하지 않아도 작가는 대부분 퇴고를 한다. 왜냐하면 완벽하게 쓴 문장도 며칠 뒤에 다시 보면 이상한 것처럼 느껴지기 때문이다.

열심히 퇴고하자는 말을 하려는 게 아니다. 오히려 반대다. 나는 퇴고를 적당히 하라고 말하고 싶다.

명심하자. 퇴고의 늪에 빠져서는 절대 안 된다. 하지만 내가 이렇게 말했을 때, 받아들이는 작가는 몇 명 없다. 작품의 완성도는 퇴고에서 비롯되니 해도 해도 모자란다고 말하는 작가도 있다. 나도 그 말을 부정하는 건 아니다. 문장은 깎으면 깎을수록 빛난다는 말이 있으니 말이다. 물론 작품의 완성도는 퇴고에서부터 비롯된다. 그러나 우리가 지금 쓰는 건 웹소설이라는 걸 생각해야 한다.

우리가 앞에서 짚었던 웹소설의 특성을 다시 생각해 보자.

'문체는 간결하게, 전개는 빠르게.'

퇴고하다 보면 문장은 길어지고 전개는 늘어지기 마련이다. 퇴고할 때 부족하다고 느껴지는 부분을 추가하기 때문이다. 만약 웹소설이 아니었다면 퇴고할수록 작품의 완성도가 높아졌을 것이다. 문장에는 섬세한 감성이 담기고, 꼼꼼하게 짚어 나간 덕분에 전개는 완벽해질 테니 말이다.

하지만 웹소설은 문체가 너무 길어지면 가독성이 떨어지고, 독자의 이해를 위해 지나치게 설명을 늘어놓다 보면 전개가 늘어진다. 그러니 웹소설 업계에서의 지나친 퇴고는 오히려 작품의 완성도를 떨어뜨리게 된다.

하지만 신인과 기성 관계없이 퇴고에서 헤어나오지 못하는 작가가 많다. 퇴고하고 또 퇴고하고 또, 또 퇴고했지만, 결국 다시 퇴고하는 것이다. 물론 나도 충분히 이해한다. 분명 더할 나위 없이 완벽해 보이던 문장도 시간이 지난 후에 보면 수정할 곳밖에 보이지 않으니 말이다.

하지만 계속 그렇게 퇴고만 하다 보면 끝이 나지 않는다. 어떤 글을 쓰든 시간이 흐른 후에 보면 부족한 곳만 보일 것이다. 수정에 박차를 가하다 보면 오히려 초고보다 못한 원고만 남게 될지도 모른다. 실제로 너무 많이 퇴고하다가 초고의 빠른 전개와 매력이 사라지는 경우를 많이 봤다.

퇴고는 중요하고 꼭 필요한 작업이다. 부족한 문장을 덧붙여 주고 어색한 전개를 고치는 작업이 작품의 완성도를 결정짓는 것도 맞는 말이다. 하지만 수도 없이 너무 많이 퇴고하지는 말자. 어쩌면 당신이 처음 썼던 그 날 것의 초고가, 제일 훌륭한 원고였을 수도 있다.

나 자신을 믿자.

― 소설은 한글 파일에 쓰면 되나요? ―

소설을 쓸 수 있는 프로그램은 많지만, 나는 한글 파일을 사용한다. 출판사에서도 한글을 사용하기 때문이다. 다른 프로그램을 쓰면 교정을 볼 때 출판사에서 한글 파일에 원고를 복사해서 붙여 넣어야 한다. 그 과정에서 오류가 발생하는 경우도 더러 봤다.

한글 파일을 쓰는 대신 기본적으로 생성된 판형을 그대로 사용하지 않고 수정해 이용한다. 요즘 작품은 이미지 파일로 작품이 등록되는 게 아니라 이펍 파일로 등록되기 때문에 독자가 원하는 폰트, 원하는 글자 크기, 비율 등을 설정해서 볼 수 있어서 판형이 특별히 필요하지는 않다. 하지만 독자가 보는 화면과 비슷한 크기에 글이 어떻게 들어갈지 직접 확인하고 싶기에 여러 판형으로 바꿔 보며 작업한다.

프로그램은 편한 대로 사용해도 좋다. 판형을 변경해 사용하는 게 어색하면 그냥 사용해도 좋다. 만일 그렇다면 내 핸드폰으로 원고를 직접 확인해 보는 방법을 사용해 보자.

핸드폰으로 내 원고를 읽었을 때, 눈에 거슬리는 구간이나 눈이 피로한 부분을 위주로 정리하면 좋다.

— 몇 년 차부터 돈을 많이 버나요? —

놀랍게도 많이 하는 질문 중 하나다. 몇 년 차부터 잘 될까, 대박 작가는 몇 번째 작품에 반드시 터진다던데, 몇 년 안에 얼마 이상을 벌어야 재능이 있는 거라고 하던데 등등. 웹소설 업계에서는 흔히 3년 안에, 5작품 안에는 터져야 한다는 말이 있다. 하지만 내가 보기에 정해진 건 없다. 나는 애초에 왜 3년, 5작이라고 정해져 있는 건지도 이해할 수 없다. 사람마다 경험을 쌓는 속도는 전부 다르다. 같은 회사에 입사해 똑같은 일을 배워도 어떤 사람은 한 달 만에 모두 배우지만, 어떤 사람은 반년이 걸릴 수도 있다. 물론 반년 동안 일을 배우는 사람은 힘들 것이다. 하지만 일 년 뒤에 두 사람을 보면 어떨까? 사람마다 경험을 쌓는 속도는 다르지만 긴 시간이 지난 후에 보면 결국 다들 평균적으로 잘하게 된다.

물론 웹소설 업계에서의 세세한 수익 차이는 있을 수 있다. 누군가는 5억을 벌고 누군가는 1억을 벌 수도 있다. 하지만 누군가는 5억으로도 만족하지 못할 수도 있고, 누군가는 오천만 원으로 만족할 수도 있다. 돈을 많이 번다는 것도 결국은 개인마다 기준이 다르다.

그러니 말해 줄 건 딱 하나다. 남들과 비교하지 말자. 웹소설 작가의 장점은 경력도, 학력도 필요 없다는 점이다.

첫 출간작으로 남들은 상상할 수도 없는 금액의 매출을 만져 본 작가도 있고, 일 년 만에 웹소설 업계에서 이름을 알리는 작가가 될 때도 있다. 그러다 보니 웹소설 업계에선 몇 년 안에 혹은 몇 작품 안에 높은 매출을 내지 못하면 재능이 없는 건가 싶어 좌절하는 사람도 종종 보인다.

당신이 첫 출간작에, 일 년 만에 유의미한 매출을 내지 못했다고 해서 당신한테 재능이 없는 건 아니다. 그러니까 몇 년, 몇 작품 안에 대박이 나야 한다는 말에 너무 사로잡히지 말자. 남과 나를 비교하지 말고 내 작품에 꾸준히 매진하자.

― 정보 조사는 어떻게 하나요? ―

작품을 쓰다 보면 세계관이나 주인공의 직업을 설정하기 위한 정보 조사가 필요할 때가 있다. 그럼 미친 듯이 검색하고, 찾아보고, 관련 서적을 읽게 된다. 만일 해당 장소에 직접 가 볼 수 있다면 그렇게 해도 좋다. 혹은 해당 장소가 궁금할 땐 이미지를 검색해서 봐도 좋다.

특정 직업에 관해 궁금한 부분이 있다면 그 직업군을 가진 사람들이 모인 커뮤니티에 가입해서 궁금한 부분을 질문하기도 하고 대화에 참여하기도 한다. 주변에 특정 직업을 가진 사람이 있다면 여러 부분을 물어보며 대화를 나누기도 한다.

음식의 경우엔 내가 직접 먹어 볼 수 있는 음식이라면 무조건 가서 먹어 보려고 노력한다. 물론 소설에서는 정말 몇 줄 밖에 나오지 않지만, 그 몇 줄로 인해 독자의 이입이 흐트러질 수도 있기 때문이다. 가령 실제로는 단맛이 나는 음식을 짠맛이 나는 음식이라고 묘사하는 순간 독자는 현실로 돌아오게 된다. 그리고 작가가 쓴 모든 내용에 의구심을 품게 된다.

소설 속에서 주인공들이 여행을 간다면 비슷한 여행지라도 가 보려고 하고, 주인공들의 향기를 묘사하기 위해 비슷한 향수를 찾아다닌 적도 있다. 내가 직접 경험할 수 있는 것이 있다면 무엇이든 직접 해 보려고 하는 편이다.

정보 조사는 몇 번이고 해도 좋다. 같은 내용이라고 하더라도 사람마다 전달하는 말이 다르고 해석이 다르기 때문이다. 물론 시대적 배경까지 내가 직접 경험할 수는 없기에, 시대적 배경 및 설정 등은 서적이나 영화를 자주 찾아보는 편이다.

소설은 작가가 아는 게 많을수록 재밌어지고 풍부해진다. 주인공의 행동 하나하나, 주인공이 먹는 음식, 주인공 주변에서 돌아다니는 조연들이 모두 그렇게 탄생한다. 물론 모른다고 해서 글을 못 쓰는 건 아니다. 하지만 알고 있는 게 많을수록 세계관이 넓어지고 독자도 깊게 이입할 수 있다.

그래서 항상 작품을 쓰기 전에는 그 시대의 생활상이 담긴 책이나 내가 앞으로 쓰려는 소재와 비슷한 설정의 영화 및 작품을 찾아본다. 그리고 읽으면서 내가 새로 알게 된 생활 습관 및 정보는 메모해 두었다가 찾아보고 소설을 쓸 때 적용한다.

당신이 얼마만큼의 세계를 구축했느냐에 따라 주인공들의 행동 범위와 반경이 달라진다. 구축해 둔 세계가 크면 클수록, 그리고 잘 사용되면 될수록 독자는 흥미를 느끼게 된다.

정보 조사가 필요한 것도 그것 때문이다. 개연성을 위하여, 독자의 폭넓은 상상을 위하여 말이다.

자. 이렇게 얘기한다면 전문 서적은 어떻게 찾아보는지, 논문 등은 어디서 찾는지 궁금할 것이다. 왜 그냥 직접 경험해 보거나 검색만 하면 알 수 있는 얕은 지식의 내용만 알려 주는지 싶은가?

당신이 웹소설을 처음 쓴다면 나는 굳이 전문적인 지식까지 찾아보라고 말하고 싶지는 않다. 그냥 주변 생활에서 당신이 접할 수 있는 정보만큼만 알아도 무방하다. 내가 이렇게 말하면 '뭐? 소설을 쓰는데 정보 조사를 제대로 하지 말라고 하는 거야?!'라면서 화내는 작가도 있다. 하지만 웹소설을 처음 쓰는 작가가 너무 많은 정보를 알게 되면 대개는 나쁜 결과로 나오게 된다.

우리가 쓰는 건 전문 서적이 아니다. 우린 웹소설을 쓴다. K현판, K로판, K무협 등의 말은 괜히 생긴 게 아니다. 고증도 필요하지만, 독자에게 익숙한 세계관을 보여 주는 것도 중요하다.

그런데 처음 글을 쓰는 작가는 너무 많은 정보의 바다에 빠지게 되면 알게 된 정보를 전부 웹소설에 녹여 내고 싶어 한다. 사소한 부분까지 고증을 전부 지키고, 아는 정보는 탈탈 털어 독자에게 보여 주니 자연스럽게 소설의 전개는 루즈해진다. 지나치게 정보를 많이 쏟아 내니 지루해진 독자도 탈주한다. 웹소설은 자극적이고 독자에게 끊임없는 충격과 재미를 주어야만 한다.

그래서 나는 처음에는 정보가 조금 부족하더라도 그때그때 검색하여 찾아보면서 글을 쓰는 걸 추천한다. 전문 서적과 논문 등을 찾아보는 건 당신이 기성 작가가 되어 정보를 어느 정도 걸러서 사용할 수 있을 때 하는 걸 추천한다.

글을 쓰고자 마음먹은 사람은 누구나 정보 조사부터 해야겠다고 생각하기 마련이다. 나 또한 그랬다. 나는 로맨스 판타지를 썼기에 관련 서적을 전부 모아서 읽었고, 내가 쓰려는 시대의 이야기를 정말 끝도 없이 찾아 읽었다. 아는 게 많아지니 개연성을 챙기고 아는 정보도 모두 담아 웹소설을 쓰게 되었다. 독자는 정보를 알고 싶어서, 뭔가 배우고 싶어서 웹소설을 읽는 게 아닌데도 말이다.

독자는 고증에 맞는 드레스 묘사나 누가 시중을 드는지 따위가 아닌 흥미진진하게 진행되는 이야기를 읽고 싶어 한다는 걸 잊지 말자.

정보는 당신의 이야기를 더 깊게 만들어 주는 것이지, 당신의 이야기 자체를 만들어 주는 것이 아니다. 그 차이를 확실히 인지한 후에 많은 정보를 빌리도록 하자.

― 웹소설은 간단하게 쓰자! ―

앞 장에서도 누누이 말했지만 독자가 웹소설에서 추구하는 건 오직 재미뿐이다. 우리가 개연성을 맞추는 건 독자의 상상력을 깨뜨리지 않고 재미를 느끼게 하기 위함이지, 실제 있었던 사건과 고증을 맞추기 위함이 아니다.

하지만 처음 웹소설을 쓰는 작가 중 일부는 세계관과 고증에 지나치게 집착하기도 한다. 사실 고증을 지키는 데에만 집중했다면 모든 소설은 탄생할 수 없었을 것이다. 고증을 맞추는 건 좋지만, 고증에만 집착

해서 무언가 놓치고 있는 건 아닌지 잘 살펴야만 한다. 세계관 역시 마찬가지다. 내가 짜 둔 세계관을 벗어나지 않으려는 데에만 집중하다가 재미를 잊은 건 아닌지 잘 살피자.

냉정하게 말해서, 설정과 소설 속 정보가 완벽하다고 소설이 재미있는 건 아니다. 첫 장에서부터 끊임없이 말하듯 독자는 웹소설을 시간 날 때, 지루한 시간을 재밌게 보내기 위해 읽는다.

달리 말하자면 재미만 있으면 된다. 당신이 알고 있는 모든 정보와 당시의 고증을 전부 소설 속에 풀어 둘 필요는 없다. 가끔 대화를 나누다 보면 '에이, 그 당시에 이런 사건이 말이나 되겠어? 그 당시에 이런 사람이 어디 있어?'라며 당시 고증을 칼로 자른 것처럼 맞춰 글을 쓰는 작가들이 있다. 하지만 그 시대상에서는 절대 일어나지 않을 일이라고 해도 그게 독자의 흥미를 끌고 올 이야기라면 무조건 써야만 한다! 고증은 그 외의 다른 설정에서 얼마든지 맞추면 될 일이다!

웹소설은 간단하게, 그리고 재밌게.

그게 최고일 뿐이다.

웹소설에서는 반드시 피해야 하는 엔딩이 있다. 이 엔딩만큼은 절대 쓰면 안 된다고 부르짖는 엔딩들!

✤ 주인공 및 선한 인물이 죽는 엔딩

독자에게 호감을 얻은 인물과 주인공은 절대 죽어서는 안 된다. 엔딩이라면 더더욱 안 된다! 절대 NO! 독자는 주인공과 긴 여정을 함께 하며 그의 삶을 엿보고 주인공의 노력을 응원했다. 그런데 기다리는 게 결국 죽음을 맞이하는 비참한 결말이라면, 지금껏 쌓아 온 감정과 시간을 모두 허무하게 잃어버린 듯한 기분을 느낄 수밖에 없다. 게다가 주인공이 죽는다는 걸 알게 됐으니, 소설을 재차 읽거나 소장하지도 않는다. 모든 노력이 물거품이 된 상황이니 말이다. 소설을 읽고 허무함을 느끼게 되면 독자는 다시는 당신의 작품을 읽으려고 하지 않을 것이다. 그러니 해당 필명을 버릴 마음이 아니라면 독자에게 호감을 얻은 인물과 주인공은 죽여선 안 된다.

✤ 악역이 제대로 처단되지 않은 찜찜한 엔딩

작가가 악역을 너무 사랑해서 제대로 처단하지 않는 경우가 있다. 모호하게 살려 두거나 개과천선했다는 등의 엔딩 말이다. 이는 독자가 원하지 않는 엔딩이다. 나는 악역은 악역다워야 한다고 말했다. 독자는 선한 주인공이 나쁜 일을 한 악역을 어떻게 이겼는지를 보길 원한다. 모호한 승리나 우정이 아닌 확실한 승리를 바라는 셈이다. 악역이 죽으면 좋아하는 이유도 그 때문이다. 특별한 사유가 없다면 악역은 반드시 비참하고 처참하게 무너져야만 한다.

✛ '이게 전부 꿈이었나?' 열린 엔딩

열린 결말이라고도 부른다. 눈을 뜨니 지금까지 있었던 일이 전부 거짓? 아니면 꿈이었나? 같은 엔딩. 이것도 웹소설에서는 절대 허용되지 않는 엔딩이다. 여태 수많은 고난과 역경을 딛고 행복한 결말을 손에 넣었는데 이게 전부 없던 일이 된다면? 물거품이 된 노력을 좋아하는 사람은 아무도 없다. 독자에게 최악의 소설로 기억되고 싶지 않다면 엔딩은 무조건 꽉꽉 닫자. 독자의 상상에 맡기거나 절대 열어 두지 말자!

✛ 서브캐가 결혼했다고? 엔딩

가끔 등장하는 모든 인물을 이어 주려고 하는 작가가 있다. 행복을 위해 남녀 비율을 맞춰 등장시키고 애정이 깊은 인물끼리 이어 주는 셈이다. 행복한 건 물론 좋지만 서브 캐릭터는 절대 건드리지 말자! 서브 캐릭터의 역할은 주인공을 사랑하는 일이다. 비록 주인공이 다른 사람과 사랑에 빠지더라도 말이다! 엔딩을 맞이한 서브 캐릭터가 주인공을 위해 본인의 사랑을 감추고 행복을 빌어 주는 건 좋다. 하지만 정말 주인공을 잊고 새로운 사랑을 시작해서는 안 된다. 독자는 서브 캐릭터의 모든 서사를 읽었다. 서브 캐릭터를 이해하고 감정에 동화됐다. 그런데 갑자기 엔딩에 와서 서브 캐릭터가 다른 사람을 사랑한다면? 독자는 이유 모를 배신감을 느낄 수 있다. 미안하지만, 서브 캐릭터는 역할을 다하게 두도록 하자!

3장

출간을 부르는 웹소설을 기획하자

part **1**

시놉시스의 중요성

작품을 쓰는 것만큼이나 작품을 기획하는 일도 중요하다. 바로 시놉시스를 쓰는 일이다. 시놉시스란 작품의 전체 내용을 간단히 정리하는 것이라고 생각하면 된다. 즉 시놉시스는 작품이 걸어갈 길, 즉 작품의 지도이기도 하다. 달리 말하자면 시놉시스는 당신의 작품을 전혀 모르는 타인한테 '내가 지금 쓰는 작품은 바로 이런 작품이야'라고 설명하는 것이다. 시놉시스는 출판사에 투고할 때도 필요하며 플랫폼에서 심사를 볼 때도 필요하다.

그렇다면 시놉시스에는 무엇을 적으면 될까?

아래가 바로 시놉시스 양식이다.

작품명		필명	
장르		예상분량	
기획의도			
등장인물			
시놉시스 줄거리			

출판사와 플랫폼마다 사용하는 시놉시스 양식이 조금씩 다를 수 있지만 큰 틀은 같다. 하나씩 살펴보자.

작품명은 작품의 제목을, **장르는 소설의 장르**를 말한다. **필명은 소설을 출간할 작가의 이름**이다. 출판사 투고에 합격한 후에는 처음 적었던 필명을 마음껏 바꿔도 되지만, 플랫폼 심사에 합격한 후에 필명을 바꾸는 건 추천하지 않으니 유의하도록 하자.

예상 분량은 작가가 생각하는 작품의 완결 회차이다. 완결을 예상하는 화수에 따라 작품 프로모션, 출간 프로모션, 또 작품 런칭 일정이 달라지기에 적은 예상 화수는 지켜 주는 게 좋다.

여기까지는 어렵지 않다. 크게 헷갈리는 작가도 없다. 문제는 이제 다음부터다.

◆ 기획 의도

많은 작가가 제일 궁금해하는 동시에 어려워하는 구간이다. 여긴 대체 뭘 쓰라고 하는 걸까? 많은 작가가 '좋은 매출을 내기 위해 잘되는 키워드를 고른 건데 뭘 써야 해?'라고 묻는다. 기획 의도에 '돈을 벌기 위해, 대박 나려고'라고 쓸 수는 없으니 말이다. 하지만 기획 의도는 그게 맞다. 그걸 쓰면 된다.

단, 매출을 높일 수 있는 많은 키워드 중 어째서 당신이 그 키워드를 골랐고 왜 그런 전개의 작품을 기획했는지를 적어 주면 된다. **기획 의도란 출판사 및 플랫폼 관계자가 당신의 작품에서 기대하는 셀링 포인트다.** 우린 모두가 매출 효과를 내기 위해 이 키워드를 선택했음을 당연히 알고 있으니, 매출 효과가 높은 키워드 중 왜 하필 '회귀'를 골랐는지, 어째서 주인공은 '악인'으로 등장하는지 등을 설명해 주자.

예시 : 정형화된 빙의 클리셰를 다른 관점으로 바라보는 동시에, 독자들에게 익숙한 클리셰를 비튼 역빙의 키워드를 골라 공감을 끌어내고자 한다.

출판사와 플랫폼은 결국 기업이고 그들에게 우리의 작품은 상품이다. 그들은 상품을 팔아야 한다. 그것도 사람들이 자주 찾을 아주 좋은 상품을 말이다. 그러니 당신이 기대한 매출 효과가 무엇인지를 명확하게 적어 주자.

◆ 등장인물

등장인물은 적기 어렵지 않다. 원고를 구상하기 이전부터 작가가 이미 머릿속에서 인물들에게 많은 사랑을 쏟아부었기 때문이다. 사건 전개보다 주인공의 서사를 먼저 생각하는 경우가 많고, 소설의 큰 줄기보다 주인공과 악역의 대립 관계를 먼저 정하는 경우가 많다.

이렇듯 작가는 등장인물과 관련된 수많은 정보를 지니고 있다. 하지만 그 모든 서사를 시놉시스에 풀어서 적을 필요는 없다. 등장인물은 작가가 가진 적당한 서사의 정보와 더불어 각 인물의 목표를 적어 주면 깔끔하게 정리된다. 인물은 소설에서 중요한 키가 되는 인물을 약 네 명 정도 적어 두면 좋다.

◆ 시놉시스 줄거리

시놉시스 줄거리는 **발단-전개-위기-절정-결말**에 맞춰 구상하여 적으면 된다.

1) **발단**은 소설의 도입부를 말한다. 주요 인물이 등장하고 주인공의 상황, 목표, 인물 간의 관계가 설명되는 구간이다. 독자가 처음 인물을 만나고 세계관을 접하게 되는 첫 만남이다.

　　예시 : 여자 주인공과 남자 주인공 소개. 각각의 목표를 가진 두 주인공이, 서로의 목표로 말미암아 만나게 됨.

2) **전개**는 발단에서 소개된 등장인물들이 직접 움직이며 이야기가 진행되는 구간이다. 즉, 인물 간의 갈등이 시작되거나 사건이 진행되고 혹은 인물 간의 심화되는 관계 등이 나타나게 된다. 인물이 입체적으로 움직이기에 독자는 등장인물의 성격들을 유추하며 내적 친밀감을 쌓는다.

　　예시 : 여자 주인공과 남자 주인공이 각각의 목표를 달성하기 위해 사건 해결. 그 과정에서 목표를 방해하는 악역을 만나기도 하고 갈등이 제대로 풀리지 않아 당하기도 함. 하지만 목표를 위해 전진.

3) **위기**는 소설로 따지자면 중반부에 돌입했다고 보면 된다. 이전 단계에서 일어났던 갈등 및 사건들이 한층 깊어지며 주인공의 결핍 혹은 위기가 나타나게 되는 구간이다. 이전 단계를 거치며 주인공에게 내적 친밀감을 충분히 느낀 독자가 감정이입을 하게 되는 단계다.

　　예시 : 악역과의 갈등이 심화, 주인공의 위기 돌입. 전반적으로 목표를 위한 모든 준비는 마쳤으나 악역으로 인한 제일 중요한 갈등 해결을 앞둔 상태. 갈등 해결을 위해 주인공이 준비한다.

4) **절정**은 사건과 갈등이 최고로 심화하며 주인공이 악당과 직접 대립하게 되는 구간이다. 독자의 긴장도 최고점으로 달하는 순간이며, 끝까지 숨겨 오던 비밀 등이 모두 알려지게 된다. 주인공들로서는 마지막 싸움을 하게 되는 단계다.

예시 : 갈등 해결을 위해 주인공과 악역이 직접 부딪힘. 그 과정에서 실패와 고난도 겪지만, 주인공의 성장 요소로 발돋움.

5) **결말**은 일어났던 모든 사건과 갈등이 끝나고 정리되는 구간이다. 주인공은 처음 다짐했던 목표를 이루고, 등장인물 간의 사건과 관계가 마무리된다. 선한 인물이었다면 행복을, 악한 인물이었다면 불행을 얻게 되는 마무리 결과의 단계다.

예시 : 악역을 처단하고 주인공이 원하던 목표를 이룸. 모든 것이 완벽하고 주인공의 주변 환경과 상태가 안정됨.

많은 작가가 시놉시스를 어려워한다. 특히 줄거리 란을 채울 때 제일 힘들어한다. 나 역시 그랬다. 원고를 쓰는 건 내 상상을 옮겨 적으니 재밌기라도 하지, 구성에 맞춰 이야기를 정리하고 앞으로 걸어갈 길이 무엇인지 타인에게 설명하고 이해시켜야 하니 이게 참 쉽지 않았다.

어디부터 어디까지 적어야 할지도 모르겠고, 당최 뭘 써야 할지도 알 수가 없다. 나는 처음에는 줄거리를 30장이나 썼다. 아주 사소한 사건까지 모두 적었기에 이게 트리트먼트인지 아니면 시놉시스인지 알 수도 없었다. 그리고 그 30장을 다시 27장으로 줄이기 위해 노력했다. 이걸 몇 번이나 반복해서 결국은 9장으로 만들었다.

심사를 위한 시놉시스는 최대 8장~10장을 넘기지 않는 게 좋다. 물론 소설 분량에 따라 그 이상의 장수가 나올 수는 있다. 하지만 줄거리 구성을 간략하게 풀어 내는 것도 작가의 역량 중 하나다.

하지만 그렇다고 해서 또 너무 짧게 써 내서는 안 된다. 내가 무얼 쓰려고 하는지는 반드시 제대로 보여 줘야만 한다.

— 처음 시놉시스와 달라졌어요 —

작가라면 공감할 것이다. 글은 처음 적어 둔 시놉시스대로 움직이지 않는다. 물론 정교한 시놉시스를 구상하여 내용이 한 치도 틀어지지 않는 작가도 있다. 하지만 대개 사건의 전개나 내용은 쓰다 보면 바뀐다.

이유는 많다. 작품을 쓰는 동안 성장한 작가가 처음 줄거리를 구상하던 때보다 더 좋은 전개 방식을 떠올리기도 하는 한편, 죽이기로 기획했던 등장인물이 인기를 얻게 되는 경우 전개나 내용을 바꾸기도 한다. 유료 연재 특성상 많은 인기를 얻은 인물을 죽이면 작품의 인기도 사라지기 때문이다.

자, 종이책과 웹소설의 차이는 바로 여기서 드러난다. 매회 독자의 반응을 확인할 수 있는 웹소설의 시놉시스는 독자의 반응에 따라서도 처음과 달라질 수 있다는 걸 반드시 기억하자!

물론 모든 독자의 반응에 일일이 신경 쓸 필요는 없지만, 반응을 살피다 보면 다수의 독자가 똑같이 짚어 내는 문제점이 발생할 수도 있다. 이건 전개 혹은 주인공의 설정에 어떤 문제가 생겼음을 뜻한다. 웹소설의 장점은 바로 이런 문제점을 다음 회차에서 바로 상호보완할 수 있다는 점이다. 물론 이 경우 문제점을 보완하다 보면 앞으로 일어날 전개도 모두 달라지므로 엄청난 수정 작업이 필요할 수 있다.

하지만 그렇게 해서 좋은 결과가 나온다면 충분히 도전해 볼 법한 작업이다. 중간에 보완될 내용은 물론 독자가 이해할 수 있는 충분한 개연성을 지녀야만 한다. 앞 장에서 주인공을 인어라 썼다고 가정해 보자. 중간에 시놉시스를 변경하며 사실은 인어가 아닌 물고기였다, 와 같이 개연성을 챙기지 않고 전개를 수정하면 독자는 작품이 무너져 내렸다고 느낀다. 그렇게 되면 독자는 하차한다.

웹소설의 시놉시스는 얼마든지 바뀔 수 있다.

가끔 시놉시스가 바뀌었다고, 기획한 전개대로 내용이 진행되지 않는다며 걱정하는 작가들이 많은데 웹소설의 시놉시스가 바뀌었다고 해서 너무 걱정할 필요는 없다.

하지만 작품을 관통하는 목표와 본질까지 바뀌어서는 안 된다. 작품을 진행하면서 필수로 진행해야 할 사건과 대립 및 갈등의 큰 구도는 변하지 않아야 한다.

기존 시놉시스의 내용
- 주인공은 인어였고, 주변 인물은 다들 인어의 눈물을 받겠다며 주인공을 이용한다. 사람을 사랑한 주인공은 아낌없이 눈물을 나누

어 주었고, 그런 주인공을 사랑하게 된 인물들과 함께 공존할 방법을 찾아 행복해진다.

바뀐 시놉시스의 내용

– 주인공은 인어였고, 주변 인물은 다들 인어의 눈물을 받겠다며 주인공을 이용. 하는 것 같았지만 요새 추세인 사이다에 초점을 맞춰 변화. 사실 인어인 주인공이 사람을 역으로 이용한 것으로, 주인공은 환경 파괴로 인한 수온 상승에 따라 인어들이 살 공간이 넉넉지 않아 사람의 땅을 나누기 위해 온 것이다. 하지만 주인공은 사람과 어울리며 사람을 사랑하게 되었고 결국 공존할 방법을 찾아 함께 행복해진다.

글을 쓰는 중간, 주변인으로부터 이용당하는 주인공이 고구마라는 댓글을 받고 갑자기 시놉시스가 바뀌었다는 가정하에 예시를 적어 보았다. 작품의 주제는 '사람과 다른 종족의 공존'이었다고 가정해 보자. 이 주제를 다루기 위해서는 '어느 한 종족이 다른 종족을 이용. 이해하지 못하던 서로가 이 과정에서 서로를 이해함. 공존할 방법을 찾고 행복해짐'이란 사건이 반드시 들어가야만 했고, 서로를 이해하는 과정에서 그려질 갈등이 무조건 필요했다고 가정하여 기존 시놉시스와 바뀐 시놉시스에 두 내용을 모두 담았다.

하지만 시놉시스는 바뀌었고 아예 내용이 바뀌었으니 이후 전개도 확 달라질 것이다. 이렇듯 작품의 본질과 그를 위한 필수 사건, 대립 및 갈등 구조는 바뀌지 말되, 전개만 바뀌어야 한다.

처음 구상한 시놉시스와 전개 및 내용이 바뀌었다고 해서 너무 걱정할 필요는 없다. 중요한 건 이 작품을 훌륭하게 완결로 끌어내는 것이다. 더 좋은 전개가 생각났다면 내용은 얼마든지 수정되어도 좋다! 두려워하지 말자!

part 2

플롯은 왜 중요할까?

심사나 투고에 필요한 시놉시스에 플롯을 적는 칸은 존재하지 않는다. 하지만 우리가 앞으로 소설을 써 내려갈 때에는 플롯이 필요하다. 플롯의 사전적 정의는 '이야기를 구성하는 사건의 배치'다. 줄거리가 단순히 이야기를 늘어놓는 것이라면 **플롯은 사건을 구성하는 요소이자 이야기의 흐름이라고 생각하면 된다.** 사건을 임의로 재배치하는 것, 그것이 바로 플롯이다.

일반적으론 사건을 재배치하여 '발단-전개-위기-절정-결말'에 맞춰 구성한다.

아마 '플롯은 중요하다!'라는 말을 꽤 본 적이 있을 것이다. 그렇다면 플롯은 왜 중요한 걸까? 플롯은 이야기가 다른 길로 빠지거나 단순해지는 걸 방지한다.

나는 플롯의 사전적 정의를 알려 주고 싶은 게 아니다. 좋은 웹소설을 쓰려면 사건의 배치, 이야기에 개연성이 있어야 함을 설명하기 위해 플롯의 중요성을 꺼낸 것이다.

플롯은 사건을 만들기 위한 방법이자 사건 속 갈등을 해결하기 위한 수단이다. 소설의 개연성이자 설정 오류를 방지하기 위한 역할 또한 맡고 있다.

소설에는 주인공을 위한 여러 사건이 있다. 다른 인물과 만나기 위한 사건, 악역을 처리하기 위한 사건, 주인공이 절망과 시련을 극복하고자 필요한 사건 등.

플롯이 중요한 이유는 바로 이런 사건을 어떻게, 어느 시점에 배치하느냐에 따라, 그리고 이를 해결하기 위해 무엇이 필요한지의 구조적 짜임에 따라 소설의 분위기가 크게 바뀌고 독자의 흥미도가 달라지기 때문이다.

소설 전개는 크레센도처럼 갈수록 커져야만 한다. 점점 세게, 점점 크게. 작고 이해하기 쉽던 사건은, 소설이 전개될수록 점차 부피를 키우며 세계관을 확장시켜야만 한다. 그래야만 독자는 사건이 진전되고 있음을 느낀다. 독자가 상상할 수 있는 범위가 넓어지면 넓어질수록 흥미 또한 높아진다.

독자를 끌어모으기 위해 초반부에 자극적인 에피소드를 모두 배치하면 후반부의 내용이 약해질 수 있다. 그렇게 되면 소설에 대한 흥미가 떨어지고 독자는 전개가 산만하다고 느낄 수도 있다. 그래서 플롯이 중요하다. 사건이 '강-약-강-약'의 조화를 이루며 소설이 자연스럽게 완결까지 흘러가도록 이야기의 개연성을 맞춰야만 한다.

긴장감과 궁금증이 가득한 내용이 좀처럼 풀리지 않고 오래 이어지기만 한다면 독자들은 그 긴장감과 궁금증을 오래 가져갈 수가 없다.

처음에 느꼈던 긴장감과 궁금증은 사건이 해결되기도 전에 사라지고, 답답함만 남는다. 그렇기에 소설에서는 처음 사건이 벌어지는 순간의 사건의 스케일이 중요하다. 작은 사건으로 시작해 독자의 호기심을 차근차근 풀어 나가며 동시에 큰 사건으로 점차 발전시켜야만 하는 것이다. 즉, 독자와 긴장감과 궁금증으로 밀고 당기기를 하는 셈이다.

큰 사건이 벌어진 후에 주인공은 자연스러운 일상으로 돌아와야만 한다. 여기서 일상은 다음 사건을 준비하는 구간이 된다. 돌아온 일상 속에서 주인공은 이전 사건으로 인해 조금 더 성장한 모습을 보이게 될 것이다.

주인공과 함께 사건을 겪은 독자는 일상생활에서 성장한 주인공의 모습을 보며 다소 뻐근했던 긴장을 내려놓고 안도한다. 그리고 독자가 완전히 마음을 놓기 전, 다음 사건이 터지면 홀린 듯이 함께 가게 된다.

한 구간에 사건만 몰아 두고, 또 한 구간에 감정을 몰아 두고, 한 구간에는 일상을 몰아 두게 되면 해당 구간이 끝났을 때 독자의 하차 비중이 높아질 수 있다.

1~40화 : 주인공의 목표를 위한 사건 해결

41~80화 : 주인공의 연애를 위한 감정 해소

81~120화 : 목표와 사랑을 모두 얻은 주인공의 일상

이렇게 에피소드를 나누지 않고 일방적으로 몰아 두기만 하면 독자는 반기지 않는다.

사건은 주인공의 주변에서 시작하여 점차 영역과 크기를 키워 가는 것이 좋다. 모든 사건은 결국 주인공으로 시작해서 주인공으로 끝나게 된다.

그러므로 주인공의 모든 행동에는 원인과 결과가 반드시 따라야만 한다. 만일 주인공의 행동에 원인과 결과가 없다면 글을 읽는 독자는 의문을 느끼게 된다. 독자가 의문을 느끼는 순간, 이미 소설의 개연성은 어긋난 셈이다.

― 전개 구성 방식 ―

플롯에는 여러 유형이 있지만, 여기서 소개할 유형은 내가 고안해서 사용하는 나만의 구성이다. 나는 전개를 감정 구성, 사건 구성 두 가지로 나누어 구성한다.

◆ 감정 구성

등장인물의 감정 변화에 따른 전개 구성이다. 등장인물의 목표를 성취하는 데 필요한 감정의 변화 에피소드인 셈이다. 목표를 성취하기 위해서는 사건만이 아니라 감정적 확대도 필요하다.

◆ 사건 구성

사건을 해결하기 위한 전개 구성이다. 등장인물의 궁극적 목표를 성취하기 위한 전개 에피소드로, 등장인물의 목표에는 방해 인물, 즉 악역이 있기에 악역을 처단하는 에피소드도 포함된다.

구성을 이렇게 분류하는 이유는 사건의 흐름을 눈으로 직접 보기 위해서다.

구성을 분류하는 방법은 간단하다. 아래는 내가 사용하는 방식이다.

◆ **주요 등장인물의 목표를 각각 모두 적는다**

시놉시스에 적었던 주요 등장인물의 목표를 인물 별로 분류한다. 1차 목표와 더불어 확대된 2차 목표가 있을 시 나누어 적는다.

◆ **목표를 달성하기까지 필요한 사건들을 모두 적는다**

목표를 달성하기 위해 필요한 사건들을 등장인물마다 모두 적는다. 목표를 달성하기 위해서는 무조건 사건이 필요하다. 하물며 '로또에 당첨된다'라는 목표를 달성하기 위해서도 '주인공이 끊임없이 로또를 사야 한다, 로또를 사기 위한 돈이 필요하므로 돈을 벌어야 한다'라는 두 개의 사건이 필요한 셈이다.

◆ **적어 둔 사건이 등장인물의 감정 변화를 끌어내기 위한 감정적 확대인지, 주인공의 궁극적인 목표를 이루기 위한 사건적 해결인지 분류한다**

사건에는 목표를 위해 주인공의 감정이 변화하는 사건과 목표를 이루기 위해 주인공이 움직이는 사건이 있다. 주인공의 목표가 '로또 1등 당첨'이라고 한다면, 로또 1등 당첨을 목표로 하는 주인공의 이유가 있기 마련이다. 아무 이유도 없이 주인공이 목표를 정하고 소설 내에서 그 목표를 달성하기 위해 움직이지 않을 테니 말이다.

주인공은 왜 로또 1등에 당첨되길 바라는가? 주인공이 '로또 1등 당첨'을 목표로 하는 이유를 '어릴 적부터 가난하여 따돌림을 당했으며 이런 "가난한" 상황에서 벗어나고 싶다'라고 정해 보자. 자, 이제부터 우린 주인공의 인생을 이해해야 한다.

주인공은 목표인 로또 1등 당첨을 위해 '로또를 사고', '로또를 살 돈을 모으고', 소설 내에서 주인공의 완벽한 목표 달성을 위하여 '과거 자신을 따돌린 지인들에게 복수 시도'를 하게 될 테고, 바로 이런 사건들이 목표를 달성하기 위한 사건이 될 것이다.

주인공은 과거 가난으로 인해 따돌림을 당했기에 '가난'이란 상황에서 벗어나기 위해 가난을 빌미로 자신을 따돌림한 지인들에게 복수까지 하게 되는 것이다.

그럼 이게 끝인가? 아니다. 로또 1등 당첨을 바라는 궁극적인 이유는 물질적으로 풍요로워지며, 따돌림의 원인이던 가난에서 벗어나 심정적으로 안정되기를 바라기 때문이다. 가난하여 친구들로부터 따돌림을 당했던 주인공의 상처가 낫지 않는다면 수억 원을 가지고 있어도 주인공은 완전하지 않다.

여기서 나오는 '어릴 적 가난으로 인해 입은 마음의 상처 치유'가 바로 목표의 감정적 확대가 되는 것이다.

목표를 위한 사건과 감정이 서로 완벽하게 일치했을 때 주인공은 비로소 완벽하게 목표를 이루고 완전해진다.

바로 이런 사건들을 감정 확대를 위한 사건인지, 아니면 정말 목표만을 이루기 위한 사건인지 구분하여 각각 분류하는 것이다.

◆ 퍼즐처럼 낱개로 분류했다면 풀어 나갈 전개 순서에 맞춰 이야기의
흐름을 배치한다

이제 소설을 거대한 퍼즐이라고 생각하고 순서를 맞춰 보도록 하자. 이 순
서가 바로 소설을 처음부터 끝까지 이끌고 나갈 '전개'가 될 것이다. 사건이
일어나는 순서에 따라 작품의 전체적인 분위기가 바뀐다. 그렇기에 한 사
건에서 파생될 작은 사건과 감정 변화가 어떻게 일어날지 작가는 항상 생
각하고 전개를 구상해야 한다.

그렇다면 수많은 사건 중 제일 먼저 일어나는 사건으로는 어떤 것을 배치
할까. 제일 첫 번째 사건은 독자가 이해하기 쉬운 사건, 그리고 독자가 빠르
게 카타르시스를 느낄 사건이어야만 한다. 바로 **발단**이다.
독자가 주인공의 감정에 이입할 단계에 진입하기 전이므로 **감정의 확대가
필요한 사건보다는 등장인물의 궁극적 목표를 성취하기 위한 사건의 전
개를 우선 배치**하는 게 좋다. 특히 등장인물 중에서도 주인공의 목표를 제
일 먼저 보여 줘야만 한다. 앞 장에서 썼듯이 독자가 주인공을 헷갈리는 일
이 없도록 말이다.
초반부의 사건은 새로운 인물이 추가되지 않는 선에서, 즉 주인공 위주로
풀어 나갈 수 있는 사건이어야 하고 구성 편수가 짧으며, 확실하게 에피소
드를 끝맺을 수 있는 사건이 좋다. 1화의 첫 사건을 120화 마지막 완결까지
끌고 갈 수는 없으니 말이다. 끌고 가서도 안 된다.
사건은 부메랑처럼 주인공의 곁에서 시작되어 결국 주인공의 곁으로 돌아
와야만 한다. 모든 사건은 결국 엔딩으로 향하는 발판이기에 주인공의 주변
에서 시작하여 크기를 키워서 다시 주인공에게 돌아와야 함을 잊지 말자.
이런 식으로 감정적 확대를 위한 구성과 목표 해결을 위한 사건 구성을 적

당히 번갈아 가며 전개를 배치하면 소설의 궁금증과 긴장감을 적당히 밀고 당기며 완급조절을 할 수 있다.

플롯을 짜 둔다는 건 이야기의 핵심, 뼈대를 세워 둔다는 것과 같다. 이 소설이 무너지거나 흘러내리지 않도록 단단한 지지대를 세우는 것이다.

그래서 플롯이 명확하지 않은 소설은 독자가 개연성이 탄탄하다고 느끼지 못하고 내내 의심하게 된다.

― 로그라인 ―

로그라인이란, 수십만 자의 글자 수의 작품을 한두 문장으로 함축하여 정리하는 것이다. 즉, 작품을 설명하는 문장이다. 만일 누군가 당신이 쓴 작품을 보고 '시간이 없어서 끝까지 읽지는 못하겠는데, 그래서 무슨 내용이야?'라고 물었을 때 구구절절 설명하는 게 아니라 '이 소설은 이런 내용이야'라고 설명할 줄 아는 것. 그게 바로 로그라인이다.

소설을 시작하기에 앞서 로그라인은 확실하게 정해 두는 게 좋다.

로그라인은 소설이 잃지 말아야 할 정체성이다. 그래서 소설을 시작하기 전, 로그라인을 정해 두면 헤맬 때마다 길을 잃지 않을 수 있다.

이렇게 설명하면 '소설의 정체성은 주인공의 목표 아닌가? 그럼 로그라인은 주인공의 목표인가!'라고 혼동하는 작가가 있다. 하지만 이는 명백히 다르다.

주인공의 목표는 어디까지나 등장인물로서 주인공이 해결하고 쟁

취해야만 하는 목표고, 로그라인은 소설이 나아가는 길이다.

예시로, 주인공의 목표가 '로또 1등 당첨'이라면 로그라인은 '회귀한 주인공이 가난에서 벗어나기 위해 외우고 있는 로또 1등 당첨 번호로 부귀영화를 누리려 하지만 몇 회차의 로또 번호인지 몰라서 전전긍긍하는 이야기'가 되겠다.

수많은 글자를 단 한 문장으로 줄인다는 게 쉬운 일은 아니다.

시놉시스를 기획할 때 썼던 작품 소개글을 기억하는가? 바로 그 작품 소개글을 다시 한 문장으로 축약한 게 로그라인이라고 생각하면 이해하기 편할 것이다. 독자가 한 문장을 읽고 이 소설이 어떤 전개로 흘러갈지 바로 예측할 수 있는 것.

최근 웹소설에서는 바로 이 로그라인을 제목으로 사용하는 일도 많다. 내용이 모두 담겨 있는 데다가 직관적이기 때문이다.

로그라인을 정해 두지 않았다면 길을 잃지 않도록 도와줄 나침반이라 생각하고 한 문장으로 정리해 보도록 하자.

part 3

트리트먼트를 활용하자

플롯이 사건의 재배치였다면 트리트먼트는 사건의 개연성이다. 각각의 사건들에 개연성을 부과하는 것이다.

트리트먼트는 단단한 뼈대라고 생각해 두면 좋다. 없어도 서사를 쌓아 가는 데 문제는 없지만 있으면 안심이 되는 수단인 셈이다. 트리트먼트를 간략하게 적어 두면 무엇을 써야 할지 확연하게 알 수 있기에 전개 방향을 잃지 않고, 마감에 정신없이 쫓기다가 떡밥을 놓치는 경우도 방지할 수 있다. 게다가 앞 전개와 충돌하는 설정은 없는지 빠르게 확인할 수도 있다.

나 역시 글을 쓸 땐 트리트먼트를 활용하는 편이다. 다만 웹소설의 트리트먼트는 어차피 나만 보는 것이기 때문에, 회차별로 나누어 간략한 메모 형식으로 써도 좋다.

물론 자세하게 쓰는 작가님들도 계시지만, 나는 정말 간단하게 적어 두고 활용한다.

트리트먼트를 활용하면 앞으로 뭘 써야 할지 모를 때 확인할 수 있으며, 앞에서 말했던 절단신공 구간을 미리 구상할 수 있다는 장점이 있다. 게다가 사건들의 흐름도 간략하게 확인이 된다.

그렇다면 예시를 살펴보자.

---

† 1화 : 김여주와 김남주의 만남. 담벼락을 넘으려던 김여주는 실수로 김남주 뺨 때림

김여주 헉 놀라서 도망~~

김남주 "날 때린 여자는 네가 처음이군" 같은 구린 멘트~~

김여주 대충 어이없는 감정선. 뺨 때린 손이 아파서 김남주 떠올림 (개연성 살펴보기)

† 2화 : 김남주가 김여주 찾아 헤맴. 도망여주된 김여주

김남주가 김여주 찾기 위해 계략. 계략남의 술수에 걸린 도망여주

두 사람 다시 담벼락 아래에서 만남

- 날 왜 찾냐~

- 날 때린 여자는 네가 처음이라 어쩌고저쩌고~~~~

- 인소 시대 대사 하고 있다며 남주 떼어 내기 위해 나쁜 말

김남주는 김여주 나쁜 말 듣고도 좋아하는 반응 보이기~ 알고 보니 어릴 적 헤어진 소꿉친구라는 떡밥 뿌리기

매화 자세하게 쓸 필요는 없고 흐름의 순서를 나만 알 수 있도록 만들어 두면 된다. 실제로 내가 쓰는 트리트먼트 방식이다. 말 그대로 나만 알아볼 수 있는 트리트먼트.

'놀라서 도망~' 이나 '같은 구린 멘트~', '(개연성 살펴보기)', '어쩌고저쩌고~'도 오타가 아니라 정말 사용하는 방식이다.

전개의 흐름과 주인공들의 감정선 변화, 대사 느낌을 적어 두는 간략한 느낌으로 짜 둔다.

정말 대략적인 트리트먼트지만 1화에 필요한 두 사람의 만남, 두 사람이 엮이는 사건의 발생, 감정으로의 확대가 들어 있다. 2화 역시 여주를 찾는 남주의 상황, 두 사람의 관계성 발전, 소꿉친구 떡밥이라는 핵심 내용은 확실하게 적어 둔 셈이다.

웹소설의 트리트먼트는 회차별로 가볍게 뼈대를 세운다고 생각하면 좋다. 일반적으로 트리트먼트는 정말 살만 덧붙이면 될 정도로 자세하게, 개연성에 맞춰 쓰지만 웹소설의 경우엔 조금 다르다. 유료 연재가 중점인 웹소설은 한 회차별 들어갈 '기승전ㄱ'을 살피며 트리트먼트를 구상해야 하기에 간략하게 적어 두는 것도 도움이 된다.

하지만 만일 회차마다 트리트먼트를 짜는 게 힘들다면 아래와 같이 구간을 넓게 세워 봐도 좋다.

1화~10화 : 김여주와 김남주의 강렬한 첫 만남. 두 사람은 어릴 적 소꿉친구지만 김여주는 김남주를 못 알아보고 김남주만 알아봄. 김여주는 김남주가 껄끄러운 상황. 자신을 못 알아보는 김여주가 재밌어서 자꾸만 관심 있는 척 주변을 맴돌며 장난치고 재밌어하는 김남주. 이

유도 모르고 주변을 맴도는 김남주가 부담스러운 김여주의 에피들

11~20화 : 김남주의 관심에 김여주는 자신감 폭발. 오해물 에피들 넣기. 동창회에서 만난 두 사람. 김남주가 소꿉친구라는 걸 기억하고 창피해하는 김여주. 김여주 반응 살피며 즐거워하는 김남주

트리트먼트를 짰다면 다음 해야 할 일은 간단하다. 트리트먼트라는 간략한 뼈대 위로 살점을 덧붙이면 된다. 트리트먼트를 잘 잡아 두면 써야 할 전개가 명확하니 글을 쓸 때도 시간이 오래 걸리지 않는다.

— 트리트먼트 작성법 —

이렇게 말하면 '그럼 트리트먼트는 어떻게 짜는데요? 전개가 생각나지 않으면 트리트먼트도 생각나지 않는데요'라고 할 것 같은데 방법은 간단하다.

시놉시스를 참고하여 트리트먼트를 짜면 회차별로 기승전결을 확실하게 나눌 수 있다. 게다가 회차별로 늘어진다고 느껴지는 부분을 줄여 속도감을 빠르게 높이거나, 포인트를 주고 싶은 부분을 천천히 묘사하거나 회차를 조절할 수도 있다.

시놉시스가 대 카테고리였다면 세세하게 중 카테고리로 분류하는 작업이다. 그리고 이제 중 카테고리로 분류한 트리트먼트를 기반으로 원고 작업에 들어간다고 생각하면 쉽게 이해될 것이다. 트리트먼트란 결국 에피소드를 회차별로 자세히 분류한 것이다.

예시를 들어 보자.

시놉시스 : 여주와 남주가 서로의 사랑을 확인한다

가끔 전개가 막혔는데 시놉시스를 봐도 별다른 해결책이 나오지 않는다고 말하는 때가 있다. 그런 게 바로 이럴 때다. '사랑을 확인한다'를 풀어 나갈 구간인데 도대체 어떤 방식으로, 어떤 사건을 통해 두 사람이 사랑을 확인하는지 적혀 있지 않으니 전개가 풀리지 않는 것이다.

남남이던 두 주인공이 갑자기 한순간에 사랑을 깨닫고 불처럼 타오르지 않을 테니 자연스러운 사건의 흐름과 감정이 필요하다.

바로 이런 부분을 트리트먼트로 분류하고 해체하는 것이다.

우리는 앞에서 플롯의 중요성을 얘기했다. 사건의 배치에 따라 소설의 분위기가 확연하게 달라진다는 것도 알고 있다. 그러니 시놉시스에 적어 둔 내용을 간략하게 트리트먼트로 분류한 후, 회차별로 사건이 돋보이면서도 소설의 분위기가 흐트러지지 않도록 사건을 배열하면 된다. 주인공의 사랑은 어느 장르에서든 중요한 내용이니 앞과 뒤의 사건도 자연스럽게 흘러갈 수 있고, 또 사랑을 위한 사건이 돋보일 수 있도록 트리트먼트를 짜고 설계하면 좋다.

나도 처음부터 이렇게 썼던 건 아니다. 처음엔 그저 마감이 급하여 정신없이 쓰기 바빴는데, 그러다 보니 내가 생각했던 것만큼 사건에 힘이 실리지 않거나 주인공들의 대사가 너무 기억에 남지도 않은 채 물 흘러가듯이 흘러갔다. 전개도 정말 많이 막혔었다. 나중에 보니 '이 감정선은 A 에피소드가 아니라 B 에피소드로 풀어도 좋았을 것 같은데'라는 아쉬운 부분이 눈에 보이기도 했다. 사건을 조금 더 앞에 배치하거나 주인공의 감정을 더 뒤로 밀어 뒀으면 좋았을 걸 생각한 장면도 여럿 있었다.

이미 많이 써 둔 원고를 갈아엎는 건 불가능한 시점이었기에 그렇게 간략하게 회차별로나마 트리트먼트를 정리하고 퍼즐 맞추듯이 사건을 배열하고 설계하기 시작했다.

다만, 트리트먼트 작성이 처음부터 필요한 작업은 아니다. 물론 처음 1화부터 꼼꼼하고 세세하게 트리트먼트를 작성해 가며 글을 쓰는 작가도 있을 것이다. 하지만 개인적으로 초반부는 앞 장에서 수도 없이 말했듯이 독자의 몰입을 확 끌고 와야 하기에, 나중을 생각하며 안전하게 진행하기 보다는, 우선 뒤는 생각하지 않고 정신없이 휘몰아치는 게 낫다고 느껴졌다. 이게 바로 웹소설만의 차이점이다.

그리고 정신없이 휘몰아치는 사건과 감정 속에서 독자가 주인공에게 친밀감을 느끼고 작품을 정확하게 인식하면, 그때부터 트리트먼트에 따라 일정한 속도를 유지하며 가는 게 좋다고 생각한다.

1화부터 트리트먼트에 맞추다 보면 전개 속도가 일정하다 보니 독자를 확 끌어오는 도입부가 써지지 않을 수 있기 때문이다.

작가들이 흔히 하는 말 중 '지름작이 더 인기가 많고 성적이 좋다'라는 말이 있다. 즉, 공들여서 시놉시스를 기획하고 트리트먼트를 짜고, 플롯이 허술하지 않게 사건 배열까지 잘한 작품보다 시놉시스도 없고, 정말 말 그대로 앞뒤 생각 없이 '질러 보자!'라고 쓴 작품의 성적이 더 좋다는 뜻이다.

사실 생각해 보면 이유는 간단하다. 공들여서 기획한 작품은 말 그대로 이미 모든 게 기획됐기에 도입부부터 일정한 속도에 맞춰서 전개된다. 독자에게도 천천히 보여 주게 되는 셈이다. 하지만 시놉시스도, 트리트먼트도 없는 소위 말하는 '지름작'은, 뒤는 생각하지 않고 당장 이 한 편을 채워 넣어야 하는 것만이 급하기에 자극적인 사건과 휘몰아치는 감정만으로 도입부를 쓰게 되는 것이다. 독자가 보기엔 더 자극적이니 훨씬 재미를 느끼는 것이다.

그래서 나는 도입부에는 트리트먼트를 쓰거나 시놉시스를 열어서 보라는 건 권하지 않는다. 사실 5화, 6화부터 전개가 막혀서 쓸 게 없다고 하는 작가는 없다. 만일 5화, 6화인 극초반부부터 쓸 이야기가 없고 전개가 막혔다면 단호하게 말해서 차라리 다른 소재를 쓰는 게 나을 수도 있다. 처음부터 그 소재로 쓰고 싶은 이야기가 없었다는 뜻이니 말이다.

그러니 트리트먼트를 활용하는 건 좋지만, 내 기준으로 트리트먼트는 작품의 도입부가 어느 정도 끝나고 독자들이 주인공의 목표를 정확히 눈치채고 친밀감을 형성했을 때부터 활용하는 게 좋다고 생각된다.

웹소설의 기획은 사실 원고를 쓰는 것과 맞닿아 있다. 결국, 기획이 있어야 원고를 쓸 수도 있기 때문이다. 시놉시스를 작성하고 전개를 풀어 나가는 걸 어렵게 느끼는 작가들이 많다. 하지만 크게 생각해 보면 기획 역시 원고를 쓰는 것과 크게 다르지 않다.

좋은 기획이 좋은 원고와 더불어 목적지가 명확한 소설을 만들어 준다. 웹소설의 기획은 정말 말 그대로 이 원고가 흘러가는 방향을 정하는 구간이라고 생각하자. 원고가 동쪽으로 갈지, 서쪽으로 갈지 아니면 남쪽이나 북쪽으로 갈지 정하는 구간일 뿐이다.

어디로 가도 아무런 상관이 없지만, 목적지를 정해야만 떠날 수 있는 것처럼 말이다.

그렇기에 웹소설을 기획하는 것도 중요한 일 중 하나이다. 제대로 기획되지 않은 상태의 글을 쓰게 되면 도입부는 쓰더라도 끝맺음 짓기가 너무 힘들기 때문이다.

가끔 작가 지망생에게 '글을 시작하는 건 재밌는데 완결을 내는 게 너무 어려워요, 난 재능이 없나 봐요'라는 말을 들을 때가 있다. 그럴 때마다 나는 절대 재능이 없는 게 아니니 포기하지 말라고 말한다. 글을 시작하고 쓰는 걸 재밌다고 느끼는데 재능이 없는 사람일 수가 없다. 다만 웹소설을 기획해 본 적이 없었기에 어떤 길을 개척하여 완결까지 도달해야 할지 모르는 것뿐이다.

웹소설을 기획하는 법을 제대로 배우고, 앞으로 어떤 전개를 쓸지 머리에 명확하게 정리하고 나면 당신도 충분히 완결까지 도달할 수 있다.

그러니 웹소설을 기획하는 건 길을 잃지 않도록 길잡이를 한 명 고용하는 것이라 생각하자.

앞 장에도 한 번 언급했지만, 완결의 경험은 중요하다. 소설을 출간하기 위해선 무조건 완결을 내야만 하기 때문이다. 소설을 완결 내기 어려운 이유는 바로 기획이 되지 않은 상태이기 때문이다. 소설을 출간하는 데 있어서 연재 중단이라는 무책임한 일은 있을 수 없다. 물론 큰 사정이 있다면 어쩔 수 없지만, 그런 경우가 아니라면 절대로 있어선 안 될 일이다.

완결도 나지 않은 소설을 독자가 재밌게 읽어 줄 리는 만무하니 말이다.

그러니 글을 아무리 재밌게 쓰고 신이 내린 재능을 가진 사람도 완결까지 갈 수가 없다면 모두 무용지물이다.

완결을 내지 못하면 신이 내린 재능을 가지고 있어도 전혀 쓸모가 없다는 뜻이다. 생각해 보라. 아무리 좋은 능력이 있어도 사용할 수 없다면 그건 좋은 능력이라고 부를 수가 없다.

그리고 완결을 내기 위해선 글을 재밌게 쓰는 능력만으로는 불가하다. 끝에 도달하기 위해선 끝까지 가는 길이 반드시 필요하다. 웹소설을 기획한다는 건 바로 끝까지 무사히 도달할 수 있는 길을 구축하는 것과도 같다.

물론 그 과정은 모두가 다르다. 누군가는 그 길을 예쁘게 꾸밀 수도 있고, 누군가는 그저 빠르게 직선으로 뚫을 수도 있다.

길의 형태와 생김새는 전부 달라도 끝에 도달하기 위한 길은 반드시 필요한 법이다.

그러니 늘 시작에 앞서서, 어떤 형태로든 웹소설을 기획하고 쓰도록 하자.

4장

돈을 부르는 웹소설을 출간하자

part 1

출간 방법

이제 우리는 시놉시스와 작품을 모두 준비했다. 그렇다면 해야 할 일은 단 하나다! 우리의 작품을 출간하도록 하자!

출간을 하려면 우린 우선 출판사와 계약을 해야만 한다!

출판사와의 계약 방법에는 세 가지가 있다.

◆ 출판사 투고

투고란, 따로 연락이 오지 않은 출판사에 우리가 먼저 작성한 원고를 보내는 일을 뜻한다. 달리 말하자면 출판사에 '내가 쓴 글 좀 봐 봐, 어때? 나랑 이 글로 함께 일해 볼래?'라고 먼저 제안한다는 말이다.

출판사 투고 방법은 간단하다.

우선 투고할 출판사를 정리한 후, 각 출판사의 블로그 및 홈페이지에 들어가 투고 양식을 확인한다. 출판사마다 원하는 분량과 양식은 전부 다르고, 그때그때 투고 양식이 바뀌거나 투고 분량이 바뀔 수도 있으니 투고 전에는 직접 확인하는 게 좋다. 어떤 파일 형태로 보내 달라는지도 출판사마다 투고 공지에 함께 올라와 있다. 확인이 끝났다면 투고에 필요한 원고 분량과 시놉시스를 작성하여 메일 및 홈페이지로 보내면 끝이다.

참고로 놀랍게도 이 투고 양식을 안 지키는 작가가 많은데, 되도록 지키는 게 좋다. 가끔 보면 출판사에서는 5만 자 이상의 분량을 투고해 달라고 적어 뒀는데도 4만 자밖에 안 썼다고 4만 자만 보내는 작가도 있고, 개인 정보가 알려지는 게 싫다며 핸드폰 번호를 안 적는 경우도 있다. 그 작가님은, 어차피 투고한다고 무조건 합격하는 게 아니라 불합격일지도 모르는데 왜 자신의 개인 정보를 알려 줘야 하냐고 말했다. 그 작가님은 투고 양식이 맞지 않아도 재미만 있으면 합격한다고 말했다.

물론 이게 영 틀린 말은 아니다. 작품이 정말 눈에 띄게 재미있다면, 혹은 필명을 말했을 때 누구나 아는 작가라면 그럴 수 있다. 하지만 출판사 입장에서 기본 투고 양식도 지키지 않은 소설을 정말 재밌게 읽을까? 이미 첫 만남에서 좋지 못한 인상을 받았는데 말이다.

우리가 회사에 입사하려고 이력서를 적었는데 내 마음대로 이력서 양식을 바꾸고, 쓰고 싶은 것만 쓴다면 어떻게 될까? 물론 인원을 급하게 구하는 경우라면 그래도 합격할 수 있겠지만 만일 경쟁자가 1,000명이 있다면? 회사는 일단 형식을 제대로 갖추지 않은 이력서부터 제외할 것이다.

출판사도 마찬가지다. 요즘은 출판사에 들어오는 작품이 정말 많다는 말을 들었다. 작가도 쏟아지고 작품도 쏟아진다는 뜻이다. 그러니 투고 양식을 지키지 않은 작품부터 제외될 확률이 높다. 굳이 우리한테 마이너스적인 요소를 줄 필요가 있을까?

그러니 나는 투고를 한다면 투고 양식은 제대로 지키라고 항상 말한다. 정말 아무 상관이 없었다면 출판사마다 기본 양식이라는 걸 만들지 않았을 것이다.

투고 결과를 듣기까지는 최소 하루부터 최대 한 달까지 소요된다. 물론 출판사마다 조금씩 상이할 수 있으며, 대부분 출판사 블로그 및 홈페이지에 결과까지 걸리는 시간을 적어 두니 꼭 확인하자.

최대 투고 횟수는 정해지지 않았기에 원하는 출판사가 있다면 전부 동시 투고해도 좋다. 답장이 오면 그때부터 조율하면 될 일이고, 무엇보다 출판사마다 하나씩 투고를 하면 결과를 받을 때까지 너무 오래 걸리기 때문이다.

◆ 출판사 컨택

우리가 출판사에 연락하지 않았으나, 출판사에서 직접 우리에게 계약하고 싶다며 먼저 연락을 주는 경우다. 당신이 올린 무료 연재분을 읽고 연락을 줄 수도 있고 당신이 출간한 작품을 읽고 다음 작품은 우리와 함께 해 보자며 연락을 줄 수도 있다. 당신이 원하는 조건으로 출판사와 계약 조건을 조율하는 건 앞 장에 적은 투고와도 같지만 하나 다른 게 있다. 당신이 출간한 작품을 읽고 다음 작품을 함께 하자며 연락이 오는 경우는 백지 계약이라는 것이다. 백지 계약이란 아직 어떤 작품을 쓸지도 모르기에 작품명 등을 전부 공란으로 두고 우선 계약부터 한다는 뜻이다. 작품 원고와 시놉시스가 있던 투고, 그리고 시놉시스는 없어도 작품 원고는 있던 무료 연재 컨택과는 조금 다르다.

출간한 작가의 전작을 읽고 그 작가만의 전개 방식 등이 좋아서 아직 작품이 없는데도 다음 작품은 우리와 함께 구상하자고 컨택을 보낸 것이다. 차기작으로 어떤 작품을 쓸 것인지 대략 상의한 후 계약하면 도움이 된다.

◆ 공모전

마지막으로 해마다 혹은 분기마다 열리는 웹소설 공모전이 있다. 공모전 방식과 상금은 플랫폼마다 다르다. 원고를 투고로 받는 공모전이 있고 공개 연재 형식으로 진행하는 공모전이 있다. 공모전에서 수상하면 상금을 수령하고 플랫폼과 계약하여 작품을 출간하게 된다. 공모전에서 수상하면 당연하지만, 공모전이 열린 플랫폼에서 먼저 출간하는 게 일반적이다. 간혹 공모전에서 수상했는데도 다른 플랫폼에서 연재를 원하는 작가들이 있는데 이런 경우는 불가하다.

A 플랫폼의 공모전이 열려서 참가, 수상하면 A 플랫폼에서 연재 (O)

A 플랫폼의 공모전이 열려서 참가, 수상했는데 B 플랫폼에서 연재 (X)

단, 이때 상금이 선인세는 아닌지 확인하도록 하자. 상금이 선인세일 경우 나중에 내가 받을 인세를 미리 받는 셈이니 사실상 상금이라고 볼 수 없기 때문이다.

앞 장에서 말한 방법이 출판사와 작가 간의 계약이었다면, 직접 계약 즉 직계는 출판사가 아닌 플랫폼과 작가가 직접 계약하는 방법이다. 카카오페이지를 제외한 네이버와 리디북스는 직속 계약 투고가 열려 있다.

일반적으로 출판사를 통해 플랫폼에 출간하게 되면 프로모션에 따라 플랫폼 수수료가 30~45%까지 발생하게 된다. 우리는 매출에서 수수료를 제외한 나머지 금액을 인세 비율로 나눠 입금받게 된다.

하지만 플랫폼과 직접 계약을 맺게 되는 경우, 플랫폼 수수료 없이 발생한 매출에서 바로 인세 비율만큼 입금받는 셈이다. 그래서 많은 작가가 플랫폼과 직접 계약하기를 원한다.

하지만 플랫폼 직계 투고에는 조건이 있다.

네이버 직계인 '시리즈 에디션'의 경우 최소 한 질 이상의 장편 소설을 e-book으로 출간한 경우에만 투고할 수 있다. 즉 출간 경험이 없는 작가는 네이버 직계인 '시리즈 에디션'에 투고할 수 없는 셈이다. 투고 조건을 만족했다면 글자 수를 맞춘 5화까지의 원고와 시놉시스를 준비해서 직접 업로드하면 된다. 만약 당신이 신인 작가라서 네이버 직계인 '시리즈 에디션'에 투고할 수 없다면 네이버에서 매해 진행하는 공모전에 도전하는 게 빠를 수도 있다.

카카오페이지는 다른 플랫폼과는 다르게 '연담'이라는 직계 레이블을 운영하고 있다. 연담은 정기적으로 투고를 열고 있으며, 일반적인 컨택을 통해서도 계약할 수 있다.

리디북스의 경우에는 따로 정해진 조건은 없다. 하지만 장르마다 필요한 원고의 글자 수가 다르다. 로맨스/로맨스 판타지 장르는 5만 자 이상의 원고, BL 장르는 공백 미포함 10만 자 이상의 원고가 필요하다. 그 외 기타 장르에도 공백 미포함 5만 자 이상의 원고가 필요하다.

플랫폼과 직계약하는 경우에는 작품의 기획 및 수익 배분이 일반적인 출판사를 통해 연재하는 것보다 메리트가 있다.

원고는 한글 파일 기준이기 때문에 한글로 적어서 첨부하여 보내면 된다.

물론 시놉시스도 당연히 필요하다. 여기서 말하는 공백 미포함, 즉 '공미포'란 엔터, 띄어쓰기 등 공백을 제외한 순수 글자 수를 말한다.

한글에서 '파일 > 문서정보 > 문서통계'를 누르면 공백 포함 글자 수, 공백 제외 글자 수 확인이 가능하다.

앞 장에서 말한 방식으로 출판사와 계약을 했다.

자, 그럼 출판사와 계약을 했으니 이제 바로 출간인가? 아니다. 너무 성급하다. 계약서에 도장을 찍었다면 우린 출판사와 함께 심사를 준비해야만 한다.

위에서 말했던 바로 그 프로모션 심사 말이다. 출간하려면 출간 프로모션을 준비해야 하니까!

우선 플랫폼에 넣을 심사고부터 준비하게 될 것이다. 심사고가 없다면 심사고를 쓰게 될 테고, 심사고가 이미 준비되어 있다면 출판사와 교정 작업에 들어가게 된다. 원고를 보내면 출판사에서 첫 교정고를 보내 준다. 이게 1교다. 이런 식으로 2교까지 진행한 후 최종고가 탄생한다.

출판사 및 원고에 따라 1교 진행 전 리뷰가 있을 수도 있고, 3교까지 진행 후 최종 원고로 확정할 수도 있다.

원고 및 시놉시스 교정이 모두 끝나 최종 원고가 확정되면 플랫폼 프로모션 심사를 진행하게 된다. 그리고 심사 결과가 나올 때까지 기다림이 시작된다. 그 사이 작품 출간을 위한 표지를 준비하다 보면 결과가 나온다.

심사에 합격하면 그때부터는 이제 런칭고, 즉 출간을 위한 본격적인 원고 준비가 시작된다. 대략 몇 개월간 소설을 쓰는 혼자만의 긴 싸움이 시작되는 것이다.

그렇게 런칭 일정이 다가오면 작품이 출간되고 당신은 이제 지망생이 아닌 정식 웹소설 작가가 된다.

출간은 매번 위와 같은 방법으로 진행이 된다.

─ 일러스트 표지는 어떻게 만들어요? ─

웹소설 표지는 종이책과는 달리 일러스트를 기반으로 한다. 프로모션 심사를 넣고 나면 출판사에서 '혹시 원하는 표지 작가님이 있나요?'라고 물어볼 것이다. 바로 표지를 그려 줄 일러스트레이터를 묻는 것이다. 평소 눈여겨봤던 일러스트레이터가 있다면 출판사에 전달하면 된다. 하지만 전달한다고 해서 무조건 해당 일러스트레이터가 내 표지를 그려 주는 건 아니다. 일러스트레이터와 계약 일정이 맞지 않으면 또 다른 일러스트레이터를 찾아야만 한다. 특히 웹소설 표지를 자주 그렸거나 그림이 예쁜 일러스트레이터는 외주 일정이 빠르게 마감되는 편이다. 그러니 출판사에 원하는 일러스트레이터를 전달할 땐, 여유 있게 다섯 명 정도를 전달하는 게 좋다.

만일 당신이 아는 일러스트레이터가 전혀 없다면 출판사의 추천을 받아도 좋다. 당신이 쓴 소설과 분위기가 잘 맞는 일러스트레이터를 추천해 줄 것이다.

자, 이렇게 원하는 일러스트레이터와 작업 논의를 마쳤다면 출판사는 당신한테 표지 가이드를 작성해 달라고 한다. 표지 가이드란 어떤 느낌의 표지를 어떻게 그려 달라고 요청하는 의뢰서이다. 일러스트레이터는 작품을 전혀 모르기에 당신이 전달한 표지 가이드만 읽고 작품의 분위기를 파악한 후 표지를 그리게 된다.

예시 양식이다.

인물 이름 / 직업	
헤어	
나이	
피부	
키 / 체형	
성격	
분위기	
옷	
배경	
표지 구도(자세)	
소품	

표지에 등장할 인물의 묘사를 적으면 된다.

캐릭터를 만들 때 설정해 뒀던 외양과 표지에서 캐릭터가 입을 옷을 알려 주자. 옷의 디자인은 반드시 이미지를 캡처해서 본문에 첨부하거나 직접 그려 두면 좋다. 캐릭터의 성격과 분위기를 간략하게 적어 두면 일러스트레이터가 캐릭터를 이해하기가 편하다.

배경과 소품은 표지의 배경과 함께 들어갈 소품 등을 상세하게 설명해 주는 항목이다. 이 부분 역시 원하는 이미지를 캡처해서 첨부하면 훨씬 이해하기가 편하다.

　작품의 전반적인 분위기까지 함께 적어야 표지를 어둡게 갈지, 혹은 밝게 갈지 일러스트레이터가 판단할 수 있다.

　이렇게 표지에 등장하는 인물을 모두 따로 적은 다음, 표지의 전반적인 구도를 다시 적어 줘야만 한다.

표지 구도(자세)	

　각 인물의 자세가 한 표지에 정확히 어떻게 적용되는지, 표지 한 장의 구도를 정확하게 설명하는 것이다. 설령 그림을 못 그리더라도 구도는 반드시 그려서 보내 줘야만 한다. 캡처한 이미지와 글만으로는 일러스트레이터가 구도를 이해할 수가 없기 때문이다. 당신이 제대로 설명하지 못한다면 결과물은 당신의 생각과 다르게 나올 수밖에 없다.

　일러스트레이터는 오직 당신이 작성한 표지 가이드만 확인한 후 작업에 들어감을 반드시 기억하자. 당신이 보내는 자료만큼, 당신이 설명하는 내용만큼 좋은 결과물이 나온다.

현판이나 무협 등 남성향 장르는 주인공 홀로인 표지가 많다. 남성향 소설의 명확한 주인공은 한 명이기에 당연한 일이다. 그러나 로맨스 장르에는 여자 '주인공'과 남자 '주인공'이 있다. 즉, 주인공이 두 명이다.

기본적으로 작가에게 지원되는 표지는 한 장이다. 예외적으로 출판사에서 작가에게 표지를 두 장 지원하는 때도 있다. 당신이 출판사로부터 지원받을 표지가 두 장이라면 상관없으나, 만일 지원받을 표지가 한 장이라면 반드시 남주와 여주가 동시에 표지에 나오도록 하자!

로맨스 장르의 주인공은 바로 두 사람임을 잊지 말자.

로맨스 장르 표지에서는 2인, 즉 남주와 여주를 함께 보여 줘야 한다고 했다. 나아가 팁을 하나 더 주자면! 남주와 여주의 얼굴이 멀리 떨어져 있는 것보다 가까이 있는 구도가 더 좋다.

이유는 간단하다. 플랫폼에서 당신의 작품을 배너로 홍보할 때 표지 이미지를 사용하는데, 두 명의 얼굴이 가까이 있으면 함께 배너에 올릴 수 있기 때문이다.

플랫폼 배너에 들어가는 이미지의 크기는 한정되어 있다. 만일 여주와 남주의 얼굴이 멀리 떨어져 있다면, 크기가 맞지 않아 배너에는 여주의 얼굴만 실리거나 혹은 남주의 얼굴만 실리게 된다.

그러니 최대한 두 사람의 얼굴이 가까운 구도를 생각하도록 하자!

part 2

출판사와의 계약 논의

— 계약 논의 —

출판사에서 출간 제의를 받았다고 무조건 계약하는 건 아니다. 출판사와의 계약 조건을 확인해야만 한다. 그렇다면 출간 제의가 오면 무엇을 확인해야 할까?

◆ 정산 비율

출판사마다 제시하는 인세 정산 비율은 모두 다르다. 장르마다 다르겠지만 최근 기본적으로 제시하는 비율은 7:3이다. 수수료를 제외한 매출을 당신이 70%, 출판사가 30%의 정산 비율로 나누는 것이다. 예전에만 하더라도 작가의 비율이 6인 출판사가 많았으나 최근엔 7로 많이 오른 추세다. 하지만 여전히 비율 6을 고수하는 출판사도 많이 있다. 그러니 비율을 반드시 확인하자.

◆ 선인세

당신이 작품을 출간하여 실제 매출이 발생하기 전, 출판사에서 당신에게 미리 지급하는 인세를 뜻한다. 추후 작품이 출간되어 매출이 발생하면 당신이 미리 지급받은 인세의 금액을 제한 후 입금이 된다. 선인세는 말 그대로 추후 받을 금액 중 일부를 미리 받는다고 생각하면 된다. 금액은 전부 다르므로 반드시 확인해야만 한다.

✳ 단! 여기서 확인해야 할 점이 있다.

당신이 받는 선인세가 작품 선인세인지 아니면 작가 선인세인지 반드시 확인해야만 한다. 당신이 출판사로부터 받은 선인세보다 큰 금액의 매출을 내면 좋겠지만, 만일 출판사로부터 받은 선인세보다 매출이 작으면 어떻게 될까?

예시 : 선인세 200만 원, 매출 300만 원 = +100만 원을 입금받음

위의 예시는 플랫폼 수수료나 정산 비율을 계산하지 않은 예시다. 당신이 받은 선인세보다 매출이 더 크다면 문제 될 건 없다.

예시 : 선인세 200만 원, 매출 100만 원 = -100만 원 발생

생각해 봐야 할 건 바로 위의 예시다. 당신이 받은 선인세보다 매출이 적게 발생하면 어떻게 될까?

작품 선인세라면 신경 쓸 건 없다. 작품 선인세는 한 작품당 선인세를 지급하는 방식이기에 당신이 이 작품으로 선인세를 모두 제외하지 못했다고 하더라도 문제가 생기지 않는다. 물론 선인세를 넘는 매출이 발생하기 전까지 입금받는 인세는 없겠지만, 그렇다고 돈을 돌려줄 일은 발생하지 않는다.

하지만 작가 선인세는 다르다. 작가 선인세는 바로 작가인 당신에게 선인

세를 지급했다는 뜻이다. 당신이 A라는 작품을 출간했는데 선인세로 받은 200만 원을 넘는 매출을 달성하지 못할 경우, B라는 새로운 작품을 출간하여 선인세를 채워야 한다.

예시 : 선인세 200만 원, (A 작품) 매출 100만 원 = -100만 원 발생,
B 작품을 출간 > (B 작품) 매출 100만 원 = 선인세 200만 원 드디어
완료!

작가 선인세는 당신이 받은 선인세를 채울 때까지 해당 출판사와 계속 작품을 출간해야만 한다. A라는 작품의 매출이 선인세보다 적다면 B라는 작품을 출간해야 하고, 만일 B라는 작품을 출간했는데도 매출이 적다면 C라는 작품을 또 출간해야만 한다.
즉, 한 작품에 선인세를 지급했느냐 아니면 작가에게 선인세를 지급했느냐의 차이일 뿐이지만, 향후 당신의 출간 일정에도 영향을 끼치니 꼭 확인해 보도록 하자.

◆ 디자인 표지와 일러스트 표지
웹소설의 표지는 디자인 표지와 일러스트 표지, 두 개로 나뉜다.
디자인 표지는 단행본에서 주로 사용되는 표지고, 일러스트 표지는 유료 연재에서 사용되는 표지다. 유료 연재 시 디자인 표지는 눈길을 사로잡지 못한다. 화려하고 예쁜 일러스트 표지 사이에 디자인 표지가 있으면 눈길이 쏠리기는 하지만 그뿐이다. 독자들은 굳이 눌러 보지는 않는다. 그러니 계약을 생각 중이라면, 당신의 작품 표지가 디자인 표지인지 아니면 일러스트 표지인지 확인해 두면 좋다.

◆ 표지 지원금

일러스트레이터마다 표지 단가는 각각 다르다. 그리고 놀랍게도 출판사마다 표지 지원금도 다르다. 금액 상한선 없이 원하는 일러스트레이터와의 작업을 지원해 주는 출판사가 있고, 표지 지원금은 100만 원까지라고 정해 두는 곳도 있다. 표지 지원금에 따라 작업을 예약할 수 있는 일러스트레이터가 달라진다. 또 표지 지원금보다 단가가 높은 일러스트레이터와 작업할 때, 지원금 외의 금액을 작가가 사비로 내는 일도 있으니 표지 지원금은 미리 확인해 두는 게 좋다.

◆ 표지 장 수

간혹 출판사에서 표지를 두 장까지 지원하는 일도 있다. 특정 프로모션에 합격하거나 혹은 무료 플랫폼 선작수가 높거나 하는 때에는 표지를 두 장까지 지원해 준다. 그러니 계약하기 전에 출판사에서 지원하는 표지가 몇 장인지도 확인해 두면 좋다.

◆ 출판사가 생각하는 프로모션 방향

원고의 키워드와 전개, 그리고 분위기에 따라 어떤 플랫폼을 공략할지가 달라진다. 당신은 '네이버 시리즈' 출간을 희망하며 소설을 썼는데, 출판사에서는 다른 플랫폼을 고려하고 출간 제의를 하는 경우도 있다. 물론 출판사도 당신의 작품으로 매출을 내야 하기에 제일 잘 어울리는 플랫폼으로 추천할 것이다. 하지만 당신이 꼭! 무슨 일이 있어도! 원하는 플랫폼으로 가야겠다면 출판사가 원하는 프로모션의 방향을 미리 확인해 두는 게 좋다. 추후 의견이 불일치한다면 양측 모두 힘들기 때문이다.

◆ 교정 방향

교정은 2교까지 진행하는 출판사가 기본이다. 하지만 예외적으로 1교만 진행 후 교정을 끝내는 경우도 있다. 당신이 교정에 신경 쓴다면 2교까지 진행을 하는지 사전에 확인하자.

출간 제의가 왔다고 해서 바로 계약할 필요는 없다. 계약 후에는 조건이 맞지 않아도 파기가 어렵기에 계약 전에 미리 조건을 잘 확인해야만 한다. 특히 무료 연재를 하는 중이라면 마음 급하게 계약할 필요 없다. 출간 제의는 무료 연재 초반부뿐만 아니라 편수가 진행된 후에야 천천히 컨택이 오는 경우도 있으니 차분히 기다려도 좋다. 무료 연재의 경우 도입부만 쓰고 그만두는 작가들이 많다 보니 일부 출판사에서는 일정 회차가 지난 후에야 컨택을 보내기도 한다. 그러니 바로 계약하지 말고 꼼꼼하게 조건을 확인하도록 하자.

그리고 계약하기로 마음먹었다면 출판사 계약서를 꼭 꼼꼼히 읽어 보자!

— 업계에서는 알려주지 않는, 출판사 계약서에서 확인해야 할 내용 —

계약서에서 필수로 확인해야 하는 내용도 당연히 있다. 출판사는 회사다. 회사마다 정책은 당연히 다르기에 내용을 확인해 두도록 하자.

◆ 정산월

출판사마다 정산월이 다를 수 있다. 이를 모른다면 '왜 출판사에서 내 인세를 안 주지?'라고 오해하며 초조해할 수가 있다. 작품을 2월에 출간하면 2월에 바로 인세를 입금받을 것 같지만 그렇지 않다. 플랫폼의 정산 주기가 반드시 1일부터 말일까지가 아니기 때문이다. 출판사의 정산일에 따라 3월이 될 수도 있고 4월이 될 수도 있다. 그러니 계약서에 적힌 정산월과 정산 주기를 미리 확인하자.

◆ 정산금 이월

출판사에서는 정산금이 이월되는 일이 있다. 작품 매출액이 출판사의 최소 정산금보다 적을 때다. 출판사의 최소 정산금은 삼만 원인데, 이번 달 나의 작품 매출액이 오천 원이라면 인세가 입금되는 게 아니라 이월된다. 물론 모든 출판사에 해당되는 내용은 아니다. 일부 출판사만 정산금이 이월되기 때문에, 정산금이 이월된다면 최소 정산금이 얼마인지 확인하자.

◆ 2차 저작권의 비율

2차 저작권이란 당신의 작품을 기반으로 만드는 새로운 창작물, 즉 웹툰, 오디오 드라마, 영상화(드라마, 영화 등) 등을 뜻한다. 웹소설을 기반으로 한 2차 사업은 굉장히 활발하게 이뤄지고 있다. 이러한 2차 사업에서 발생한 매출도 당연히 출판사와 나누게 되어 있다. 하지만 이 2차 저작권의 비율은 인세 비율과는 다르다. 인세 비율이 7:3으로 되어 있다고 해서 막연하게 2차 저작권의 비율도 같겠지 생각해서는 안 된다. 2차 저작권의 비율은 출판사마다, 그리고 웹툰인지 영상물인지, 국내인지 해외인지에 따라서 모두 다르다. 계약서에 적힌 내용이 있다면 반드시 확인해 두는 게 좋다.

◆ 원고 수정

아마 원고 수정이라는 항목을 읽고 '이게 무슨 소리야?'라고 생각한 사람이 있을 것이다. 원고를 수정하지 말라는 뜻이 아니다. 원고는 출판사의 리뷰를 참고하여 수정하는 게 맞다. 다만 출판사에서 원고의 수정을 요청할 때, 그 요청 사항에 반드시 따라야 하는지 확인해야만 한다는 의미이다. 출판사에서 수정 권고를 주는 건 좋은 일이다. 그만큼 작품에 애정을 쏟는다는 뜻이기도 하다. 하지만 그 수정 요청을 반드시 작가가 따라야 하는지는 출판사마다 다르다. 그러니 이를 반드시 확인하자.

◆ 원고 인도일

당신이 처음 출간한 작가라면 괜찮지만, 만일 이미 출판사 몇 곳과 계약을 한 상태라면 어떨까? 써야 할 원고는 많은데 시간은 한정적이다. 출판사는 계약하자마자 작가로부터 원고를 받길 바란다. 그래야 출간 작업을 진행할 수 있기 때문이다. 계약서에는 원고 인도일이 있다. 당신이 언제까지 이 출판사에 몇 화 분량의 원고를 줘야 하는지 적어 놓은 항목이다. 만일 일정이 빡빡해서 도무지 맞추기가 힘들다면, 이 원고 인도일을 반드시 조정해야만 한다. 당신이 처리할 수 있는 원고 인도일인지 계약 전에 확인하자.

나는 처음 계약할 때, 어떤 사실들을 확인해야 하는지 몰라서 무척 헤맸다. 정산금이 언제 들어오는지도 몰랐고, 2차 저작권이라는 게 무엇인지 뜻도 잘 몰랐다. 하지만 사실 모른다고 해서 너무 걱정할 필요는 없다. 잘 모르는 내용은 출판사 담당자님께 물어보면 친절하게 설명해 주기 때문이다. 그러니 계약서를 읽다가 어려운 내용이 있다면 담당자님께 꼭 물어보자. 가끔 계약 전 출판사에 뭔가 질문하는 걸 두려워하는 작가들이 있는데 전혀 그럴 필요 없다. 모르는 내용을 출판사에 확인하는 건 당연한 일이니 전혀 어려워할 것 없다!

— 계약서에 기재해야 할 특약 사항 —

출판사와 계약할 때 특약을 넣는 경우가 있다. 출판사가 원해서 기재할 때도 있고 작가가 원해서 기재할 때도 있다. 특약은 말 그대로 기본 규격으로 된 계약 내용 외에 출판사와 작가가 협의하여 추가한 조건을 말한다. 부동산 임대 계약으로 비교하자면, 기본 계약서 외 특약 사항에 〈반려동물 불가〉 같은 추가 내용을 기재하는 셈이다.

추가 협의한 내용이 있다면 출판사도 특약 사항에 적어 둘 것이다. 그렇다면 작가인 우리가 특약에 넣어 달라고 요청할 내용은 뭐가 있을까?

참고로 특약은 모든 작가한테 해당하는 조건이 아니며, 일부 작가에게만 출판사가 지원하는 조건임을 기억하자.

◆ 웹툰화 확정

웹소설의 2차 사업 중 제일 활발한 건 바로 노블 코믹스, 웹툰이다. 웹소설을 기반으로 웹툰이 제작되는 것이다. 당신이 웹툰을 즐겨 보는 독자라면 웹소설을 기반으로 한 웹툰이 무수히 많다는 걸 알 것이다.

웹소설의 웹툰화에는 두 가지 계약 방법이 있다. 웹툰을 전문적으로 제작하는 웹툰 에이전시 및 스튜디오와 계약하거나, 웹소설을 계약한 출판사 내부에 자체적으로 웹툰팀이 존재하여 계약하는 방법이다.

무료 연재 성적이 특출나게 좋거나 혹은 전작이 좋은 성적을 냈던 기성 작가의 경우 출판사에서 웹툰을 무조건 제작해 주겠다고 확정 짓고 계약 얘기를 하는 때가 있다. 출판사에서도 반드시 해당 작가와 계약하기 위해 여러 조건을 내미는 셈이다. 하지만 웹툰 제작이 쉬운 건 아니다. 제작 도중 엎어지기도 하고 여러 이유로 제작 자체가 지연될 수도 있다. 그러니 만일 출판사와 웹툰화 확정으로 이야기를 주고받았다면 이를 계약서 특약에 기재하는 게 좋다.

◆ 표지 두 장 지원

앞에서도 말했듯이 일정 프로모션에 합격하게 되면 웹소설 표지를 두 장씩 지원하는 출판사가 있다. 특히 높은 매출을 기대해 볼 수 있는 단매, 기다무, 리다무의 경우에는 표지 두 장을 지원하는 경우가 많다. 하지만 이것도 무조건은 아니다. 타 출판사와는 달리 표지는 무조건 한 장이라고 단호하게 말하는 곳도 있다. 그러니 만일 당신이 표지와 관련하여 협의한 내용이 있다면 이것도 반드시 계약서 특약에 적어 두어야 한다. 표지 한 장과 표지 두 장 차이는 작가의 개인 만족이 크지만, 간혹 정말 예쁜 표지를 보기 위해 작품을 클릭하는 독자도 있다.

메일로 조건을 서로 주고받았는데 군이 계약서에 기재할 필요가 있나? 라고 생각할 수도 있다. 하지만 서로 이야기를 주고받은 것과 계약서에 직접 기재된 것은 다르다. 계약서는 말 그대로 계약 조건이 적힌 서류다. 모든 내용은 확실해야 하기에 개인적으로 조율한 내용이 있다면 꼭 특약 사항에 조건을 추가하도록 하자.

이는 당신의 안전한 계약을 위해서다.

part 3

어떤 출판사로 가야 하죠?

좋은 출판사란 무엇일까. 웹소설을 출간하겠다고 검색해 본 사람이라면 알겠지만, 출판사도 대형, 중형, 소형으로 나뉜다. 대형 출판사는 많은 작품을 출간하고, 프로모션도 활발하게 받는다. 필명만 들으면 출간한 작품이 떠오르는 소위 네임드 작가들이 많이 포진되어 있기도 하다. 예전에는 대형 출판사라 불리는 출판사와 계약하면 좋은 프로모션을 받을 수 있고, 원하는 프로모션의 합격률이 높아진다는 소문이 많았다. 그래서 모든 작가가 대형 출판사와 계약하기를 바랐다. 특히 '어떤 프로모션으로 출간하려면 반드시 이 출판사부터 살펴보자'라고 떠도는 말도 많았다.

물론 출판사가 프로모션 합격 유무에 영향을 미치는 건 아니었다.

그저 작가들의 원고가 몰리니 출판사에서 프로모션에 심사를 넣는 횟수가 많아지고, 그러다 보니 합격 경험이 많아져 어떤 원고와 전개가 합격하는지 파악이 쉬웠다. 그렇게 노하우가 생겼으니 프로모션 합격률이 높아진다는 소문도 다른 방향으로 보면 완전히 틀린 말은 아니긴 하다.

하지만 이것도 어디까지나 웹소설이 처음 생겼을 때의 이야기다. 그때 웹소설이 자리 잡은 지 얼마 되지 않았기에 출판사마다 합격 노하우의 차이가 생길 수밖에 없었지만, 지금은 다르다.

지금은 대형 출판사나 중형 출판사, 심지어는 소형 출판사에도 원고가 많이 몰리고 프로모션 심사를 활발하게 접수하고 있다. 점점 데이터를 쌓아 가고 있기에 이젠 정말 출판사 영향이 크지 않은 셈이다.

물론 당신이 웹소설을 처음 쓰는 작가라면 아무리 조건이 좋다고 해도 원하는 프로모션의 출간작 수가 적은 출판사는 추천하지 않는다. 데이터가 쌓이지 않았으니 출판사도 노하우가 없고, 웹소설을 처음 쓰는 신인 작가 역시 요령이 없으니 헤매기 때문이다.

작품을 처음 쓰는 작가라면 원하는 프로모션의 출간작 수가 적어도 열 개 이상은 되는 출판사로 고르도록 하자.

─ 대형 출판사가 좋아요, 소형 출판사가 좋아요? ─

하지만 여전히 '그래서 대형 출판사가 좋다는 거야, 아니면 소형 출판사가 좋다는 거야?'라고 물을 수 있다. 당신이 웹소설에 적응한 작가라면 당신의 작품에 애정을 갖고 아낌없이 지원해 줄 출판사와 계약하라고 추천하고 싶다. 그게 대형 출판사든 소형 출판사든 상관없이 말이다.

대형 출판사라고 해서 실수가 없는 것도 아니고, 소형 출판사라고 해서 무조건 잘해 주는 것도 아니다.

대형 출판사를 가든 소형 출판사를 가든 출간 프로세스는 비슷하다. 원고를 확인하여 교정하고, 교정 작업이 끝나면 플랫폼에 맞춰 심사를 넣는다. 물론 합격 노하우가 있는 출판사라면 위 작업에서 합격률이 높아지는 방향으로 원고를 수정하게 될 것이다.

하지만 당신이 이미 웹소설에 적응했다면 충분히 합격 노하우를 터득했을 것이고, 출판사의 도움 없이도 적절한 방향으로 원고를 수정하여 전개를 잘 꾸렸을 것이다. 그렇다면 이때 중요한 건 출판사의 도움이 아니라 출판사가 당신에게 내걸 조건이 된다.

참고로 출판사에서 내거는 조건은 작가마다 전부 다르다. 회사에서 근무하는 직원 모두 전부 같은 월급을 받지 않는 이유와도 같다. 기성과 신인 작가 사이의 조건이 다를 것이며, 기성 작가 중에서도 경력에 따라 선인세와 비율, 그리고 출판사에서 추가로 제안하는 조건들이 전부 다르다. 그러니 당신이 웹소설 업계에 충분히 적응한 작가라면, 바로 이 조건을 좋게 조율해 주는 출판사와 작업하는 게 좋다는 것이다. 이제 막 시작한 신생 출판사는 위험하겠지만 그게 아니라면 중소형 출판사도 좋은 조건으로 조율하여 계약하면 좋다. 대형 출판사라고 해서 모두 좋은 건 아니다. 담당자마다 맡게 되는 작품 수가 늘어나 내 작품을 제대로 신경 써 주지 않을 수도 있고, 워낙 많은 작가가 있다 보니 조건 조율이 쉽지 않을 수도 있다. 정답은 없다. 계약 전 대화를 충분히 나눠 보고 당신의 작품을 사랑해 줄 곳으로 가자.

작품 출간 역시 사람이 하는 일이다 보니 내 작품에 애정을 갖고 출간을 진행하는 출판사가 제일 좋은 출판사라는 걸 깨달았다. 누군가는 제일 별로라고 얘기했던 출판사가 내게는 제일 좋은 출판사가 될 수도 있고, 누군가에게는 제일 좋았던 출판사지만 내 작품을 애정 없이 대하는 모습을 보이면 내게는 제일 별로인 출판사가 될 수도 있다.

또 출판사의 일은 내 작품을 담당하는 담당자에 따라 천차만별로 달라진다. 그렇기에 어떤 담당자와 일하게 되느냐도 중요하다.

일부 작가 중에서는 마음이 잘 맞는 담당자와 만나면 그 담당자가 이직할 때 그 출판사로 따라가고 싶다고 말하기도 한다.

처음 출판사에 투고하게 되면 흔히 대형이라 불리는 출판사들만 추려 몇 군데만 투고하게 된다. 워너비 출판사에서 한 번에 투고 합격이 되면 좋겠지만 만일 불합격하게 된다면 그 뒤에 다시 중형 출판사에 투고하게 된다. 중형 출판사에서도 좋은 결과가 없다면 그제야 소형 출판사에 투고한다.

투고한다고 바로 결과가 나오는 건 아니다. 출판사마다 다르겠지만 투고 후 결과가 나오기까지는 최소 2주, 최대는 한 달 이상이 소요된다.

투고하겠다고 마음먹었다면 차라리 원하는 출판사 문을 전부 두드려 보자! 출판사 여러 군데에 동시에 합격하더라도 계약은 출판사 한 곳과 하게 되므로 상관없다!

5장

평생 웹소설 작가로 생존하기

part 1

나는 전업 작가다

본업이 따로 있고 그 외의 시간에 소설을 쓰거나 소설 매출 외에도 수입이 있다면 겸업 작가, 작가 일을 본업으로 삼고 오직 소설 매출로만 돈을 벌고 있다면 전업 작가로 나뉜다.

앞에서 말했지만 나는 전업 작가다.

겸업 작가라면 본업이 있으니 그 시간에 맞춰 움직이겠지만 전업 작가는 아니다. 전업 작가는 기상과 취침 시간도, 식사 시간도 모두 유동적이다. 그렇기에 전업 작가의 일정은 더더욱 계획적이어야만 한다.

일정을 계획하지 않으면 나무늘보처럼 한없이 늘어질 수 있는 게 전업 작가이기 때문이다.

— 전업 작가의 하루 일정표 —

나는 아침에 알람을 맞춰 두고 일어난다. 아무래도 회사에 출근하지 않다 보니 아침에 일어나겠다고 생각하지 않으면 오후 1시까지 내리자기 때문이다. 나는 잠이 무척 많은 편이라 더더욱 그렇다.

처음엔 담당자와의 소통 때문에 오전에 일어나기 시작했다. 담당자들은 회사에 출근하는 직장인이라는 걸 잊어서는 안 된다. 9시에서 6시 사이에 일을 봐야만 한다. 그러다 보니 내가 확인해야 하는 게 있다면 오전에 일찍 확인 요청을 해야만 그날 하루가 지나기 전에 답변을 받을 수 있다.

그렇게 오전에 일어나기 시작했고, 지금은 그 습관이 고착되었다.

오전에 일어나면 제일 먼저 가볍게 스트레칭을 한 후 커피를 내려 마신다. 마감 일정이 촉박할 땐 새벽까지 일하다 보니, 커피 없이는 못 사는 몸이 되었다.

그러고 나면 취미 생활로 키우는 화분들을 정리한 후, 바로 노트북 앞에 앉는다. 그리고 일을 시작한다.

나는 주로 유료 연재를 하기에 하루 기본 작업량을 최소 세 편으로 정해 두었다. 왜 꼭 세 편이냐고 묻는다면 달성하지도 못할 계획을 세우는 건 의미가 없다고 생각하기 때문이다.

물론 전개가 막히거나 완성도가 마음에 들지 않으면 세 편을 못 채우는 때도 있다. 그래도 항상 기본 작업량을 채우기 위해 노력하는 편이고 실제로 채우지 못한 적은 거의 없다.

하루 최소 세 편이 목표라고 하면 일부 작가는 '너무 적은 거 아니야?'라고 묻는다.

하지만 나는 그 하루 세 편을 매일 쓴다. 주말도 공휴일도, 완결이 나기 전까지는 단 하루도 쉬지 않는다. 설날, 추석 연휴에도 쉰 적이 없다. 크리스마스나 연말은 더더욱 그렇다. 심지어 여행을 가서도 노트북은 필수로 들고 다니면서 남들 놀 때 나는 글을 쓴다. 글을 쓰고 난 후에야 여행을 즐긴다.

매일 조금이라도 글을 쓰지 않으면 작품에서 튕겨 나오는 기분이기 때문이다. 평소 일정이 잘 맞지 않아 친구들도 잘 만나지 않지만, 어쩌다가 만나 술을 진탕 마시고 돌아오더라도 취한 상태로 글을 쓴다.

그래야만 하루 최소 세 편을 쓰는 게 가능하기 때문이다. 놀 땐 놀고, 안 놀 때만 하루 세 편을 쓰다 보면 마감 일정을 맞추지 못한다. 하루 세 편이라는 분량은, 남들이 놀 때 나는 일해야만 가능하다.

나는 오전과 오후를 나누어 일하는데, 정해 둔 오전 업무를 모두 끝낸 후에야 밥을 먹는다. 정해 둔 오전 업무가 끝나지 않으면 배가 고파도 밥을 먹지 않는다. 그러다 보면 어떻게든 오전에 내가 정해 둔 목표 업무를 끝내게 되기 때문이다.

밥을 먹은 후에는 운동하거나 산책을 한다. 가끔 혼자 외출하거나 드라이브를 하고, 인풋을 위해 영화를 보거나 드라마를 시청하며 오전 내내 혹사했던 머리를 식힌다. 기가 막힌 전개가 떠오르면 전개를 정리하는 때도 있다. 오후가 되면 가볍게 저녁을 먹고 저녁 업무를 시작한다. 이때는 오전에 해 둔 업무를 한 번 더 살피고 저녁 업무에 들어간다. 일이 끝나는 시간은 대충 새벽 두세 시쯤이다. 아무리 늦더라도 새벽 세 시 이전에는 업무를 마무리하고 자려고 한다.

시간이 너무 늦어지면 오전에 일어나기 힘들기 때문이다. 저녁 업무까지 마무리하면 그렇게 내 하루가 끝난다.

나는 정말 급한 마감이 있지 않은 이상, 내가 하루 목표로 정해 둔 업무를 모두 마무리하면 일을 더 하지 않는다. 물론 진짜 미친 글신이 강림한 경우는 예외다. 하지만 그게 아니라면 아무리 시간이 남는다고 하더라도 일을 더 하지 않는다. 왜냐하면 시간이 남았다고 일을 더 하면 다른 시간에 일하기가 싫어지고 계획이 어긋나기 때문이다.

물론 이건 하루에 세 편을 꼬박 쓰는 경우에만 가능한 일정이다.

그렇다고 하루 24시간 동안 온전히 책상에 앉아 있는 건 아니다. 전개가 막히거나 완성도 높은 글이 나오지 않을 땐 즉시 자리에서 일어난다. 집중이 흐트러질 때도 마찬가지다. 글을 쓰지 않는 시간에는 노트북 앞에 앉지 말자는 게 내 철칙이다. 노트북 앞에 앉아 글을 쓰지 않고 다른 일을 하며 놀다 보니 그런 자세가 습관이 되는 것 같아서 아예 끊어 버렸다.

글 쓰는 시간을 나눠 둔 이유도 위와 같다. 온종일 글을 쓰겠다고 앉아 있어 봤자 종일 글이 써지는 건 아니다. 소설을 쓴다는 건 작가의 머리가 일한다는 뜻이다. 주인공이 나아갈 길, 주인공에게 벌어질 사건 그리고 그 해결 방법까지 우리가 직접 생각해야만 한다. 갈등도 해결도 작가의 몫이다. 그러니 머리에도 쉴 시간이 필요하고, 시간을 효율적으로 분배해야 한다고 생각했다.

물론 이것도 마감이 급해지면 지킬 수 없는 계획이다. 급한 마감 앞에 쉴 시간 따위는 없으니 말이다.

혹시 뇌 근육, 글 근육이라는 말을 들어 본 적 있는가? 바로 글을 쓸 때 필요하다고 작가들이 부르는 근육이다. 소설 전개를 떠올리려면 뇌가 일해야만 하니 뇌 근육, 하루에 몇 편 이상의 글을 쓰기 위해서는 글 근육이 필요하다는 뜻이다.

글 루틴을 통해 바로 이런 뇌 근육, 글 근육이 단련된다.

처음엔 하루 한 편 쓰기도 어렵지만, 매일 반복해서 같은 시간에 맞춰 글을 쓰다 보면 단련되어 하루 세 편도 쉽게 써진다. 글 루틴에 뇌가 익숙해지는 것이다. 이걸 위해서도 나는 꼭 정해진 시간에 글을 쓴다.

길게 달리기 위해선 장거리를 위한 계획이 필요하다. 계획을 세우지 않으면 마감을 지키지 못해 출간 일정에 펑크가 나거나 휴재하는 일이 벌어질 수 있다. 간혹 출간 일정 펑크나 휴재를 아무렇지 않게 생각하는 작가가 있는데, 이는 작가의 신뢰와 직결되는 큰 문제다. 그 어떤 이유에서든 마감을 지키지 못해 출간 일정에 펑크가 나거나 휴재하는 일이 발생해서는 안 된다. 물론 작가가 아프거나 큰 사정이 있는 경우는 예외다. 내가 말하는 건 충분히 커버할 수 있던 상황인데도 시간을 허투루 쓰고 보내다가 출간 일정에 차질이 생긴 걸 말하는 것이다.

나는 단 한 번도 출간 일정을 미루거나 휴재한 일이 없다. 플랫폼에 연재되기 10일 전에는 무조건 최종고를 넘긴다. 그래야 전개상 문제가 생겼을 때 수정이 가능하기 때문이다.

내 하루는 바로 펑크와 휴재 없는 연재를 위한 하루다.

— 전업 작가의 장점! —

전업 작가의 일정을 보니 주말도 없이 제대로 쉬지도 못하고 일하는 것 같아서 걱정인가? 하지만 전업 작가의 삶에는 엄청난 장점이 있다! 그 증거로 나는 전업 작가라서 무척 행복하니까!

◆ 좋아하는 일로 돈 벌기

내가 좋아하는 일을 하면서 돈까지 벌 수 있다는 건 최고의 장점이다! 직업에 대한 만족도가 높아지니 삶의 질이 향상된다. 당신의 취미가 돈벌이의 수단이 된다고 생각해 보자. 누군가는 취미가 직업이 되는 순간 취미가 사라진다고 말하지만, 내가 직접 겪어 보니 취미가 직업이 되는 건 굉장히 좋은 일이었다. 전업 작가의 장점을 꼽자면 나는 이 말을 항상 첫 번째로 한다. 부수입이 아니라 내가 좋아하는 일을 본업으로 한다는 것. 이것보다 큰 만족감은 없다. 그래서 나는 그 어떤 단점이 있다고 해도 전업 작가가 좋다. 할 수만 있다면 평생 이 직업을 유지할 것이다!

◆ 복잡한 출퇴근도 필요 없고 상사 눈치도 필요 없다

회사는 출근하기 전부터 힘들다. 일단 월요일 아침에 눈을 떠서 신발을 신고 현관을 나서는 것부터 곤욕이고, 지옥철에 몸을 싣는 것도 싫다. 오늘은 왜 주말이 아닌가, 지옥철의 사람들 사이에서 한 그루의 나무처럼 뻣뻣하게 서서 수도 없이 생각했었다. 전업 작가는 바로 그런 출퇴근의 지옥에서 벗어날 수 있다. 아침에 일어나서 눈을 비비며 내 책상에 앉으면 그게 출근이니까! 그뿐만이 아니다. 상사의 눈치를 볼 필요도 없다. 직장 생활을 하던 내게 가장 큰 스트레스는 바로 인간관계였다. 실적이 나오지 않아서 상사와 반나절 내내 회의를 한 적도 있었고, 내가 팀장이었을 땐 팀내 프로젝트 일정이 어긋나서 팀원들을 혼낸 적도 있었다. 내가 혼나든 혼내든 그 모든 관계가 스트레스였다.

하지만 전업 작가는 그런 스트레스에서 벗어날 수 있다. 원하지 않는 사람과 일부러 맞춰 가며 인맥을 쌓을 필요도 없다. 내가 다니던 회사 중에는 회식 때 술을 강요하는 곳이 있었다. 문제는 술을 강요하는 부장의 주량이 너무 셌다는 것이었다. 팀원들을 대신해서 부장의 비위를 맞춰 마시다가 그대로 술에 취한 채 택시에 실린 적도 있었다.

전업 작가가 된 후로는 억지로 회식에 참석할 일도, 술을 강요하는 사람도 없다. 만일 다시 회사 다니던 때로 돌아가야 한다고 생각하면…… 소설을 진짜 열심히 써야겠다고 마음가짐을 다잡을 수 있다.

◆ 평일에 한가롭게 움직일 수 있다

많은 사람이 출근한 평일 낮. 바로 그 시간을 유용하게 보낼 수 있다. 영화 보러 가기도 편하고 예약 잡기 어렵다는 가게도 어렵지 않게 예약할 수 있다. 관공서는 평일에 이용해야 하기에 그런 점도 참 좋다. 필라테스나 헬스장은 평일 시간대에 맞춰 가끔 개인 레슨 할인을 하기도 하는데, 이럴 때도 편리하다. 주말에 가면 사람이 너무 많은 백화점도 평일 낮에는 여유롭게 구경할 수 있다. 그래서 그런지 이젠 주말에 밖에 나가지 않고 평일에 나가는 습관이 생겼다. 외출하려다가도 주말이구나 싶으면 옷을 다시 벗는다. 특히 여행 갈 때 호텔이나 비행기 표를 저렴하게 구하거나, 특가 일정에 맞춰 움직일 수 있다. 사람이 많이 몰릴 땐 쉬고 사람이 비교적 한산할 때 움직일 수 있다는 건 아주 큰 메리트다.

전업 작가의 삶은 너무너무 행복하다!

……그런데 정말 행복하기만 할까?

─ 전업 작가의 단점…… ─

전업 작가의 장점을 읽고 환상에 젖었는가? 하지만 모든 일이 그렇듯 장점만 있는 일은 없다. 전업 작가의 삶에도 아주 치명적인 단점이 존재한다. 전업 작가를 꿈꾸고 있다면 이 부분 또한 반드시 체크하도록 하자.

◆ 수입이 불안정하다

생활과 절대 떼놓을 수 없는 게 바로 돈이다. 전업 작가는 소설 외엔 부가적인 수입이 전혀 없다. 즉, 당신이 출간하는 작품이 그달의 월급이 되는 셈이다. 한 달에 작품 인세로만 천만 원을 벌면 당연히 좋겠지만, 모든 작품이 좋은 매출을 내는 건 아니다. 작년엔 연 1억을 벌었지만, 올해는 연 500만 원만 벌 수 있는 게 전업 작가다. 들쑥날쑥한 수입은 사람의 마음을 불안하게 만든다.

◆ 지인과 시간 약속을 맞추기 어렵다

같은 작가가 아닌 이상 지인과의 오랜 만남은 어렵다. 앞 장에도 썼지만, 특히 마감이 바쁠 땐 더더욱 약속 잡기가 힘들어진다. 종일 글을 써야 하기 때문이다. 만일 지인들이 당신의 직업이 웹소설 작가인 걸 알게 되더라도 이해를 바라지 말자. 사람들은 '마감'의 구조를 알 수 없다. 마감을 맞춰야 해서 바쁘다고 해도 '내일 하면 되잖아?'라고 생각할 수 있다. 그러다 보니 지인과의 약속을 맞추기가 어려워질 수 있다.

◆ 심사에 합격한 작품이 없어도 끊임없이 도전해야 한다

전업 작가가 되었다고 해서 모든 작품이 심사에 합격하는 건 아니다. 작년에 좋은 성적을 낸 덕분에 높은 수익을 얻고 일을 그만두며 전업 작가가 되었으나 올해에는 심사에 합격한 작품이 없을 수도 있다. 즉, 일이 없다는 뜻이다. 겸업 작가였을 땐 일이 없더라도 본업으로 얻는 수익이 있었으니 괜찮았지만, 전업 작가는 다르다. 전업 작가에게는 월급이라는 게, 기본급이라는 게 없다. 일하지 않으면 당장 몇 달 뒤 수입이 0원이 될 수도 있다는 뜻이다. 물론 출간작이 있다면 0원으로 떨어지지는 않겠지만 몇 달 내내 단 십만 원으로 버텨야 할 수도 있다. 그러니 심사에 계속 탈락하더라도 끊임없이 도전하고 또 도전해야만 한다. 위에도 썼듯이, 심사에 합격한다고 해서 바로 출간할 수 있는 게 아니기 때문이다. 올해 심사에 합격한다고 해도 런칭일은 내년이 될 수도 있다. 그럼 내년 출간 전까지는 따로 작품으로 들어오는 수익이 없는 것이다. 전업 작가가 되려면 이 점을 반드시 기억해야만 한다.

◆ 고질병을 앓는다

작가들에게는 고질병이 있다.

첫 번째로 끊임없이 손목이 아프다. 손목 터널 증후군은 기본이고 방아쇠 수지증후군도 걸린다. 그뿐인가? 오랫동안 의자에 앉아 있어야 하니 허리도 아프고 심지어 자세가 좋지 않으면 어깨와 목도 아프다. 나는 위에 적었던 모든 고질병을 앓고 있고 더불어 경추 석회화가 진행되고 있다는 진단도 받았었다. 하도 노트북을 낮게 내려놓고 썼더니 목이 굽어졌고, 그렇게 통증이 발생한 것이다. 하루에 마감을 10편까지 한 날엔 자다가 손목이 너무 아파서 울며 깬 적도 있었고, 허리가 아파서 잠들지 못하는 날이 많아 진

통제를 몇 통이나 사다 두었다. 진통제 없이는 밤에 잠들지 못하는 날이 많기 때문이다. 괜히 작가들이 좋은 키보드, 좋은 마우스, 좋은 손목 보호대, 좋은 의자를 사용하는 게 아니다. 이건 살기 위한 몸부림이다.

◆ 체력이 약해진다

급한 마감에 시달리다 보면 오랫동안 밖을 나가지 못하는 경우가 있다. 게다가 식사를 거르는 때도 생긴다. 출퇴근 때 했던 걷기 운동조차 사라지니 자연스럽게 체력이 약해질 수밖에 없다. 그래서 전업 작가들은 일부러라도 꼭 운동을 다닌다. 살려면 체력을 늘리는 방법밖엔 없으니 필수로 병행해야만 한다. 산책하러 나가지 않으면 햇볕을 쬐는 일도 사라지니 일부러라도 해가 떠 있을 때 산책 가야만 한다. 나는 정말 마감이 급해서 며칠간 밖을 나가지 못했을 땐 베란다에 서서 하늘을 본 적도 있었다. 그렇게라도 햇빛을 봐야 할 것 같았다. 전업 작가의 삶이란 체력 관리도 스스로 해야 하는 삶이다.

◆ 쉴 수가 없다

전업 작가가 되면 쉬고 싶을 때 쉬고 일하고 싶을 때 일하면 될 것 같지만, 전혀 아니다. 전업 작가는 쉴 수가 없다. 당연하다. 내가 일을 해야만 수익이 들어오는데 쉴 수가 있나? 앞 장에도 썼지만 나는 평일, 주말, 공휴일 구분 없이 하루도 쉬지 않고 일을 한다. 작품 완결을 낸 후 차기작 일정이 여유롭다면 약 일주일 정도 글을 아예 내려놓고 휴가를 즐기는 편이다. 길어 봐야 일주일이다. 하지만 휴가가 끝나면 다시 평일, 주말, 공휴일 없이 일한다. 나는 명절에도 본가를 갈 때 노트북과 갤탭을 들고 가고, 앞 장에서 말했듯 친구들과 술 마시고 와서도 글을 쓴다. 심지어 여행 갈 때 로션은 잊어도 노트북과 갤탭은 절대 잊지 않는다. 작가들끼리 함께 여행 가면 호텔에서 무엇을 하는지 아는가? 다 같이 모여서 글을 쓴다. 그 좋은 여행지에 가서 일단 다 함께 모여 소재 영감을 받고 글을 쓰는 것이다. 전업 작가들은 단 하루도 쉴 수가 없다.

전업 작가가 된다는 건 홀로 모든 걸 감당해야 한다는 뜻이기도 하다. 상사가 나를 화나게 했을 때 함께 욕할 지인도 마땅치 않으며, 일이 잘 못되었을 때 누군가의 이해를 받기도 쉽지 않다.

내가 단점을 나열해도 당신은 이렇게 생각할 수도 있다.

'그래도 전업 작가라서 좋잖아?'

맞다, 그래도 나는 전업 작가가 좋다. 왜냐면 내가 하고 싶은 일로 돈을 벌 수 있으니까.

part 2

작가의 멘탈 관리

웹소설 작가가 해야 할 일 중 하나가 바로 멘탈 관리다. 웹소설 작가로서 생존하다 보면 여러 방면에서 힘듦을 느낄 때가 많다. 게다가 혼자서 직접 해야 하는 일이다 보니 도망칠 수도 없이 마주 봐야 한다.

기성 작가 중 일부는 웹소설 업계의 여러 문제 때문에 불면증에 시달리거나 우울감을 느끼기도 한다. 나도 마찬가지다. 출근과 퇴근이라는 개념이 없다 보니 업무와 분리가 되지 않으면 24시간 내내 계속 일과 붙어 있는 것 같아서 더더욱 멘탈이 흔들리게 될 때가 많다.

그렇다면 작가들의 멘탈을 흔드는 건 무엇이 있을까?

― 악플 ―

웹소설은 당연히 독자의 반응과 아주 가깝게 맞닿아 있다. 독자의 반응과 가깝게 맞닿아 있다는 건 매출도, 순위도, 댓글도 전부 작가가 실시간으로 확인할 수 있다는 뜻이다. 당연히 좋은 반응만 있는 게 아니다. 내가 미처 생각하지 못한 부분을 독자가 꼬집을 수도 있고, 취향과 맞지 않으니 하차하겠다는 댓글이 있을 수도 있다. 그뿐인가. 가끔은 작품에 등장하지도 않는 내용을 두고 불호라는 반응이 나오기도 하고, 원하는 방향대로 전개되지 않는다며 하차하겠다는 댓글이 달리기도 한다.

독자의 반응은 당연히 중요하다. 우리의 작품을 읽어 주는 건 결국 독자이기 때문이다. 하지만 그렇다고 해서 독자의 반응이 전부는 아님을 기억하자.

나는 첫 작품을 쓸 때, 일 분 단위로 댓글 창을 확인했다. 다음 화를 써야 연재할 수 있는데 한글 창을 켜 놓고도 나는 내 작품의 댓글과 순위만 연신 확인했다. 정말 아무 일도 할 수가 없었다. 새벽이 지나가는데도 잠도 제대로 자지 못하고 출간한 플랫폼만 수시로 확인했다. 그리고 좋지 않은 반응을 마주하면 펑펑 울었다. 나는 왜 이렇게 글을 못 쓰는 걸까 좌절도 했었다. 댓글을 일일이 확인하고 반영하다 보니 작품 전개도 흔들렸다. 분명한 이유가 있어 등장시킨 캐릭터를 독자가 싫어한다는 이유로 갑자기 죽인 적도 있었고, 주인공이 어떻게 했으면 좋겠다는 반응에 황급히 내용을 전부 수정한 적도 있었다.

작품은 당연히 엉망이 되었다. 나중에 보니 내가 처음에 쓰려고 했었던 작품과는 전혀 다른 작품이 되어 있었다. 나는 본래 성격이 무디고 남 시선을 신경 쓰지 않는 편인데도 불구하고 처음 마주한 독자 반응에서 헤어나기가 너무 어려웠다. 몇 달간 쓴 작품의 안 좋은 반응이 직접 와닿으니 급격한 우울감에 빠지기도 했다. 칠흑같이 어두운 망망대해에 노 한 자루 들고 내팽개쳐진 기분이었다. 다행히 나는 지난 일을 빨리 잊어버리는 편이라 금방 털어 내고 다음 작품에 몰두할 수 있었으나, 이때 다친 마음이 회복되지 않아 글 쓰는 걸 포기하는 작가나 휴재를 선언하고 글을 잠시 내려 두는 작가도 있다. 작품 런칭일에는 플랫폼을 전부 삭제하고 일부러 여행을 떠나는 작가도 있다.

물론 나도 작가가 된 지 몇 년이 지났지만 여전히 작품을 오픈하는 날에는 설레기도 하고 떨린다. 새로운 독자를 만나는 기대감과 세상에 내 작품을 내보이는 그 순간의 떨림은 정말 이루 말로 할 수가 없다. 독자의 반응을 무난하게 받아들이는 것과는 또 별개의 일 같다.

좋은 댓글이 천 개 있어도 안 좋은 댓글 한 개를 발견하는 순간 하루가 우울해지고 만다. 대다수가 즐겁게 본다는 걸 알면서도 한 개의 안 좋은 반응에 모든 신경이 쏠리는 것이다. 나는 단순히 취향과 맞지 않아 하차한다는 댓글에도 우울했던 적이 있었다. 나는 왜 그 사람의 취향에 맞는 글을 쓰지 못했나 하고 한탄하며 술잔을 꺼낸 적도 있던 것이다. 멘탈 관리가 얼마나 중요한지 깨달은 순간이었다.

요즘은 일부러 작가의 멘탈을 터뜨리기 위해 안 좋은 댓글을 다는 사람도 늘어났다. 지금의 나는 독자의 모든 반응을 끌어안으려고 하지 않는다. 좋지 않은 반응을 보더라도 세상 모든 사람의 취향을 맞출 수 없다고 생각한다. 어디까지나 생각이지만, 모든 사람이 읽기 좋은 글은 없는 것 같다. 전개가 느리더라도 섬세하고 풍부한 묘사의 글을 읽길 바라는 사람이 있고, 묘사가 부족하더라도 빠르고 리드미컬한 전개를 보길 바라는 사람이 있는 것처럼 말이다. 모든 글에는 안 좋은 반응이 있을 수밖에 없다.

만일 당신이 언젠가 출간 후 독자의 반응으로 힘든 날이 온다면, 안 좋은 댓글을 다는 독자만큼이나 당신의 글을 재밌게 읽은 독자도 존재한다는 걸 반드시 기억하면 좋겠다. 분명 누군가는 당신의 글을 읽고 기분 나쁜 하루를 털어 냈을 테고, 누군가는 당신의 글이 너무 재밌어서 밤을 새웠을지도 모른다.

우리의 첫걸음을 떠올려 보자. 출간만 해도 너무 좋겠다고, 계약만 해도 너무 행복하겠다고 바라던 때가 있지 않았나? 작품의 결과가 어떤가를 떠나서 출간만으로도 대단하다는 걸 잊지 말자!

잠깐! 그렇다고 해서 독자의 모든 반응을 무시하라는 건 절대 아니다. 독자의 눈은 아주 정확하다. 작품 속 '고구마'나 '사이다'의 정의를 내리는 건 독자다. 작가가 아무리 '이건 고구마 상황이 아니야'라고 울부짖어도 독자가 '이거 고구마다'라고 한마디 하면 상황은 끝나는 것이다. 그러니 독자들이 비슷한 지점에서 하차하거나 비슷한 의견의 댓글이 많이 올라온다면 이런 부분은 확인해 보는 게 좋다. 이런 지표는 다음 작품 때 보완하면 훨씬 좋은 작품을 탄생시킬 수 있기 때문이다. 하지만 만일 당신이 보완하기 힘든 단점이라면 깔끔하게 포기하고 대신 장점을 극대화하는 방법도 있다.

아무리 노력해도 고치기 힘든 단점을 끌어안고 '나는 왜 저런 대박 작품을 쓸 수 없는 걸까'라고 우울해하는 것보다 당신이 가진 장점이 무엇인지, 당신의 무슨 요소가 독자를 끌어들이는지 파악하고 그 점을 더 극대화하여 독자를 공략하는 게 빠르다.

당신은 훌륭한 작가다. 무슨 일이 있더라도 그 점만큼은 반드시 잊지 말자.

─ 순위 ─

작품을 런칭하는 날이면 빼놓을 수 없는 게 바로 순위 확인이다. 일반적으로 한 시간을 기점으로 플랫폼의 순위가 바뀐다. 작가는 이 시간을 기점으로 내 작품이 몇 위에 머무르고 있는지 매번 확인한다. 얼마나 다행인가. 만일 십 분 주기로 바뀌었다면 런칭 당일은 아무것도 못 하고 십 분마다 핸드폰을 확인했을 것이다. 순위가 작품의 인기도와 매출에 영향을 끼치기 때문이다. 그리고 순위가 조금이라도 떨어지면 금세 기분이 저조해진다. 그만큼 내 작품을 읽는 독자가 없다는 뜻이기 때문이다. 이렇게 시간마다 순위를 확인하는 건 소위 말해 기가 빨리는 일이다. 온종일 무얼 해도 정시에 순위를 확인하러 가게 되고, 순위가 떨어지면 '순위가 왜 떨어졌을까?' 생각하느라 종일 아무것도 못 하게 된다. 이럴 땐 작가 스스로 마음을 다잡을 수밖에 없다. 우린 이미 출간했다. 이제 와 우리가 바꿀 수 있는 건 없다. 작품만 보고 있을 것 같다면 되도록 런칭 당일에는 다른 약속을 잡아 보도록 하자.

─ 텍본 ─

웹소설의 적이 무엇인지 아는가? 바로 불법 텍본이다. 불법 텍본이란 불법으로 유출된 소설 텍스트 파일을 의미한다. 유출된 파일은 정식 유료 연재 플랫폼이 아닌 불법 사이트를 통해 불특정다수의 사람들에게 공유되며 유통된다. 정말 사람을 피 말리는 일이다. 내가 몇 달간 온갖 병을 달고 힘겹게 쓴 글이 런칭된 지 하루도 지나지 않았는데 복제되어 널리 퍼지는 것이다.

불법 사이트를 통해 소설이 유출되면 작가에게 아무런 수익이 돌아오지 않는다는 점이 가장 큰 문제다. 독자가 플랫폼에서 글을 읽지 않으니 플랫폼의 매출도 줄어들고, 결국 업계가 점점 가라앉게 되는 셈이다.

텍본은 보이는 즉시 신고해야만 한다. 개개인이 관리하기 어렵다면 출판사에 전달해서 불법 사이트에서 작품을 내리게 해 달라고 요청해도 좋다. 내 소설을 텍본으로 불법 사이트에 공유한 사람을 고소하는 방법도 있다.

내가 쓴 작품은 내가 직접 지켜야만 한다.

― 표절 ―

앞에서도 수차례 썼듯이, 웹소설 업계에서 흔히 일어나는 일 중 하나가 바로 '표절'이다. 메이저라고 불리는 한정된 키워드 안에서 이야기를 만들어 가려고 하다 보니 일어나게 되는 일들이다. 아무래도 주인공들의 직업 및 성격이 주로 겹치게 되고, 흔히 말하는 메이저 전개로 쓰려고 하다 보니 사건이나 에피소드의 배치까지 비슷해질 수밖에 없다.

표절 이야기가 안 나올 수가 없는 것이다. 좋은 일은 아니지만 정말 흔하게 벌어지는 일들이다. 특히 글을 쓴 지 얼마 되지 않았을 때 제일 많이 겪는 일 중 하나가 바로 다른 작가가 내 글을 표절한 것 같다고 느끼는 경우다. 다른 작가가 내가 쓴 소재를 훔친 것만 같고, 다른 작가가 내가 생각했던 전개에 영향을 받은 것 같고, 내가 신인 작가이기 때문에 다른 작가가 내가 생각한 내용을 빼앗아 간 것 같고 말이다. 하지만 앞서 말했듯이 한정된 키워드 내에서 할 수 있는 생각은 정말 다 거기서 거기다.

나는 실제로 나중에 써야지, 하고 메모해 둔 소재와 똑같은 작품이 정확히 한 달 뒤 오픈하는 걸 본 적이 있다. 그것도 한두 번이 아니었다. 누가 내 머릿속을 열어 봤거나 내 메모장을 해킹한 건 아닐까 혼자 웃고 다녔다. 그도 그럴 것이 절대 다른 사람은 생각하지 않을 것 같던 소재들이었기 때문이다. 하지만 나는 무료 연재도 한 적이 없었고, 누군가에게 이런 소재를 구상 중이라고 말한 적도 없었다. 그러니까 정말 놀랍게도 다른 작가님과 같은 소재, 같은 전개를 떠올린 것이다. 만일 서로 글을 쓰는 시기가 비슷했다면, 그래서 비슷한 시기에 해당 작가님의 작품과 내 작품이 런칭했다면 누군가는 두 작품 중 한 작품이 표절했다고 생각했을 것이다. 당시 정말 안도의 한숨을 내쉬며 소재를 삭제했었다.

위와 같은 일을 한 번도 아니고 여러 번 겪었다. 그만큼 사람 생각이 정말 비슷하다는 뜻이다. 그 뒤로는 혹시나 표절 시비가 걸릴까 걱정되어 모든 소재를 시간이 확인되는 어플에 적거나 나와의 채팅방에 적는 게 습관이 됐다. 그러니 표절의 시시비비를 가리고자 한다면 확실하게 알아본 후에 하는 게 좋다. 또 언제든 내가 그런 표절 시비에 당할 수도 있다는 점도 염두에 두는 게 좋다.

하지만, 그렇다고 해서 모든 작품을 '키워드가 거기서 거기니까'라고 넘길 수 있는 건 아니다. 비슷한 것과 표절은 완전히 다르다. 앞에서도 간략하게 말했지만 똑같은 소재와 주인공의 직업을 던져 주더라도 진행되는 전개와 대사는 작가의 경험에 따라 전부 다를 수밖에 없다. 누군가 정말 대놓고 표절하겠다고 하지 않는 이상 말이다. 똑같은 대사와 지문, 타 작품에서는 흔치 않은 설정이 한 개가 아닌 다수 겹친다면 확인해 볼 필요는 분명히 있다. 사실 전개와 키워드, 소재까지 비슷할 수는 있어도 대사와 지문이 비슷하긴 힘들기 때문이다.

가령 힘든 주인공을 위로하는 상황이라고 가정했을 때도 여러 가지 대사와 지문, 상황 전개가 나올 수 있다. 하물며 괜찮냐고 물어보는 대사만 하더라도 주인공의 말투에 따라, 성격에 따라 달라진다.

---

† A가 주인공에게 물었다. "괜찮냐?" ⇒ 무심한 성격일 경우
† A가 주인공에게 조심스럽게 다가가 속삭였다. "괜…… 찮아?"
  ⇒ 소심한 성격일 경우
† A는 주인공이 상처받았을까 걱정이었다. 힘든 주인공이 어쩌고저쩌고~ "너 정말 괜찮아?" 그래서 A는 주인공한테 괜찮냐는 질문밖에 할 수가 없었다. ⇒ 다정한 성격

이런 식으로 대사도 성격에 따라, 그리고 지문과 상황에 따라 전부 달라진다. 전부 달라진다는 건 이전 전개까지도 달라진다는 뜻이다. 여러 대사로 나뉠 수 있는데 이런 대사와 지문, 그리고 상황 전개가 몇 번

이나 겹친다는 건 꺼림칙한 일이다.

나는 실제로 내가 쓴 작품을 표절한 작품을 본 적 있다. 단순히 주인공의 직업, 성격, 에피소드 배치가 비슷한 게 아니라 1화부터 10화까지의 주인공의 대사와 지문, 그리고 흘러가는 에피소드까지 모든 게 똑같았다. 심지어는 내가 낸 오타도 똑같았으니 더는 고민할 필요가 없었다.

해당 작가는 놀랍게도 처음엔 부정했다. 하지만 내 오타와 똑같은 작품 내 오타를 지적하자 그제야 인정하고 사과했다. 잘 마무리되었지만, 연락을 주고받고 지문을 비교하고 확인하는 작업이 굉장한 스트레스였다.

나는 일을 크게 키우고 싶지 않아서 직접 해결했지만, 이런 경우에 계약한 출판사가 있다면 출판사의 도움을 받는 게 좋다.

그리고 반대로.

그러진 않겠지만 남의 작품을 표절해서는 절대! 정말 절대로! 안 된다. 지금은 안 들킬 것 같아도 결국 들킨다. 안 들키는 표절 작품은 없다. 하물며 무료 연재 작품이라고 하더라도 들킬 수밖에 없다. 그러니까 표절은 절대 해서는 안 된다.

사실 글을 쓰는 작가 본인이 제일 잘 알 것이다. 내가 지금 표절을 하고 있는지, 아니면 작품을 쓰고 있는지 말이다.

내가 쌓아 둔 내 커리어를 망치는 일은 절대 하지 말자.

— 작가의 멘탈이 흔들리는 경우 —

소설을 쓰다 보면 흔들릴 때가 있다. 내가 생각했던 것만큼 소설이 인기가 없을 때도 흔들리고, 내가 생각했던 것보다 소설이 훨씬 인기를 끌어도 흔들리게 된다. 소설이 완결이 나도 흔들리고, 소설을 처음부터 다시 쓰게 되더라도 흔들린다.

그때마다 우리는 마음을 다잡아야만 한다. 소설을 쓴다는 건 사실 혼자서 일하는 것과 같다. 주변 작가들과 함께 대화를 나눈다고 해도 이 소설을 온전히 맡아서 처음부터 끝까지 책임지는 건 바로 당신이다.

그런 당신이 흔들릴 땐 어떻게 하면 좋을까?

◆ 생각만큼 소설이 인기가 없을 때

몇 달을 공들여 쓴 작품이지만 내 예상과는 달리 출간했을 때 좋은 호응이 나오지 않을 수도 있다. 의욕이 꺾이고 좌절할지도 모른다. 하지만 그럴 때에도 유료 연재를 하다 보면 다음 화를 써야 하기에 쉴 수 없다. 그래서 시간적 여유가 있다면 비축분을 최대한 많이 가지고 가는 걸 추천한다. 런칭 시 멘탈이 많이 흔들릴 것 같다면 첫 작품은 완고, 즉 실시간으로 연재를 하는 것이 아니라 런칭 이전에 미리 완결을 내는 것도 추천한다. 생각했던 것만큼 소설이 인기가 없으면 정말 재밌게 쓰던 소설이었어도 뭘 써야 할지 순간적으로 길을 잃기 때문이다. 나도 첫 작품을 쓸 때 내가 생각했던 것만큼 소설이 인기를 얻지 못하자 내가 뭘 놓친 걸까, 어디서 잘못된 걸까를 생각하느라 전개가 나아가질 못했었다. 그렇다고 해서 소설이 인기를 얻지 못했으니 대충 마무리 짓고 다음 작품을 쓰겠다는 건 추천하지 않는다. 작품은 결국 나의 경력인 셈이다. 작품을 제대로 마무리 짓지 못한다면 독자들은 이 작가는 후반부에서 힘을 잃네, 라고 생각하게 될 것이다. 그러니 어느 상황이라고 해도 작품은 생각했던 대로 잘 마무리 짓는 게 좋다.

◆ 생각보다 소설 인기가 치솟을 때

내가 생각했던 것보다 소설의 인기가 많아졌을 때! 이때는 왜 멘탈이 흔들리는가 싶겠지만, 사실 이럴 때일수록 작가는 쉽게 부담감을 느끼기 마련이다. 실제로 이런 부담감 때문에 다음 작품을 쓰지 못하는 작가도 많다. 전개가 삐끗해서 독자들이 도망가면 어쩌나 걱정되는 마음에 몇 번이나 확인하느라 속도가 나가지 않을 때도 있다. 이럴 땐 마인드 컨트롤이 중요하다. 괜히 부담을 느껴서 전개를 억지로 틀어 버리면 오히려 연독률이 떨어진다. 지금처럼 하던 대로만 쓰자. 당신은 이미 잘하고 있으니 절대 걱정하지 말자!

◆ 비축분을 쌓을 때

원고를 준비하다 보면 내 소설이 지루하고 재미없게 느껴질 때가 있다. 피폐물을 쓰는 작가는 로코 사이다물이 쓰고 싶어지고, 로코 사이다물을 쓰는 작가는 반대로 피폐물이 쓰고 싶어진다. 놀라지 말자. 작가라면 모두 겪는 신작병이다. 비축분을 쌓기 위해 같은 작품만 몇 달째 바라보고 있으니 반대 성향의 작품을 쓰고 싶은 건 당연하다.

하지만 무분별한 신작병은 자칫하면 일정에 무리를 줄 수 있다. 당신이 만약 여러 작품을 동시에 쓸 수 있는 작가라면 신작을 써도 좋다. 하지만 아직 여러 작품을 동시에 쓰기가 어렵다면 신작은 비축분을 쌓은 뒤에 천천히 준비하자. 그렇지 않으면 현재 쓰는 원고보다 신작에 마음이 쏠려 현재 작품을 소홀히 할지도 모르니 말이다.

작가는 결국 전부 스스로 이겨냄으로써 멘탈 관리를 해야만 한다. 그러니 행여라도 글을 쓰며 힘든 날이 오면 괜찮다고 다독여 주자.

당신은 정말로 굉장히 잘하고 있다. 나는 항상 당신을 존경한다.

part 3

작가의 세금 관리

사업자 등록을 한 작가도 있겠지만 일반적으로 웹소설 작가는 프리랜서다. 그렇다면 프리랜서가 벌어들인 수익의 세금 신고는 어떻게 해야 할까? 아무도 가르쳐 주지 않았기에 나 또한 처음에는 굉장히 헤맸었다.

직장인은 해마다 연말정산이라는 세금 신고를 한다. 흔히들 13월의 월급이라고도 부른다. 프리랜서도 마찬가지로 세금 신고를 한다. 다른 점은 연말정산이 아니고 5월에 종합소득세 신고를 한다. 연말정산은 필요한 서류를 준비하여 회사에 제출하면 끝나지만, 종합소득세 신고는 내가 직접 신고를 하거나 혹은 세무사를 직접 구해서 신고해야 한다는 점이 다르다.

만약 당신이 본업을 따로 두고 웹소설 작가를 겸하는 겸업 작가라면 무조건 세무사를 구해서 소득 신고를 하는 게 좋다.

하지만 전업 작가라면 연 소득 기준으로 세무사를 구해서 신고할지 아니면 직접 국세청 홈페이지에 접속하여 양식에 맞춰 신고할지를 결정하면 된다. 세무사를 구하게 되면 수임료가 발생하기에 이런 부분을 생각해서 어느 쪽이 나한테 더 도움이 될지 생각해 보도록 하자. 세무사를 검색해 보면 세금 관련으로 무료 상담도 받을 수 있다. 전화로 물어봐도 괜찮기에 세무사를 수임하는 게 좋을지 미리 물어봐도 좋다.

연 소득 중 일부는 항상 세금 신고를 위해 미리 빼 두고 준비하는 게 좋다. 또한, 5월 종합소득세를 신고한 후에는 건강보험료와 국민연금을 달마다 내야 하기에 이것 또한 여유롭게 준비해 두는 게 좋다. 나는 처음에 전혀 생각도 못 하고 있다가 황급히 금액을 준비한 적이 있었다.

프리랜서의 종합소득세 신고는 직장을 다닐 때와는 전혀 다르다. 게다가 웹소설 작가 직군은 특이하다 보니 세무사가 모르는 경우도 많다. 그러니 검색해서 여러 세무소에서 상담을 받아 보거나 직접 방문해 보는 편이 좋다. 상담하다 보면 분명 와닿는 세무사가 있을 것이다.

5월 종합소득세 신고 기간이 다가와 구하려고 하면 바쁘니 4월쯤 미리 세무사를 검색하고 전화 등 상담을 받아 보면 좋다.

part 4

작가의 체력 관리

작가는 체력 관리를 해야만 한다. 글을 쓰는 건 체력이 뒷받침되지 않으면 절대 못 할 일이기 때문이다. 종일 앉아서 글을 쓰는 건 체력 관리가 없어도 가능할 것처럼 보이지만, 절대 아니다.

체력이 따라 주지 않으면 첫 번째로 오래 앉아 있을 수가 없다. 몇 시간이고 움직이지 않고 앉아서 글을 쓰는 건, 정말 말로 할 수 없을 만큼 무척 힘들다. 건강했지만 오랫동안 글을 쓰다가 허리가 아파진 작가도 있다. 허리가 너무 아프면 울며 글을 쓰게 된다. 미리 스트레칭 좀 할걸, 운동 좀 할 걸 후회한 적도 많다. 마감 기한을 맞춰야 하니 허리가 아파도 쉴 수 없고 진통제를 먹고 글을 쓴다. 그게 바로 나다. 코어 근육이 중요하고 체력 관리가 중요하다는 걸 바로 여기서 느꼈다.

두 번째로 체력이 따라 주지 않으면 집중할 수가 없다. 체력이 떨어지면 피로도가 쌓이니 집중도가 떨어지고, 당연히 다음 소설 전개도 떠오르지 않는다.

내가 체력 관리를 못 해서 글이 나오지 않는다는 걸 운동하기 전에는 몰랐다. 체력을 키우자. 오래 일하더라도 피로도를 느끼지 않게 되니 이전보다 집중도가 훨씬 높아졌다.

게다가 작품을 완결 낸 후에는 긴장이 풀려서 그런 걸지도 모르지만 나는 매번 아팠다. 이유 없는 눈 충혈이 이 주일간 가라앉지 않은 적도 있었고, 몸에 염증이 퍼져 오랫동안 고생한 적도 있었다. 하지만 미리미리 체력 관리를 해 두니 작품이 완결 난 후에도 조금은 살만했다. 그 때 체력 관리를 해야 하는구나, 생각했다.

세 번째로 작가는 정말 살이 찌기 쉽다. 물론 그렇지 않은 작가도 많겠지만 직군 자체가 앉아서 글을 써야만 하고, 머리를 쓰다 보니 당이 떨어져서 설탕이 들어간 간식을 자꾸 먹게 되고, 런칭 스트레스로 매운 음식을 찾게 되니 살이 찔 수밖에 없다. 꾸준히 체력 관리를 하지 않으면 어느 순간 훅 불어난 살을 볼 수 있다. 살이 찌는 게 문제라는 게 아니다. 이렇게 단기간 내에 갑자기 살이 찌면 몸이 아픈 게 문제다! 고혈압이 오고 손목과 발목이 삐걱거리는 등 뼈까지 아프다. 하지만 다이어트와 마감은 정말 병행하기가 너무 어렵다. 그러니 평상시에 체력 관리를 하는 게 중요하다.

체력을 늘리기 위해서는 사실 운동밖에는 답이 없다. 우린 다이어트를 하며 몸매를 만드는 것이 아닌, 말 그대로 체력을 늘리는 게 목표이기에 방법은 운동뿐이다.

책상 앞에 오래 앉아 있는 작가는 척추, 어깨, 목 등이 많이 아프니 필라테스나 요가를 추천한다. 자세가 교정되니 오래 앉아 있어도 허리가 덜 아팠고 중간중간 배운 스트레칭을 하면 근육이 풀리는 느낌도 든다. 발레도 자세 교정에 무척 좋다고 들었다. 발레도 해 본 적이 있었는데 유연성이 없어서 그런지 정말 힘들었다.

정적인 운동을 좋아하지 않는다면 헬스나 복싱도 좋다. 복싱은 스트레스 해소에 제격이다. 주먹 몇 번 날리면 온갖 스트레스가 풀려 기분이 상쾌해진다.

전개가 안 풀릴 때도 몇 번 치고 나니 머리가 상쾌해졌다. 그래서 나는 집에 샌드백과 복싱 글러브를 사 두고 가끔 화가 나거나 스트레스가 극에 달하면 혼자 샌드백을 친다. 과하거나 자세가 잘못되면 손목이나 팔꿈치, 어깨가 아프기에 적당히 해야 하지만 스트레스 풀기에 정말 좋은 운동이다.

헬스도 마찬가지로 스트레스를 풀기 위해서 한 운동이었다. 헬스장에 가면 운동을 위해 빠른 비트의 음악을 크게 틀어 준다. 빠른 비트의 음악을 크게 들으니 스트레스가 풀리고 머리가 깔끔하게 비워지는 기분이었다.

어디까지나 내 경험이기에 운동은 본인의 체력에 알맞게 시작하면 된다. 굳이 필라테스, 요가, 헬스, 복싱 등을 끊어서 다니지 않아도 괜찮다. 센터나 학원에 다니지 않고도 집에서도 요가를 하며 충분히 자세 교정을 할 수 있고, 집 앞 공원만 꾸준히 산책해도 체력은 늘어나기 때문이다.

무리해서 운동하거나 힘든 운동을 하며 다이어트를 하라는 게 절대 아니다. 혼동해서는 안 된다. 글을 쓰기 위한 체력을 늘리고 건강하게 글을 쓰는 게 우리의 목표다. 그러기 위해서 운동이 답일 뿐이다.

그뿐만 아니라 앞에서도 말했듯 손목 관리와 어깨 관리도 주기적으로 해 주어야만 한다. 손목 보호대는 필수다. 작업할 때도 자신에게 맞는 키보드와 마우스를 사용해야 한다. 사실 손목과 손가락 관리는 쉬는 게 답이다. 나 역시 파라핀부터 시작해서 좋다는 모든 치료를 해 보았지만 결국 쉬지 않고 글을 써야 하니 크게 나아지는 건 없었다. 손목 보호대를 사용하고 키보드와 마우스를 편한 것으로 바꾸는 것 외에 좋은 방법을 말해 주기가 어렵다. 그렇다고 마감을 포기하라고 할 수는 없으니 말이다.

어깨와 목, 그리고 허리 스트레칭은 중간중간 잊지 말고 해 주어야만 한다. 지금 틈틈이 목과 어깨, 그리고 허리를 소중히 하지 않는다면 후회하는 날이 오게 될지도 모른다.

part 5

작가로 오래 살아남기

웹소설 작가로서 오래 살아남으려면 좋은 작품도 중요하지만, 스스로 필명을 관리하는 것도 중요하다. 나는 작가의 필명을 브랜드라고 생각한다. 브랜드는 이미지가 중요하다. 당신이 필명을 걸고 하는 모든 행동이 비즈니스라는 뜻이다. 그러니 독자의 기억 속에서 작가로 오래 살아남으려면 필명 관리 또한 중요하다.

◆ 잦은 휴재와 이유 없는 펑크는 곤란하다

연재 중에 아프면 휴재할 수 있다. 작가에게는 연차나 월차라는 제도가 없으니 아프면 휴재하는 게 맞다. 하지만 작품을 연재할 때마다 이유 없이 잦은 휴재를 하는 것은 피하는 게 좋다. 연재는 독자와의 약속이다. 매번 그 약속을 어기게 되면 독자는 작가를 신뢰할 수 없게 된다. 휴재뿐만이 아니다. 런칭 펑크 역시 마찬가지다. 런칭 날짜는 작가에게 미리 고지된다. 그러니 연재를 준비할 기간 역시 충분히 있다는 뜻이다. 그런데 만약 런칭을 코앞에 두고 마땅한 사유 없이 일정을 펑크내게 되면, 플랫폼에서도 당신을 신뢰하지 않을 것이다. 독자나 플랫폼에게 신뢰받지 못하면 결국 그건 내 손해가 된다.

◆ 출판사와의 연락

출판사와 연락을 주고받는 건 작가에게 있어서 일이나 마찬가지다. 사적인 대화를 나누진 않을 테니 주로 업무 내용을 주고받게 된다. 마감만 하기에도 시간이 모자라겠지만, 그래도 며칠에 한 번씩은 메일을 확인하도록 하자. 중요하게 전달할 내용이 있는데 연락이 되지 않으면 출판사 측에서도 당황하게 된다. 이런 일이 몇 번 반복되다 보면 답장이 느린 작가로 인식된다. 일 관련 연락이 느리다는 건 좋은 인상은 아니다.

달리 보자면 출판사는 작가의 협력 파트너다. 좋은 작품을 통해서 매출을 올리고 이름을 널리 알리자는 목표는 작가와 출판사 모두 같다. 협력 파트너에게 굳이 나쁜 인상을 심어서 좋을 건 없다. 반대로 생각해 보자. 뭔가를 물어보거나 연락했을 때 답장이 늦는 출판사가 있다면 어떨까? 많은 작가가 연락이 늦는 출판사를 좋아하지 않는다. 수많은 출판사 중 계약할 출판사를 선택하는 조건은 여러 개가 있겠으나 연락 문제도 그중 하나에 속한다.

출판사도 마찬가지다. 그러니 가능하다면 자주 메일을 확인하자. 메일에 출판사 알림 설정을 해 두면 핸드폰에 알림이 뜨니 확인하기가 편하다.

또 작가는 시간 상관없이 일하는 경우가 많지만, 출판사 직원은 그렇지 않다. 출판사 직원에게는 출근 시간이 있고 퇴근 시간이 있다. 간혹 출판사 담당자를 함부로 대하는 작가가 있는데, 그러지 않는 게 좋다. 출판사 담당자는 말하자면 내 비즈니스 파트너다. 그러니 되도록 연락은 업무 시간에 하는 게 좋다. 주변 이야기를 듣다 보면 늦은 밤, 새벽, 주말 상관없이 출판사 담당자한테 연락하는 작가가 있다고 들었다. 참고로 늦은 밤, 새벽, 주말에 연락해도 일 처리는 안 된다. 업무 시간에 연락하는 게 일 처리가 훨씬 빠르다. 회사에 다니는데 업무 시간 외에 연락하는 상사가 있다고 생각해 보자.

얼마나 괴롭겠는가.

즉, 작가의 연락이 출판사 측에서는 업무의 연장선이 되는 셈이다. 그러니 당장 해결해야 할 정도로 중요하고 급한 일이 아닌 이상 업무 시간 외의 연락은 기다리지 말도록 하자.

이뿐만 아니라 출판사와의 약속 일정은 잘 기억해 두는 게 좋다. 간혹 마감에 쫓기다 보면 초고를 주기로 한 일정이나 교정 일정을 잊을 때가 있다. 하지만 알람을 이용해서라도 이 일정은 잘 기억하고 맞추는 게 좋다. 어떤 이유든 일정을 맞추지 못할 것 같다면 반드시 미리 연락을 해 주어야만 한다. 일정은 출판사와 작가의 약속이기 때문이다. 출판사는 하나의 작품만을 살피는 게 아니다. 여러 작품을 동시에 살피고 있고, 출간일이나 프로모션·일에 맞춰 교정 일정을 계획하게 된다. 즉 하루 이틀 정도는 늦어져도 괜찮겠지, 라는 안일한 생각이 계획된 교정 일정을 틀어 버리게 되는 셈이다. 이는 나뿐만 아니라 해당 출판사와 교정을 보고 있던 다른 작가한테도 영향이 갈 수 있으니 일정은 반드시 맞추는 게 좋다. 일정을 맞추기 어렵다면 꼭 미리 연락을 해 두자. 그래야 출판사도 계획을 변경할 수 있다. 나는 이런 영향을 받는 게 싫기에 지금까지 한 번도 일정을 어긴 적이 없다. 만일 일정이 딜레이될 것 같다면 반드시 며칠 전에 연락을 취하고 있다.

◆ 다른 사람을 부러워하되 시기하지 말자

웹소설 업계는 모든 성적이 밖으로 보인다. 정확히 알 수는 없지만 매출을 가늠해 볼 수 있는 순위, 그리고 독자들의 뷰 수, 댓글 수, 별점과 검색했을 때 나오는 작품의 반응까지. 모든 성적이 즉각 맞닿아 있다. 그렇게 내 작품의 반응만 보면 좋을 텐데 문제는 다른 작품도 같이 눈에 보인다는 거다. 비숫한 시기에 런칭한 작품 중 빠르게 순위가 올라가는 작품, 내가 떨어진 프로모션으로 런칭한 작품 등을 직접 보다 보면 자연스레 부러운 감정이 생기기 마련이다. 나는 부러움을 나쁜 감정이라고 생각하지 않는다. 남을 부러워하는 건 사람이라면 응당 느끼는 감정이다. 부러움이 기폭제가 되어 나도 이렇게 좋은 작품을 써야지, 라고 느끼는 계기가 된다면 얼마나 좋은 일인가? 하지만 만일 부러움에 악의가 깃든다면 다른 사람의 작품을 확인하는 건 그만두는 게 좋다.

부러움은 어디까지나 부러움에서 끝나야만 한다. 부러움이 시기가 되고, 질투가 되는 순간 작가로서 오래 활동할 수가 없다. 타인과 나는 다르다는 걸 기억하자. 웹소설 업계에 작가는 정말 많고 뛰어난 작품도 당연히 많다. 나보다 높은 순위에 오른 작품은 독자의 취향을 잘 반영한 작품이고, 내가 합격하지 못한 프로모션으로 런칭한 작품은 나보다 더 잘 쓴 작품이다. 깔끔하게 인정해야만 한다. 인정하지 못하는 순간 내가 나를 갉아먹게 된다. 시기와 질투가 앞서게 되면 타 작품에서 배워야 할 점을 배우지 못하게 된다. 마음속 어딘가에서 다른 작품을 인정하지 못하고 있는데 어떻게 다른 작품을 인풋하며 배우고 얻을 수 있을까? 수많은 작품 중에서 내가 항상 제일 빛날 수는 없다. 이번엔 내가 제일 빛나지 않았다고 해도 다음 작품에서는 내가 제일 빛날 수 있도록 노력하면 된다. 작품 활동에 있어서 그러한 마음가짐이 제일 중요하다고 생각한다.

한 작품이 좋은 성적을 거두지 못했다고 해서 내 작가 생활이 끝난 건 아니다. 다음 작품으로 넘어가서 집중하면 된다. 비록 이번 작품은 원하는 성적만큼 나오지 못했다고 해도 다음 작품이 런칭되면 이전 작품을 읽으러 오는 독자도 있을 테니 말이다.

그러니 다른 작품과 내 작품을 비교하며 속상해하지 말자. 그것만큼 멘탈이 흔들리는 일이 또 없다. 이번 작품이 독자들에게 다가가지 못한 이유와 다른 작품이 독자들의 취향을 어떻게 반영했는지 등을 꾸준히 살피고 분석하다 보면 내 작품에 반영할 수 있는 여러 요소가 생길 것이다.

◆ 다른 사람의 말을 옮기지 말자

정말 당연한 건데 정말 지켜지지 않는 경우가 많다. 소설을 쓰다 보면 혼자 일하는 게 외롭다 보니 같은 업종의 작가들끼리 온라인상에서 친목을 도모할 때가 있다. 서로 좋은 관계로 시너지 효과를 내며 으쌰으쌰 힘내면 좋겠지만 아쉽게도 그러지 못할 때가 있다. 바로 다른 작가의 뒷말을 하거나 내가 들은 말을 다른 사람한테 옮길 때다.

서로 익명으로 얘기하거나 인터넷상으로 이야기를 주고받다 보니 타인의 이야기를 더 쉽게 옮기는 경향이 있다. 하지만 결과적으로 이건 내 얼굴에 침 뱉기나 마찬가지다. 웹소설 업계는 정말 신기하게도 작가들이 서로서로 연결되어 있다. 당신이 누군가에게 들은 이야기를 가벼운 마음으로 타인에게 알리면 언젠가는 당신이 전달했다는 걸 전부 알게 된다는 뜻이다.

그뿐만 아니라 당신이 한 뒷담이 돌고 돌아서 해당 작가의 귀에 전달될 수도 있다. 과거 나도 어떤 작가가 내 뒷담을 했다고 이야기를 전달받은 적이 있다. 심지어 몇 명한테나 전달받았다. 뒷담을 했다는 것도 재밌었는데 그게 돌고 돌아 몇 번이나 내 귀에 들려왔다는 것도 웃겼다. 그뿐만 아니라 당시 내 작품이 어떤 프로모션에 합격했다고 지인 한 명에게만 말한 적이 있었는데, 어느 날 다른 지인이 내게 와서 '그 프로모션 합격했다며? 축하해!' 라고 한 적도 있다.

이 업계에는 비밀이 없고 말이 돌고 돈다는데 생각해 보면 비즈니스적으로 나눈 대화든 사적으로 나눈 대화든 알려지는 게 이상한 일이다. 특히 비즈니스적으로 나눈 대화가 알려진다는 건 더욱 상상할 수 없다. 내가 그런 일을 겪고 싶지 않으면 나부터 조심해야 한다. 내가 남의 이야기를 옮기고 다니는데 과연 누가 내 이야기를 지켜 주겠는가?
그러니 항상 말을 조심해야 한다.

얼굴을 드러내지 않고 본명이 아닌 필명으로 일하다 보니, 큰일이 생기더라도 나중에 필명을 바꾸면 그만이라고 가볍게 생각할 수도 있다. 하지만 필명을 바꾼다는 건 지금까지 내가 쌓아 온 모든 경력을 버리게 되는 셈이다. 그러니 애초에 다른 사람이 들으면 기분 좋지 않은 이야기는 꺼내지 말자. 그게 서로 간의 예의다.

◆ 독자와의 소통 방법

웹소설 업계는 독자와 직접 맞닿아 있다. 독자는 작품을 읽고 댓글을 남기거나 작품의 여운을 잊지 못하고 작가의 SNS로 찾아오기도 한다. 독자의 반응 하나하나가 작가한테는 소설을 쓰는 원동력이 된다. 하지만 그렇다고 작가가 나서서 독자에게 작품에 관해 너무 많은 말을 해 버리면 독자의 상상을 깨뜨릴 수가 있다.
나는 처음 글을 쓸 때, 주변에서 작가 SNS에는 절대 사담을 올려선 안 된다는 말과 더불어 독자와 일정 거리를 유지해야 한다는 말을 자주 들었었다.

처음엔 이해하지 못했는데 지금은 조금 알 것 같다. 독자에게 작가의 개인적인 삶을 너무 많이 드러내지 말라는 뜻이었다.

작가의 SNS 계정에 작품 관련 내용과 작가로서의 이야기를 하는 건 좋다. 하지만 작가로서가 아니라 개인적인 삶을 너무 많이 드러내게 되면 독자와 작가 사이의 스스럼이 사라진다. 그러다 보면 독자와 작가 사이에 서로 다른 의견 차이가 생기게 된다. 가령 작가의 생각이 독자와 맞지 않을 수도 있고, 작가가 좋아하는 무언가를 독자가 불편해할 수도 있다. 그럼 그때부터 독자는 그 작가의 글을 피하게 된다. 굳이 사담을 많이 늘어놓아 독자를 잃을 필요는 없다. 그러니 소통은 어디까지나 작품으로만 하는 게 좋다.

작품의 비하인드, 작품에서 미처 풀지 못했던 이야기 등은 작가 SNS에 올려 주면 좋다. 그리고 앞으로의 작품 근황 등을 풀어 주도록 하자. 우린 친구와 소통하는 게 아니라 내 작품을 좋아하는 독자와 소통하는 거니까.

◆ 소재 공유는 정말 신뢰하는 작가와만 하자

가끔 작가들과 대화하다 보면 업무 얘기와 함께 자연스럽게 작품 소재 이야기를 할 때가 있다. 하지만 서로 오랫동안 알았고 신뢰하는 작가가 아니라면 소재 얘기는 나누지 않는 것을 추천한다. 나중에 표절 의혹 문제가 생기거나 서로의 감정 문제로 번질 수 있기 때문이다. 앞에서도 썼듯이 웹소설 장르의 소재는 어떤 캐릭터로 어떻게 전개를 풀어 나가느냐에 따라 달라진다. 그러다 보니 내가 생각한 전개를 누구든 생각할 수 있다.

소재 얘기를 할 땐 문제가 되지 않지만, 나중에 대화했던 누군가와 비슷한 소재로 출간을 하면 문제가 생길 수 있다. 추후 함께 대화했던 소재를 인용해서 출간한 것 같다고 말을 덧붙일 수도 있고 소재를 훔쳐 갔다고 할 수도 있다. 혹은 반대로 원래 그 소재를 쓰려고 생각했었는데 서로 대화하고 나니 괜히 표절한 것처럼 보일까 봐 쓰지 못할 때도 있다.

그래서 소재 얘기는 서로를 잘 이해할 수 있는, 내 소재를 훔쳐 갔다고 생각하지 않을 정도로 친한 지인 작가와만 얘기를 나누라고 권하고 싶다.

실제로 웹소설 업계에서는 자주 발생하는 일이다. 대화를 나눌 땐 별다른 말이 없었지만, 나중에 출간하고 난 후에야 지인이 '내가 얘기했던 소재잖아, 왜 훔쳐 갔어?'라면서 말하는 일도 많다. 지인 작가와 대화하고 친밀해지는 건 좋다. 하지만 같은 업계 종사자인 만큼 나중에 서로 문제될 소지는 만들지 말도록 하자.

◆ 취미를 만들어 보자

작가를 꿈꾸는 사람들은 독서나 글쓰기가 취미였던 사람이 많다. 즉, 작가가 되면 취미가 일이 되는 셈이다. 여태는 여가로 즐기며 했던 일들이 이젠 업무다. 반대로 말하자면 당신의 여가가 비어 있다는 뜻이다. 작가가 된 후에도 독서를 취미로 즐기는 사람이 있을 수 있겠지만, 어떤 사람에게는 그게 업무의 연장선으로 느껴질 수도 있다. 만일 책장을 펼치는 것마저 업무의 연장선으로 느껴진다면 새로운 취미를 만들 것을 추천한다. 업무 외에도 집중하고 머리를 환기할 수 있는 걸 만들자는 뜻이다.

온종일 업무에만 혹은 업무와 관련된 일에만 매달려 있게 되면 머리가 꽉 찼다고 느껴질 때가 있다. 우리의 뇌도 주기적으로 비워 줘야만 새로운 내용을 생각하고 담을 수 있다. 그리고 뇌를 주기적으로 비우려면 업무 생각을 잠시 잊어야만 한다. 풀리지 않는 전개도 마찬가지다. 잠시 잊었다가 다시 처음부터 생각하면 이전에는 전혀 생각하지 못했던 좋은 전개가 생각날 수도 있다. 그러니 자신만의 취미를 즐기도록 하자. 운동이 될 수도 있고, 여행이 될 수도 있다. 드라이브나 라이딩이 될 수도 있으며, 영화를 보거나 음악 감상을 하는 등 문화생활을 즐길 수도 있다. 게임도 좋다. 중요한 건 내가 주기적으로 집중하고 잠시 일을 잊을 수 있는 여유를 갖는 것이다.

작가로 오래 살아남기 위해서는 그만큼 작가로서의 내가 오랫동안 남아있어야 한다. 단순히 작품을 쓰거나 돈을 버는 행동 말고도 필명으로 활동하는 작가인 당신이 온전해야만 우리는 작가로서 오래 살아남을 수가 있다.

당신과 웹소설 업계에서 오래오래, 함께 지냈으면 좋겠다.

part 6

대박 작품을 출간하는 방법

◆ 내 단점을 인정하자

솔직히 말하면 나는 작가 중 글을 못 쓰는 작가는 없다고 생각한다. 애초에 글을 못 쓰고 이야기를 만들지 못하는 사람은 작가를 꿈꾸지도 않기 때문이다. 작가를 꿈꾸는 사람 중 '나 같은 게 작가를 할 수 있다고?'라고 생각하는 사람은 없을 것이다. 하지만 대박 작가가 되고, 매출 높은 작품을 출간하기 위해서는 내 단점을 인정해야만 한다. 가끔 작품이 좋은 호응을 얻지 못한 이유를 내가 아닌 다른 곳에서 찾기도 한다. 런칭 날짜가 안 좋아서, 프로모션이 안 좋아서, 날씨가 너무 좋아서, 같은 날 작품을 런칭한 작가가 대박 작가라서 등등.

물론 한 번은 그럴 수 있다. 하지만 작품을 런칭할 때마다 작품이 좋은 호응을 얻지 못한다면 이는 필시 내 작품에서 이유를 찾아야만 한다. 언제까지고 남에게서 이유를 찾는다면 더 발전할 수가 없다. 웹소설 작가를 희망하는 사람은 점점 많아지고, 프로모션의 수는 제한이 있으며, 성적이 좋은 작가들은 점점 작품의 수를 늘리고 있다. 언제 런칭하더라도 늘 같은 상황이 반복된다는 뜻이다. 그러니 상황을 탓하지만 말고 내 작품의 단점이 무엇인지 파악하여 고쳐 나가는 게 훨씬 낫다.

◆ 찾아온 운을(기회를) 절대 놓치지 말자

살면서 누구에게나 기회는 찾아온다. 찾아온 기회를 놓치지 않고 잡기 위해서는 평소에 준비해야만 한다. 만일 갑자기 플랫폼 측에서 '런칭 날짜가 비었는데 당장 런칭이 가능할까요? 대신 최상위 프로모션입니다'라고 연락이 온다면 어떨까? 놀랍게도 가끔 일어나는 일이다. 런칭 펑크로 인해 급하게 날짜를 채워야 할 때 말이다. 미리 원고를 성실하게 준비해 둔 작가라면 온 기회를 놓치지 않고 바로 잡을 것이다. 하지만 미리 원고를 준비해 두지 않은 작가라면 기회가 왔어도 잡을 수 없다.

좋은 기회는 언제 어떤 방식으로 내게 다가올지 알 수가 없다. 출간한 작품이 내가 생각했던 것 이상으로 독자한테 사랑받고 있는데 웹소설식 전개를 알지 못해서 후반부가 무너진다면? 연독률이 떨어지고 기껏 온 기회를 놓치게 된다. 그러니 뒤늦게 후회하지 말고 항상 준비해 두자.

◆ 내 작품을 사랑하자

내 작품을 제일 먼저 만나는 독자는 누구일까? 출판사의 담당자? 아니면 런칭 후 첫 번째로 내 작품을 보는 독자? 아니다. 내 작품을 제일 먼저 보는 독자는 결국 작가인 나다. 처음 작품을 보는 내가 내 작품을 사랑해 주지 않는데 이후에 보는 독자들이 과연 내 작품을 사랑해 줄 수 있을까? 내가 내 작품을 사랑하고 기대하는 만큼, 독자도 내 작품을 사랑하고 기대한다. 우선 쓰는 것도 좋지만 그 이전에 내 작품에 애정을 담자. 어떻게 하면 내 작품이 조금 더 빛나 보일 수 있을까 생각해 보자.

◆ 업계 근황을 자주 확인하자

웹소설 업계는 정말 많은 것이 빠르게 변화한다. 프로모션도 그렇고 심사 주기, 심사를 넣을 수 있는 기조와 유행하는 장르까지. 잠시 눈을 떼면 그사이 정말 많은 게 변화하기 때문에 업계 근황은 무조건 자주 확인해야만 한다. 현재 연재 중이 아니라고 해도 플랫폼은 꼭 자주 들여다보자. 최근 런칭하는 작품은 어떤 장르인지, 독자한테 인기가 많은 장르는 무엇인지, 작품 런칭 시간과 프로모션에는 어떤 것들이 있는지. 살피다 보면 해당 플랫폼이 추구하는 바를 유추할 수도 있다.

업계의 근황을 살피는 건 중요하다. 내가 일하는 업계의 근황을 모르는데 어떻게 독자를 사로잡을 작품을 쓸 수 있다는 말인가? 그건 상권 조사도 하지 않고 막무가내로 가게를 창업하는 것과 같다. 정말 모르겠다면 적어도 작가들이 모여 있는 커뮤니티에 질문이라도 하자.

보너스 TIP

웹소설의 무궁무진한 2차 IP 사업!

part 1

소설의 영상화, 웹툰화 등의 2차 IP

2차 IP 사업이라는 말을 들어 본 적 있을 것이다. 2차 IP 사업은 들어 보지 못했어도 웹소설 영상화(영화 및 드라마 제작), 웹소설 웹툰화, 웹소설 게임화 등의 말은 들어 본 적 있을 것이다. 말 그대로 웹소설을 기반으로 뻗어 나간 여러 사업을 의미한다.

웹소설은 소재가 무궁무진하고 어떤 장르로든 뻗어 나가기 수월하기에, 2차 IP 사업을 진행하기에 더할 나위 없이 좋다. 게다가 원작과 새로운 사업은 서로 시너지 효과를 만들어 낼 수 있으니 더욱 좋을 일이다.

나는 로맨스 판타지 장르를 쓰고 있어서, 장르 특성상 웹소설의 영상화는 결과물이 나온 적 없지만 웹소설을 기반으로 한 웹툰이 세 작품 이상 오픈됐다.

웹소설 업계의 독자 풀보다 웹툰 업계의 독자 풀이 더 넓고, 그보다 게임이나 영상 업계의 독자 풀이 훨씬 더 넓다. 독자 풀이 넓어진다는 건 그만큼 내 원작을 더 많은 사람에게 알릴 수 있다는 것이다.

내 작품이 웹툰으로, 그리고 책으로 나와 많은 사람이 내 필명을 기억한다는 건 굉장히 기쁜 일이다. 나는 내 책이 나왔을 때 각 서점을 돌아다니며 기쁜 마음에 사진을 찍어 둔 적도 있다.

기성 작가들도 이젠 웹소설을 쓸 때 이 소설이 2차 사업으로 발전할 수 있을까를 생각한다.

그럼 어떤 작품이 2차 사업으로 번질 수 있을까?

◆ 영상화가 잘 되는 소재

우선 기본적으로 영상화가 되려면 판타지나 무협은 제외해야 한다. 판타지는 CG가 제대로 적용되지 않는 이상 독자들의 상상을 뛰어넘기가 어렵기 때문이다. 물론 엄청난 흥행에 성공한 웹소설의 경우에는 그만큼 투자를 하니 괜찮지만, 일반적으로는 힘들다고 생각하면 된다. 무협이나 로맨스 판타지도 같은 이치다. 무협 및 로맨스 판타지 장르는 우선 세계관이 한국이 아니기에 해당 장르가 영상화되었을 때, 이질감을 느끼는 독자가 생긴다. 물론 무협 및 로맨스 판타지 장르를 한국식에 맞게 각색하여 영상화를 할 수도 있겠지만, 이런 경우는 극히 일부다.

그러다 보니 영상화하기 좋은 장르는 현대 로맨스와 현대 판타지 중에서도 판타지 색이 옅은 작품들(헌터나 마수, 마법들이 등장하지 않는 현대식 판타지)이다.

예전에는 회귀, 빙의, 환생 등이 있는 소재는 영상화되기가 어렵다고 보았으나 최근에는 영상을 보는 독자들도 회귀까지는 익숙하게 받아들이는 추세다. 게다가 어두운 감정선이나 분위기의 작품보다는 비교적 밝은 작품의 영상화 계약이 잘 되는 편이다. 아무래도 영상으로 시청자들을 잡기 위해선 감정 소비가 큰 작품보다는 즐겁게 볼 수 있는 작품의 소비가 더 잘 되기 때문이다.

그리고 기승전결이 확실하고 사건의 시작과 끝맺음이 확실한 작품이 좋다. 세계관이 너무 넓으면 영상화를 하기 어렵기에 세계관이 넓은 것보다는 일정한 세계관 내에서도 사건이 확실한 내용이 좋다.

◆ 웹툰화가 잘 되는 소재

감정물보다는 사건물이 웹툰화되기 더 좋은 소재라 말할 수 있다. 즉, 주인공들이 서로 감정싸움을 하며 에피소드를 소비하는 소재보다 끊임없이 사건이 터지는 소재가 웹툰 독자들의 호응을 얻기 쉽다는 뜻이다.

주인공들이 한 공간에서 서로 대화를 나누며 감정을 소비하는 장면을 웹툰으로 옮겨 그리면 사건 전개가 느리게 느껴진다. 게다가 감정이 극으로 치닫지 않는 이상, 인물들의 표정이나 행동 변화도 보여 주기 힘들다. 같은 장소, 비슷한 표정, 비슷한 행동이 몇 화째 계속 이어지면 주인공들을 그림으로 보는 웹툰 형식상 독자들은 빠르게 흥미를 잃을 수밖에 없다.

웹소설은 주인공의 감정 변화 및 상황을 글로 풀어 내기 때문에 독자들이 빠르게 이입하고, 생동감 넘치게 상황을 상상할 수 있지만, 웹툰은 문장을 계속 나열할 수 없으니 상황이 다르다.

사건물은 배경이 계속 바뀌고, 날짜가 빠르게 지나가며, 주인공들도 한자리에 머무르지 않고 계속 바쁘게 무언가를 하기에 그림으로 그리기에도 속도감이 있어 보이고, 독자들도 흥미를 잃지 않고 볼 수 있다. 그뿐만 아니라 싸우는 장면이나 그리기 힘든 다량의 몬스터 등이 나오는 소재도 웹툰화 될 확률이 낮다. 그런 장면은 정말로 잘 그리지 않는 이상 독자의 상상보다 뛰어난 결과가 나오기 힘들기 때문이다.

소설을 읽을 때 독자는 항상 그 장면을 상상한다. 독자의 머릿속에는 주인공의 얼굴과 그 주인공을 바라보는 주변 인물의 시선이 구체적으로 그려져 있다. 그런데 그런 장면이 만족스럽게 구현되지 않는다면 독자는 실망하게 된다. 특히 주인공이 멋지게 싸우는 장면이나 몬스터처럼 구체적으로 묘사되는 무언가가 있을 때 말이다. 그리고 웹툰으로 이런 내용을 구현하는 건 무척 어렵다. 물론 불가능한 일은 아니지만, 주마다 마감을 해야 하는 웹툰 작가의 경우엔 너무나도 힘들어진다. 그러니 기피하는 소재가 되는 것이다. 장르적으로 매출이 뛰어나거나 혹은 독자들이 아주 좋아하는 작품이라면 이런 모든 제약을 벗어나 웹툰화가 될 확률이 높다. 하지만 내가 그런 상황이 아니라면 웹툰 에이전시에서 기피하는 소재와 희망하는 소재를 알아 두는 게 편하다.

영상, 웹툰 외에도 2차 IP 사업의 종류는 무궁무진하다. 오디오 드라마, 종이책 등 여러 요소가 있겠으나 웹소설에서 제일 많은 부분을 차지하는 사업은 단연코 영상화 및 웹툰화다.

당연하겠지만 2차 사업만을 바라고 웹소설을 쓸 수는 없다. 2차 사업이라는 것도 결국은 원작인 웹소설이 잘 되어야만 뻗어 나갈 수 있는 줄기이기 때문이다. 우선 원작인 웹소설이 재밌어야 하고, 독자들한테 많은 사랑을 받아야 한다. 2차 사업은 그 이후의 문제다.

하지만 아무것도 모르고 글을 쓰는 것과 이런 내용을 알고 글을 쓰는 건 다르다. 웹툰화 및 영상화와 같은 사업을 바란다면 에피소드를 각 2차 IP 사업에 맞는 형식으로 수정하여 전개해 보도록 하자.

물론 웹소설의 웹툰화 및 영상화를 신경 쓰며 전개하는 건, 우선 웹소설의 전개 방식이나 소재들을 모두 파악한 후에 할 일이다. 웹소설 자체도 제대로 파악되지 않은 상태에서 영상화 및 웹툰화부터 신경 쓰는 건 전혀 도움이 되지 않는다.

part 2

웹툰화 계약을 하려면?

웹소설의 영상화는 극히 드문 케이스지만, 웹소설의 웹툰화는 계약한 작가들의 수가 훨씬 많다.

그렇다면 웹소설의 2차 IP 사업 중 기본 핵심이라 부를 수 있는 '웹툰화'가 빨리 되려면 어떻게 해야 할까?

웹툰화 의사가 있는 경우 웹툰 에이전시는 해당 작품을 출간한 출판사를 통해 연락을 취한다. 출판사가 작품의 2차 저작물 우선 협상권도 보유하고 있기 때문이다.

2차 저작물 우선 협상권이란 대체 무엇일까?

단어 그대로 생각하면 이해하기 편하다.

☑ **2차 저작물** = 영상이나 웹툰 등 웹소설을 기반으로 한 2차 사업
☑ **우선 협상권** = 우선적으로 협상할 권리

즉, 간단히 설명하자면 작품의 2차 사업에 대해 우선 협상할 권리를 출판사가 갖게 되는 셈이다. 그러니 모든 2차 사업은 작품을 출간한 출판사를 통해 진행하게 되며 모든 2차 저작물의 매출 역시 웹소설을 출간한 출판사와 나누게 되는 셈이다.

에이전시에서 먼저 연락이 오는 게 아니라 반대로 출판사에서 적극적으로 작품을 영업하는 때도 있다.

작품의 2차 IP 사업은 대부분 위와 같은 방식으로 진행된다. 그렇다면 할 수 있는 게 아무것도 없는 작가는 그냥 기다리기만 하면 되는 걸까? 내 소설이 웹툰으로 제작됐으면 좋겠는데, 정말 우리가 할 수 있는 일은 아무것도 없을까?

◆ 자체 웹툰팀이 있는지 확인하자

웹소설 출판사 중에는 자체 웹툰팀을 보유한 출판사가 꽤 있다. 즉 웹툰 에이전시가 없어도 출판사 자체적으로 웹툰을 만드는 팀을 내부에 보유하고 있다는 뜻이다.

웹소설 출판사 중에는 처음부터 웹소설을 출간하던 출판사가 아니라, 처음에는 웹툰 전문 에이전시로 시작했으나 이후 웹소설 레이블을 만들어 웹소설과 웹툰을 함께 출간하기 시작한 출판사가 여럿 있다. 특히 이런 출판사들은 반드시 자체 웹툰팀을 보유하고 있다.

자체 웹툰팀이 있으면 웹툰 에이전시의 연락을 기다리거나 웹툰 에이전시에 작품을 영업하기에 앞서, 출판사 내부에서 우선 검토해 볼 수 있기에 웹툰화 계약을 하기가 조금은 더 수월해진다. 그뿐만 아니라 비율 분배 방법도 달라진다. 외부 웹툰 에이전시와 계약하게 되면 매출액에서 수수료를 제외한 후 비율에 따라 나눈 금액을 웹툰 에이전시와 웹소설 출판사가 나눠갖고, 또 그 금액에서 웹소설 출판사와 작가가 비율에 따라 돈을 나누게 된다. 하지만 외부 웹툰 에이전시가 아닌 출판사 내부의 자체 웹툰팀과 계약하게 되면, 플랫폼 수수료만 제외한 매출액을 비율에 따라 자체 웹툰팀과 작가가 나누게 된다. 출판사와 나누는 중간 단계가 깔끔하게 사라지는 셈이다.

그러니 작가 입장에서도 자체 웹툰팀과 진행하는 게 비율적으로 더 좋을 수도 있다.

◆ 웹툰 에이전시에 직접 영업을 돌리자

자체 웹툰팀을 활용하는 방법 외에 작가가 더 할 수 있는 일은 없을까? 아니다! 방법이 하나 더 있다! 바로 외부 웹툰 에이전시에 직접 작품 영업을 돌리는 방법이다.

시간이 지나도 외부 웹툰 에이전시로부터 연락은 오지 않고, 출판사에서는 작품의 웹툰 영업 순위가 밀려 제대로 계약이 되지 않을 때 이런 방법을 사용할 수 있다.

앞에서 말했듯이 '2차 저작물 우선 협상권'이 출판사에 있기에 우선 영업을 돌려도 괜찮은지 출판사에 확인부터 해야 한다. 하지만 작가가 웹툰 에이전시에 직접 영업하여 계약한다고 하더라도 앞에서 말했듯이 웹소설 출판사와 매출을 비율에 따라 나누게 된다.

물론 출판사에서 2차 저작권을 작가한테 넘겨주면 출판사 측 확인 없이 작가가 직접 웹툰 에이전시에 작품을 영업하여 계약하고, 출판사와 매출을 나누지 않아도 되지만 이건 계약서를 수정해야 하는 내용이기에 쉽지 않다. 예외적으로 작가가 원할 시 2차 저작권을 작가한테 넘겨주는 출판사도 있지만 이건 어디까지나 정말 예외라고 생각하는 게 좋다.

출판사로부터 작가가 직접 웹툰 에이전시에 작품 영업을 해도 좋다는 답을 받았다면 우리는 지금부터 에이전시에 보낼 시놉시스를 작성해야만 한다. 시놉시스가 준비되어 있다면 메일을 보낼 웹툰 에이전시의 목록을 만든 후 작품 영업 메일을 보내도록 하자. 그다음은 기다리면 된다.

메일을 보냈다고 해서 전부 답장을 받을 거라고 기대해서는 안 된다. 출판사를 통해야만 연락을 받아 주는 에이전시도 있기 때문이다. 열 곳 중 여덟 곳은 답장이 돌아오지 않는다고 생각하면 된다. 물론 나머지 두 곳에서 답장이 온다고 해도 계약이 성사되지 않을 확률이 있다.

그래도 이왕 웹툰 에이전시에 보내기로 했다면 현재 운영하는 에이전시에 모두 영업 메일을 보내 보도록 하자! 지인 작가 중 실제로 이렇게 많은 에이전시에 메일을 돌려서 웹툰화 계약에 성공하고, 런칭까지 한 작가가 있다.

무조건 불가능한 얘기는 아니지만, 그렇다고 무작정 쉬운 얘기도 아니다. 웹툰 에이전시에 영업 메일을 보냈지만, 결국 계약이 이루어지지 않은 경우가 더 많으니 말이다.

하지만 가능성이 제로는 아니니 가능하다면 도전해 보도록 하자.

part 3

2차 IP 사업은 언제 오픈할까?

웹소설 업계에는 2차 IP 사업 계약을 한 작가들이 많다. 영상화 계약도 많겠지만 그보다도 더 많은 건 웹툰화 계약이다. 하지만 그렇게 많이 계약된 2차 IP 사업이 전부 무사히 오픈하는 건 아니다.

영상화는 계약하고 오 년이 지났으나 여태까지 오픈하지 않는 경우가 있고, 웹툰화 역시 초반 원고까지 분명히 받았으나 이후 웹툰 작가가 교체되며 긴 시간 지연되거나 그대로 잊히는 경우가 있다. 작가들 사이에서 영상화나 웹툰화는 언제 오픈할지 모르니 잊고 사는 게 좋다고 말하기도 한다. 잊었을 때쯤 오픈한다고 말이다.

그러니 계약했다고 당장 일 년 이내 오픈할 거라고 기대하지는 말자. 빠르면 일이 년 내에 오픈하는 작품도 있지만 그건 정말 예외적이다. 하지만 만약 계약 후 몇 년이 지나도 아무런 진척도 없고, 1화 원고도 나오지 않은 상태라면 상황을 확인한 후, 조심스럽게 계약 해지를 요청해 볼 것을 권한다. 계약 해지가 쉬운 방향은 아니겠지만 오랜 시간 아무런 진척이 없는 상태라면 내 작품이 그대로 묻힐 수 있기 때문이다. 물론 에이전시 측에서 여러 노력을 하고 있다면 기다려 주도록 하자.

하지만 계약한 2차 사업이 오픈하고 나면 원작인 웹소설은 어떤 형태로든 한 번 더 홍보가 되는 셈이니 좋은 일이다.

2차 IP 사업은 계약했다고 끝이 아니다. 계약을 무사히 마쳤다고 해서 안심하지 말자.

마지막

당신의 시작

웹소설 작가를 굉장히 쉽게 생각하고 도전하는 사람들이 많다. 하지만 모든 직업에는 그만한 고충이 있다. 학교 다닐 때 전단지 아르바이트를 해 본 적이 있다. 전단지만 붙이면 돈을 준다고 하니 소위 요즘 말하는 '꿀알바'라고 생각했다. 친구들과 함께 신이 나서 달려갔지만, 결국한 시간도 제대로 채우지 못하고 돌아섰다. 쉬운 일이라는 건 없었다. 내가 쉽게 얕잡아 본 일만 있을 뿐이었다.

혹시 이 책을 전부 읽고 난 후에도 웹소설을 그냥 시간만 내서 대충쓰면 된다고 생각되는가?

특정 일이 쉬워 보이는 건, 당신이 그 일을 쉽게 생각했을 뿐이다. 그냥 쉽게, 조금만 시간 내서, 어렵게 쓸 필요도 없고 대충 쓰면 돈을 벌수 있겠구나! 라고 쉽게 생각하고 기대했다면 그만큼 결과에 실망할 것이다. 그런 마음으로 쓴 소설은 당신이 원하는 기대만큼의 결과를 가져올 수 없기 때문이다.

적어도 당신이 원하는 기대치만큼 결과를 얻고 싶다면 노력해야 한다.

내가 쓴 책은 입문자들을 위한 책이다. 웹소설을 쓴다면 이 정도는기본으로 항상 생각하며 글을 써야 한다는 것이다.

하지만 당신이 이 책을 모두 읽었음에도 웹소설 작가가 되고 싶다고 생각했다면 용기를 잃지 말고 도전해 보도록 하자.

웹소설 업계는 분명 매력적이다. 그냥 쉽게 얻으려는 것이 아니라 당신이 노력한다면 좋은 결과를 낼 가능성도 커진다.

무섭다고, 잘 안 될 것 같다고, 요즘 웹소설 업계가 어렵다고 주춤하기만 하면 아무것도 할 수가 없다.

무섭고, 잘 안 될 것 같고, 웹소설 업계가 어려우니 주춤하는 건 기성 작가도 똑같다. 티 내지 않고 다들 묵묵히 해내는 것뿐이다.

첫 시도에 당신이 생각했던 것만큼 좋은 결과가 나오지 않더라도 실망하거나 포기하지 말자. 생각해 보면 모든 일이 다 그렇다. 어느 회사든 입사하자마자 경력직처럼 일할 수는 없는 법이다. 부딪혀 보며 배우고 겪으면서 성장하는 법이다.

참고로 말하자면 작법서에 모든 해답이 적힌 건 아니다. 간혹 작법서를 읽고 '난 이런 방법 안 써도 잘 써지던데?'라고 반박하는 걸 본 적 있다. 만약 당신이 다른 방법을 적용하여 더 좋은 효과를 내고 있다면, 앞으로도 쭉 그렇게 글을 쓰면 되는 것이다. 소설을 쓴다는 건 수학 문제처럼 정확한 해답이 정해져 있지 않다.

작법서는 당신에게 작가 개인의 경험과 방법을 공유하는 책이라고 생각한다. 누군가는 그 작가의 방법을 따라 했더니 막혔던 전개가 뚫려 좋은 결과가 나올 수도 있는 일이고, 반대로 누군가는 그 작가의 방법을 따라 했더니 평소보다 더 나쁜 결과를 받을지도 모른다.

작법서는 어디까지나 당신이 한 번쯤 돌아볼 법한 참고 사항과 같은 것이다. 잊었던 것들을 상기시켜 주기도 하고 몰랐던 내용을 새로 알려 주며 이런 방법은 어떻냐고 제시하는 것이다.

당신이 쓴 글을 믿자. 당신의 소설을 믿도록 하자. 당신이 당신의 선택을 믿어 주지 않는다면 그 누구도 당신의 선택을 옳다고 할 수가 없다.

당신이 누구인지 알 수 없으나 당신을 응원하는 내가 있다는 걸 잊지 말아 줬으면 한다.

진심으로 항상 당신을 응원한다. 그리고 이 책을 모두 읽고도 웹소설을 쓰겠다고 결심한 당신이라면 잘될 것이라고 믿어 의심치 않는다.

부록

웹소설의 모든 용어를 모았다!

웹소설 작가가 알아야 할 필수 용어집

· 웹소설 업계에서만 사용되는 줄임말과 용어들이 있다. 웹소설을 쓰겠다는 마음을 먹고 업계에 들어섰는데 장벽을 느낀 첫 번째 순간이 바로 단어를 알아듣기 힘들 때였다.

여기저기서 말을 주워듣기는 하는데 다들 줄임말이나 서로만 알아듣기 편한 단어들을 사용하니 전혀 알아들을 수가 없었다. 과거 나는 늘 일일이 검색하고 물어보고 다녔었다.

작가들끼리 나누는 대화를 이해하려면 작가들이 사용하는 실상 용어는 필수다. 알아보도록 하자.

전연령 - '전체연령가'의 줄임말. 소설을 읽을 수 있는 연령대를 나타냄(15금/19금(꾸금)도 함께 쓰임)

투베 - '투데이 베스트'의 줄임말. 웹소설 무료 플랫폼 조아라에서 연재할 때 사용되는 단어. 조아라 플랫폼에는 신작 탭 외에 투데이 베스트라는 탭이 있는데, 바로 이 항목에 순위권으로 오르는 일을 뜻함

연참 - 소설을 연속으로 연재함. 2연참, 3연참 등으로 쓰이는데 2연참은 하루에 두 편, 3연참은 하루에 세 편 연재한다는 뜻

투도 - '투데이 베스트 도전'의 줄임말. 앞서 말했던 투데이 베스트, 즉 투베에 도전하는 날에는 '나 오늘 투도한다'라고 말함

연독률 - 멈추지 않고 연속으로 이어서 읽는 독자의 비율. 즉 최근 화까지 얼마나 많은 독자가 하차하지 않고 따라왔는지를 의미함. 조회수의 비율을 뜻함

통조림 - 작가가 마감하기 위해 글만 쓸 수 있는 환경 속에 스스로를 가둔다는 뜻

가독성 - 쉽게 읽힌다는 뜻. 즉 가독성이 좋은 글이라는 건 눈으로 읽기 쉬운 글이라는 뜻이고, 가독성이 안 좋은 글이라는 건 눈으로 읽기 어려운 글이라는 뜻. 보통 글이 빽빽하고 쉬는 구간이 없으면 눈으로 읽기가 힘들기에 가독성이 안 좋은 글이라고 부름

벽돌 문장 - 글이 빽빽하고 문단이 나눠져 있지 않아 가독성이 좋지 않은 글을 벽돌 문장이라고 부름. 벽돌이 빽빽하게 쌓인 것처럼 틈이 없기 때문

투합 - '투고 합격'의 줄임말. 출판사 및 플랫폼에 투고한 후 답을 기다릴 때 '투합 나왔어?' 등의 줄임말로 사용됨

별테 - '별점 테러'의 줄임말. 작품을 출간하면 독자가 별점을 남길 수 있는데, 악의적으로 별점을 낮게 주는 경우를 뜻함

월베 - '월간 베스트'의 줄임말. 해당 월의 베스트 작품을 뜻하는 말

주베 - '주간 베스트'의 줄임말. 마찬가지로 해당 주의 베스트 작품을 뜻함

차기작 - 현재 쓰는 작품 외의 다음 작품. '차기작 언제 나와요?'라는 독자의 질문은 '다음 작품은 언제 나오나요?'이기에 굉장히 좋은 말이다

실랭 - '실시간 랭킹'의 줄임말이다. 작품의 실시간 순위를 뜻함

직계 - 플랫폼과 작가가 직접 계약하는 걸 뜻함

출 - '출판사'의 줄임말

레이블 - 출간하는 장르에 따라 나눠 놓은 출판사 브랜드 명칭

> 예시 : A라는 출판사 안에 여성향 장르만 다루는 b 레이블, 남성향 장르만 다루는 c 레이블, 19금 작품만 다루는 d 레이블이 있다면, b, c, d 레이블은 장르별로 나누어져 있을 뿐 크게 보자면 A 출판사 하나인 셈이다.

런칭일 - 말 그대로 작품을 출간하는 날. '언제 런칭했어?' 라는 말은 즉 '언제 출간했어?' 라고 생각하면 됨

휴재 - 잠시 연재를 중단함. 작가에게 개인 사정이 생겼거나 도무지 전개가 떠오르지 않아 글을 쓸 수 없을 때, 출판사와 협의하여 휴재를 하게 됨

글럼프 - 슬럼프가 와서 글이 잘 써지지 않는 상황

비축분 - 연재 전에 미리 써서 준비해 둔 원고. 연재할 원고를 미리 많이 준비해 두었다는 뜻

생방 - 비축분 없이 실시간으로 연재하는 상황. 그날 쓴 원고가 그날 플랫폼에 올라가는 상황

플랫폼 - 카카오페이지, 시리즈, 리디북스 등 웹소설을 출간하고 연재하는 연재처다. 작가와 독자를 이어 주는 곳

매열무 - 네이버 시리즈의 '매일 열 시 무료'라는 프로모션의 줄임말.

기무 - 카카오페이지의 '기다리면 무료'라는 프로모션 줄임말이다. '기다무', '기무'라고 불리며 때론 초성인 'ㄱㄷㅁ', 'ㄱㅁ'라고도 불림

리다무 - 리디북스의 '기다리면 무료'라는 프로모션 줄임말. 때론 초성인 'ㄹㄷㅁ'라고도 불림

엠지 - MG, 즉 'Minimum Guarantee'의 약자. 출간할 플랫폼에서 작가한테 최소한으로 보장하는 금액. 모든 작가가 받는 건 아니고 플랫폼에서 지급하는 작가의 경우에만 받음

원장부 - 고치거나 손대지 않은 장부. 작품을 출간한 후 매출을 확인할 때, 출판사에 원장부를 요구하기도 함

신작 - 새로 나온 작품

구작 - 신작 이전의 출간 작품

초고 - 교정을 거치지 않은 날 것의 첫 번째 원고

교정고 - 1교와 2교, 작교와 최종고. 담당자가 작품을 읽고 오타 및 개연성 등을 고치며 교정을 본 원고. 첫 번째 교정을 본 원고를 1교, 작가가 확인하여 보낸 후 두 번째로 다시 도착한 교정고가 2교다. 여기서 작가가 교정한 원고를 작교라고 부른다. 마지막으로 더는 수정할 문장이 없는 원고를 최종고라고 부름

퇴고 - 교정하기 전 초고를 여러 번 수정하는 작업

수정궁 - 작품을 수도 없이 수정하는 상황

갈아엎다 - 작품의 내용을 처음부터 끝까지 아예 바꿀 때 사용함. 땅을 갈아엎듯이 내용을 전부 싹 바꾼다는 의미

타일작 - 타 작품에 비해 출판사에서 관심을 받지 못한 작품. 바닥에 깔리는 타일처럼 출판사에서 작품을 신경 써 주지도 않고, 관심도 주지 않아 바닥에 깔아둔다는 의미

심해작 - 매출과 인기도가 낮은 작품. 심해에 있는 것처럼 독자에게 알려지지 않았다고 하여 심해작이라고 불림

평타 - 평균.

예시 : 나 한 달 매출 xx인데 평타야? = 나 한 달 매출 xx인데 평균이야?

유연 - '유료 연재'의 줄임말

무연 - '무료 연재'의 줄임말

초단 - 단권 중에서도 정말 아주 짧은 단권. 총 글자 수가 1만 자, 3만 자 정도로 구성된 짧은 단권

단행본 - 한 편씩 유료 연재했던 소설을 권수로 묶어 출간하는 형태

컨취 - '컨택 취소'의 줄임말. 출판사에서 작가에게 혹은 작가의 작품을 보고 계약해서 함께 일해 보자고 컨택했으나, 이후 여러 상황으로 인해 컨택을 취소하는 상황을 뜻함.

작컨 - '작가 컨택'의 줄임말. 작품이 준비되지 않은 상태에서 오직 작가의 필명만 보고 출판사에서 계약하자며 컨택하는 경우

컨택 - 무료 연재 중인 작품을 확인한 출판사에서 작가에게 계약을 위해 연락하는 경우

투고 - 내가 쓴 작품 혹은 원고를 시놉시스와 함께 출판사에 계약을 희망하며 보냄

반려 - 투고한 출판사에서 계약하기가 어렵다고 답변이 왔다는 거절의 뜻

반려비 - 출판사 여러 곳에 동시 투고를 했지만, 비가 내리듯 거절 답변만이 도착했다는 뜻

양판소 - '양산형 판타지 소설'의 줄임말. 주로 클리셰 범벅인 소설들을 나쁘게 말할 때 쓰임

현로 - '현대 로맨스'의 줄임말

로판 - '로맨스 판타지'의 줄임말

벨 - BL 장르의 다른 말

뽕빨 - 19금 장르에서 사용되며, 주로 남녀 간의 19금 씬으로 이루어진 작품

프모 - 프로모션의 줄임말

선인세 - 작품이 출간되기 전, 미리 지급받는 인세. 미리 받은 인세인 만큼 추후 매출이 발생하면 선인세는 매출에서 차감됨

일러 - 일러스트의 줄임말

인풋 - 다른 작품을 읽거나 컨텐츠를 보며 새로운 영향을 받는다는 뜻. 글을 쓰기 위해서는 자극과 영향이 필요하다

아웃풋 - 내가 무언가를 감명 깊게 읽거나 혹은 영향을 받아 글을 쓴다는 뜻. 들어온 게 있으면 나간다. 인풋이 좋은 영향을 받은 거라면 아웃풋은 좋게 받은 영향을 쏟아내어 좋은 결과를 만들어 낸다는 뜻이다.